Capodo

într-o colec … uri.

Hopefully you read this book, because I know I wouldn't.

Oscar Wilde, *The Picture of Dorian Gray*

Pe copertă: colaj Shutterstock

www.polirom.ro

Editura POLIROM
Iași, B-dul Carol I nr. 4 ; P.O. BOX 266, 700506
București, Splaiul Unirii nr. 6, bl. B3A, sc. 1, et. 1, sector 4, 040031, O.P. 53, C.P. 15-728

Descrierea CIP a Bibliotecii Naționale a României:

WILDE, OSCAR

Portretul lui Dorian Gray/ Oscar Wilde; trad. din lb. eng. de Magda Teodorescu. – Ed. a 2-a. - Iași: Polirom, 2012

ISBN print: 978-973-46-2642-7
ISBN ePub: 978-973-46-2828-5
ISBN PDF: 978-973-46-2829-2

I. Teodorescu, Magda (trad.)

821.111-31=135.1

Printed in ROMANIA

OSCAR WILDE

Portretul lui Dorian Gray

Traducere și note
de Magda Teodorescu

POLIROM
2012

OSCAR WILDE (1854-1900) s-a născut la Dublin, însă după încheierea studiilor la Trinity College s-a stabilit la Londra. Poet, dramaturg și prozator, a publicat de-a lungul vieții numeroase volume de poezii și povestiri, piese de teatru și eseuri. Nonconformist, disprețuind convențiile morale, a dus o viață pe măsura personalității sale originale. Creația sa se distinge prin subtilitatea caustică a satirei și ingeniozitatea paradoxului, verva scânteietoare a replicilor, rafinamentul cizelării stilistice a frazelor. De același autor, la Editura Polirom au apărut volumele: *Decăderea minciunii* (2001) și *De Profundis* (2003).

Nota traducătorului

O nouă traducere a unui roman celebru, cum este *Portretul lui Dorian Gray* de Oscar Wilde, reprezintă un gest curajos, fie și numai pentru faptul că a intrat în conștiința cititorilor români sub o anumită formă. Dar, așa cum însuși autorul o spune, opera de artă autentică este vie – și deschisă unor noi interpretări, am adăuga, considerând traducerea o modalitate de interpretare.

Cu puțin timp în urmă au apărut în traducerea mea eseurile lui Wilde, cu titlul *Decăderea minciunii*, publicate la editura Polirom. În traducerea romanului am pornit de la ideea că temele gândirii estetice wildiene sunt țesute cu migală în trama ficțiunii.

Am fost extrem de atentă la registrele stilistice fluide, la faptul că Wilde „joacă" limbajul prozei realiste și pe cel al prozei estetizante, inseminând paradoxal proza care îi va urma. Lăsând la o parte faptul că este vorba de un roman-paradox, un roman-demonstrație și fiind convinsă că talentul de romancier acoperă cu succes teza, am urmat îndeaproape limba prozei sale, deloc vulgară, păstrând vioiciunea cotidianului și culoarea lui, evitând „neaoșismele".

În cazul acestei traduceri am adăugat doar câteva note de subsol considerând că, deși referirile la figurile istorice își au rostul lor în proză, ele sunt lămurite de Wilde însuși. Pentru cititorul de la finele secolului al nouăsprezecelea, aceste referințe erau un loc oarecum comun. Pentru cititorul de la finele secolului douăzeci, ele sunt o provocare intertextuală. Am preferat să-i dau această turnură. Totuși, cele câteva note pe care le-am adăugat sunt un reper pentru cititor, acolo unde simbolurile temporale se aglomerează excesiv. Evident, există note de subsol acolo unde nu am găsit echivalent în limba română pentru câțiva termeni care denumesc obiectele vieții cotidiene din secolul al nouăsprezecelea.

Magda Teodorescu

Prefață*

Artistul e creator de lucruri frumoase.

Scopul artei este de a dezvălui arta și de a-l ascunde pe artist.

Criticul este acela care traduce într-o altă manieră sau printr-un mijloc nou propria lui impresie despre lucrurile frumoase.

Critica elevată precum și critica de proasta calitate sunt ipostaze autobiografice.

Cei care descoperă sensuri josnice în lucrurile frumoase sunt corupți, fără să aibă acea calitate de a fi încîntători. Acesta e un defect.

Cei care află sensuri frumoase în lucrurile frumoase sunt cultivați. Pentru ei mai există speranță.

Ei sunt aleșii pentru care lucrurile frumoase înseamnă doar Frumosul.

Nu există carte morală sau imorală. Cărțile sunt fie scrise bine, fie scrise prost. Atât și nimic mai mult.

Aversiunea secolului al nouăsprezecelea față de realism este furia lui Caliban care își vede propriul chip în oglindă.

Aversiunea secolului al nouăsprezecelea față de romantism este furia lui Caliban care nu își vede propriul chip în oglindă.

Viața morală a omului este parte a problematicii artistului, dar moralitatea artei constă în utilizarea perfectă a unui material imperfect. Artistul nu dorește să dovedească nimic. Chiar lucrurile care sunt adevărate pot fi demonstrate.

---

* Pentru această traducere s-a folosit ediția romanului *The Picture of Dorian Gray*, Penguin Popular Classics, 1994 (n.tr.).

Artistul nu are simpatii etice. Simpatia etică la un artist este un manierism de neiertat al stilului.

Artistul nu-i morbid. Artistul poate exprima absolut orice.

Gândirea și limbajul sunt pentru artist instrumentele artei sale.

Viciul și virtutea sunt pentru artist materialele artei.

Din perspectiva formei, tiparul tuturor artelor este arta muzicianului. Din perspectiva sentimentului, tiparul este meșteșugul actorului.

Arta este în același timp suprafață și simbol.

Cei care merg dincolo de suprafață riscă pe propria răspundere.

Cei care descifrează simbolul riscă pe propria răspundere.

Arta nu reflectă viața, ea îl reflectă de fapt pe spectator.

Diversitatea de opinii despre o operă de artă demonstrează că opera este nouă, complexă și vie.

Atunci când criticii nu cad de acord, înseamnă că artistul are dreptate.

Îl putem ierta pe acela care face un lucru util atâta vreme cât nu-l admiră.

Singura scuză de a face un lucru inutil este că-l faci dintr-o admirație intensă.

Arta este cu totul inutilă.

Oscar Wilde

Capitolul I

Atelierul era îmbibat de mireasma bogată a rozelor și în clipa în care briza ușoară de vară flutură printre crengile copacilor, prin ușa deschisă pătrunse mirosul greu al liliacului și parfumul ceva mai subtil al florilor roz de spin.

Din colțul divanului învelit în covorașe persane, unde stătea fumând țigară după țigară, după cum îi era obiceiul, lordul Henry Wotton abia zărea strălucirea florilor galbene și dulci ca mierea din salcâmul ale cărui crengi tremurau sub povara propriei frumuseți intense, ca de flăcără. Când și când umbrele fantastice ale păsărilor în zbor treceau repede de-a lungul draperiilor lungi din mătase grea, cafenie, trase peste fereastra imensă, creând un fel de efect japonez, de instantaneu. Acest lucru îl făcea să se gândească la acei pictori cu chipul palid, de jad din Tokio, care printr-o artă, în sine imobilă, încearcă să transmită senzația de rapiditate și mișcare. Murmurul ursuz al albinelor care își croiau drumul înghesuindu-se una în alta prin iarba înaltă, netunsă, sau mișcându-se în cerc, cu o insistență monotonă în jurul țepilor aurii prăfuiți ai tufelor de caprifoi răsfirate, crea o senzație de nemișcare și mai apăsătoare. Zgomotul stins al Londrei ajungea acolo asemenea sunetului în surdină al unei orgi depărtate.

În mijlocul încăperii, fixat de șevalet, se afla portretul în mărime naturală al unui tânăr de o frumusețe extraordinară, iar în fața lui, la o oarecare distanță, stătea însuși artistul, Basil Hallward, a cărui bruscă dispariție, în urmă cu cîțiva ani, a produs agitaţie la vremea respectivă şi a dat naştere unor speculaţii stranii.

În timp ce pictorul privea forma graţioasă şi plăcută pe care el o oglindise cu atâta pricepere prin arta sa, faţa îi fu traversată îndelung de un zâmbet satisfăcut. Dar îşi reveni brusc şi, închizând ochii, îşi puse degetele pe pleoape de parcă ar fi vrut să întemniţeze în propriul creier un vis ciudat din care se temea că s-ar putea trezi.

— E cea mai bună dintre operele tale, Basil, cel mai bun lucru pe care l-ai făcut vreodată, spuse lordul Henry languros. Trebuie s-o trimiţi neapărat la Grosvenor anul viitor. Sălile Academiei sunt mult prea mari şi vulgare. Ori de câte ori m-am dus acolo, fie că erau prea mulţi oameni şi nu puteam vedea tablourile, ceea ce mi se pare oribil, fie că erau atât de multe tablouri încât nu-i puteam vedea pe oameni, ceea ce e şi mai rău. Grosvenor este într-adevăr singurul loc agreabil.

— Nu cred că îl voi trimite undeva, răspunse el, dându-şi capul pe spate în felul acela ciudat care stârnea râsul prietenilor lui de la Oxford. Nu, nu vreau să-l trimit nicăieri.

Lordul Henry îşi ridică pleoapele şi, printre cercurile albastre de fum încolăcindu-se în rotocoalele ciudate care se ridicau din ţigara cu opium, îl privi cu uimire.

— Să nu-l trimiţi nicăieri? Dar de ce, mă rog, dragul meu, de ce? Ai vreun motiv anume? Ce tipi ciudaţi mai sunteţi şi voi, pictorii! Faceţi totul pentru a câştiga un renume şi, în momentul în care îl aveţi, se pare că vreţi să scăpaţi de el. Te porţi prosteşte, pentru că un singur lucru e mai rău decât a se vorbi despre tine, anume, acela de a nu se vorbi despre tine. Un portret ca acesta te-ar plasa peste oricare dintre tinerii Angliei şi i-ar face pe bătrâni geloşi, dacă bătrânii sunt cumva capabili de emoţii.

— Ştiu că o să râzi de mine, răspunse el, dar chiar nu-l pot expune. Am pus mult prea mult din mine în acest portret.

Lordul Henry se lungi pe divan și râse.

— Da, știam eu că o să râzi, cu toate astea e adevărat.

— Prea mult din tine! Pe cuvântul meu, Basil, nu știam că ești atât de încrezut; chiar nu văd nici o asemănare între tine, cu fața asta colțuroasă, trăsăturile marcate și părul negru ca pana corbului, și acest tânăr Adonis, care pare a fi făcut din fildeș și petale de roze. Dragă Basil, nu vezi, el este un Narcis iar tu - desigur, ai o expresivitate intelectuală, cu tot ce presupune aceasta. Dar frumusețea, adevărata frumusețe, sfârșește acolo unde apare expresivitatea intelectuală. În sine, intelectul este o manieră de exagerare și distruge armonia oricărui chip. În momentul în care te așezi să gândești, devii doar nas sau frunte sau ceva respingător. Uită-te la oamenii de succes din oricare dintre profesiunile intelectuale. Sunt perfect hidoși! Cu excepția oamenilor Bisericii. Dar aceia nu gândesc. Episcopul spune la optzeci de ani ce i s-a spus să spună pe când era flăcău de optsprezece ani, și, drept consecință firească, arată întotdeauna absolut încîntător. Misteriosul tău prieten, al cărui nume nu mi l-ai spus, dar al cărui tablou mă fascinează cu adevărat, nu gândește. Sunt sigur de asta. E o creatură frumoasă și acerebrală pe care ar trebui s-o avem mereu aici iarna, când nu avem flori la care să ne uităm, și vara, când avem nevoie de ceva rece pentru a ne răcori inteligența. Nu te autoflata, Basil, dragă: nu-i semeni absolut deloc.

— Harry, nu mă înțelegi, răspunse artistul. Sigur că nu semăn cu el. Știu asta prea bine. Aș regreta să arăt ca el. Dai din umeri? Nu te mint. Există o fatalitate legată de distincția dintre aspectul fizic și intelect, acel gen de fatalitate care pare să străbată istoria, ținând de mersul împiedicat al regilor. E mai bine să nu te deosebești de semeni. Proștii și urâții se bucură de toate pe lumea asta. Stau relaxați și cască gura la spectacol. Dacă nu cunosc sensul victoriei, sunt scutiți cel puțin de cunoașterea înfrângerii. Trăiesc așa cum ar trebui cu toții să trăim – neperturbați, indiferenți și fără neliniști. Nu-i ruinează pe alții, dar nici nu sunt ruinați de alții. Rangul și bogăția ta, Harry, inteligența mea, atât cât este ea, arta mea – cât valorează ea, frumusețea lui Dorian Gray – cu toții vom suferi de pe urma celor dăruite de zei, vom suferi cumplit.

— Dorian Gray? Așa îl cheamă? întrebă lordul Henry îndreptându-se spre Basil Hallward.

— Da, așa îl cheamă. Nu intenționam să-ți divulg numele lui.

— Dar de ce?

— Ah, nici eu nu știu prea bine de ce. Atunci când îmi plac enorm unii oameni, nu le spun numele altora. E ca și cum aș renunța la o parte din ei. De la o vreme cultiv discreția. Se pare că este acel lucru care face viața modernă misterioasă sau incredibil de minunată. Cel mai banal lucru devine încântător dacă îl ascunzi. Când plec din oraș nu spun nimănui unde mă duc. Dacă aș face-o, aș pierde întreaga plăcere. E un obicei prostesc, aș zice, dar se pare că aduce o mare doză de aventură în propria-ți existență. Îmi închipui că mă crezi teribil de necugetat.

— Deloc, răspunse lordul Henry, deloc, dragul meu Basil. Pari să uiți că sunt însurat și unul dintre farmecele mariajului e că a înșela este absolut necesar pentru ambele părți. Nu știu niciodată unde mi-e nevasta, iar nevasta nu știe niciodată ce fac. Atunci când ne întâlnim – și ne întâlnim rar, atunci când luăm masa împreună în oraș sau când îl vizităm pe duce – ne spunem cele mai absurde povești cu aerul cel mai serios din lume. Nevastă-mea se pricepe foarte bine la asta, mult mai bine decât mine, de fapt. Nu încurcă întâlnirile, ceea ce mi se întâmplă mie. Dar atunci când mă găsește nu face scandal. Uneori îmi doresc să o facă – dar ea, pur și simplu, râde.

— Detest felul în care vorbești despre mariaj, spuse Basil, luând-o spre ușa care ducea către grădină. Eu cred că tu ești un soț foarte bun, dar îți e teribil de rușine de propriile calități. Ești un tip extraordinar, Harry. Nu moralizezi și nici nu greșești vreodată. Cinismul tău e o poză și nimic mai mult.

— Faptul de a fi natural este pur și simplu o poză, una dintre cele mai nesuferite din câte știu eu, spuse lordul Henry râzând. Cei doi tineri merseră în grădină împreună și se așezară pe o bancă lungă din lemn de bambus, aflată la umbra unei tufe înalte de laur. Soarele luneca peste frunzele ceruite. Mărgărite albe tremurau în iarbă.

După un răstimp, lordul Henry își scoase ceasul.

— Îmi pare rău, dar trebuie să plec, dragul meu Basil, murmură el; înainte de a pleca, insist, totuși, să-mi răspunzi la întrebarea pe care ți-am pus-o acum câtva timp.

— Care anume? spuse pictorul neluându-și ochii din pământ.

— Știi tu prea bine.

— Nu, nu știu Harry.

— Ei bine, o să-ți spun despre ce-i vorba. Vreau să-mi explici de ce nu vrei să expui tabloul lui Dorian Gray. Vreau adevăratul motiv.

— Dar ți l-am spus.

— Nu, nu mi l-ai spus. Mi-ai spus că există prea mult din tine în el. Ei bine, dar asta-i o copilărie.

— Harry, spuse Basil Hallward, privindu-l drept în față, orice portret care este pictat cu sentiment este portretul artistului, nu al modelului. Modelul este un simplu accident, ocazia. Nu el este cel pe care pictorul îl dezvăluie; pe pânza colorată apare mai curând pictorul. Motivul pentru care nu voi expune acest tablou este că mi-e teamă că am arătat în el secretul propriului meu suflet.

Lordul Henry râse.

— Și care ar fi acesta? întrebă el.

— Ți-l voi spune, zise Hallward, dar pe față i se așternu o expresie de perplexitate.

— Te ascult cu nerăbdare, dragă Basil, continuă prietenul lui, aruncându-i o privire scurtă.

— Ah, nu-i cine știe ce, Harry, răspunse pictorul; și mi-e teamă că nu vei înțelege mare lucru. Poate că nici nu vei crede.

Lordul Henry zâmbi și, plecându-se, smulse din iarbă o margaretă cu petale roz și începu să o studieze.

— Sunt sigur că voi înțelege, răspunse el, privind cu mare atenție cercul auriu înaripat al margaretei. Dacă e vorba să cred în ceva, cred orice, cu condiția să fie incredibil.

Vântul scutură câteva flori din copaci iar florile de liliac, cu ciorchinele lor înstelat, se legănau în aerul lânced. Un greier începu să cânte lângă zid și, asemenea unui fir albastru, o libelulă trecu plutind cu aripile ei cafenii, străbătute de nervuri. Lordului Henry i se părea că, dacă s-ar strădui puțin, ar putea auzi inima lui Basil Hallward bătând, și se întreba ce va urma.

— Povestea este, pur și simplu, asta, spuse pictorul după câtva timp. Acum două luni m-am dus la una dintre petrecerile date de lady Brandon, unde e atâta lume încât n-ai pe unde trece. Știi că noi, sărmanii artiști, trebuie să ne arătăm din când în când în societate numai pentru a aminti publicului că nu suntem sălbatici. Într-o ținută de seară și cravată albă, așa cum mi-ai spus tu odată, oricine, chiar un agent de bursă, poate fi considerat o persoană civilizată. Ei bine, la zece minute după ce mă aflam în încăpere, vorbind cu matroane împopoțonate și academici plicticoși, brusc mi-am dat seama că mă privește cineva. M-am întors pe jumătate și atunci l-am văzut pe Dorian Gray pentru prima oară. Când privirile ni s-au întâlnit, am simțit că pălesc. M-a cuprins o stranie senzație de teroare. Îmi dădeam seama că mă aflam în fața cuiva a cărui simplă apariție era atât de fascinantă că, dacă aș permite acest lucru, mi-ar absorbi întreaga natură, întreg sufletul, propria-mi artă. Nu doream nici o influență venită din exterior. Știi tu singur, Harry, cât de independent sunt din fire. Întotdeauna mi-am fost propriul stăpân; am fost așa, cel puțin, până l-am întâlnit pe Dorian Gray. Apoi – dar nu știu cum să-ți explic. Apoi, ceva părea a-mi spune că mă aflu în pragul unei crize groaznice. Aveam sentimentul ciudat că Soarta îmi pregătea tristeți și bucurii din cele mai rafinate. M-am înspăimântat și m-am întors, hotărât să părăsesc camera. Nu conștiința îmi dicta acest lucru; la mijloc era un fel de lașitate. Nu mă mândresc cu faptul că încercam să evadez.

— Conștiința și lașitatea sunt unul și același lucru, Basil dragă. Conștiința e doar numele comercial. Asta-i tot.

— Totuși, oricare mi-a fost motivul – și probabil că era vorba de mândrie, pentru că eram foarte mândru – m-am luptat într-adevăr să ajung la ușă. Acolo, desigur, m-am împiedicat de lady Brandon. „Cred că nu ai de gând să dispari atât de repede, domnule Hallward?", a țipat ea ascuțit. Îi știi desigur acel ton sfredelitor al vocii.

— Da, e ca un păun în toate, cu excepția frumuseții, spuse lordul Henry, sfărâmând margareta cu degetele lungi, nervoase.

— N-am putut scăpa de ea. M-a prezentat figurilor nobile și celor cu decorații, celor cu Ordinul Jartierei, și doamnelor în vârstă, cu diademe și nasuri de papagal. Mă prezenta drept prietenul ei cel mai apropiat. N-o întâlnisem decât o singură dată, dar îi intrase în cap că trebuie să fiu tratat ca o personalitate excepțională. Cred că un tablou de-al meu se bucura de mare succes la vremea aceea sau, cel puțin, se pălăvrăgea despre el în ziarele de doi franci, etalonul nemuririi în secolul al nouăsprezecelea. Deodată m-am trezit față în față cu tânărul a cărui personalitate mă tulburase atât de mult. Eram foarte apropiați, aproape că ne atingeam. Privirile ni s-au întâlnit din nou. Era o nesăbuință din partea mea, dar am rugat-o pe lady Brandon să mă prezinte. Poate că, la urma urmelor, nu a fost tocmai o nesăbuință. A fost, pur și simplu, inevitabil. Oricum am fi vorbit fără nici o altă prezentare. Sunt sigur de asta. Așa mi-a spus Dorian după aceea. Și el simțea că eram predestinați să ne cunoaștem.

— Și cum ți l-a descris lady Brandon pe acest tânăr încântător? îl întrebă prietenul lui. Știu că are obiceiul să facă un *précis* rapid al musafirilor ei. Îmi amintesc cum m-a dus la un domn în vârstă, truculent, cu fața roșie, acoperit cu ordine și panglici, și cum mi-a șuierat la ureche, cu un susur tragic, care probabil era auzit de toată lumea din încăpere, cele mai șocante detalii. Pur și simplu am luat-o la goană. Îmi place să-i descopăr pe oameni de unul singur. Dar lady Brandon își tratează musafirii la fel cum cel care licitează își tratează marfa. Fie că dă toate explicațiile posibile în privința persoanei respective, fie că spune tot despre aceasta în afară de ce dorești să știi.

— Sărmana lady Brandon! Ești prea dur cu ea, Harry! spuse Hallward distrat.

— Dragul meu, ea a încercat să înființeze un *salon*, dar nu a reușit decât să deschidă un restaurant. Cum aș putea s-o admir? Dar zi-mi, ce ți-a spus despre domnul Dorian Gray?

— Ah, ceva de genul: „Încântător băiat – biata lui mamă și cum mine eram absolut de nedespărțit. Am uitat cu ce se ocupă – teamă mi-e că nu se ocupă cu nimic – oh, da, cântă la pian sau la vioară, dragă domnule Gray". Nu ne-am putut ține râsul și am devenit prieteni pe loc.

— Râsul nu-i deloc un început rău al unei prietenii și este și cel mai bun sfârșit al ei, spuse tânărul lord smulgând o altă margaretă.

Hallward clătină capul.

— Nu înțelegi ce înseamnă o prietenie, Harry – murmură el –, sau o dușmănie. Ție îți plac toți oamenii și ăsta e un alt fel de-a spune că toți îți sunt indiferenți.

— Ești oribil de nedrept! spuse lordul Henry, dându-și pălăria pe spate și uitându-se la norișorii care, asemenea unor gheme depănate de mătase albă, lucioasă se risipeau în golurile turcoaz ale cerului de vară. Da, ești oribil de nedrept. Eu îi catalóghez pe oameni în mod diferit. Îmi aleg prietenii după felul cum arată, cunoștințele după caracterul pe care îl au și dușmanii după inteligență. Niciodată nu poți fi suficient de atent în alegerea dușmanilor. Nici unul dintre dușmanii mei nu este prost. Cu toții au forță intelectuală și, în consecință, toți mă stimează. Este asta o dovadă de înfumurare? Cam așa e.

— Așa aș zice și eu, Harry. Dar după criteriile tale eu ar trebui să-ți fiu doar o cunoștință.

— Dragul meu Basil, tu ești ceva mai mult decât o cunoștință.

— Și ceva mai puțin decât un prieten. Un fel de frate, bănuiesc.

— Ah, frații! Nu mă interesează frații. Fratele meu mai mare nu vrea să moară, iar frații mei mai mici par a nu face niciodată nimic.

— Harry! exclamă Hallward încruntându-se.

— Dragă prietene, nu sunt tocmai serios. Dar nu mă pot abține să nu-mi detest rudele. Bănui că asta mi se trage de la faptul că nici unul dintre noi nu-i suportă pe alții care au aceleași defecte ca ale lui. Înțeleg furia democrației engleze împotriva a ceea ce ei numesc viciile claselor de sus. Masele simt că beția, prostia și imoralitatea trebuie să le aparțină întru totul, iar dacă unul dintre noi se dă în stambă, braconează pe teritoriul lor. Când sărmanul Southwark a ajuns la tribunal pentru divorț, indignarea le-a fost de-a dreptul magnifică. Cu toate astea nu cred că zece la sută din proletariat trăiește cum se cuvine.

— Nu sunt de acord cu un singur cuvânt din cele spuse de tine și, mai mult, sunt sigur că nici tu nu ești.

Lordul Henry își mângâie barba castanie, ascuțită, și-și ciocăni vârful ghetei de piele cu un baston de abanos cu un ciucure în cap.

— Cât de englez mai ești, Basil! E a doua oară când ai făcut această remarcă. Dacă îi avansezi o idee unui adevărat englez – ceea ce întotdeauna este necugetat – nici nu-i trece prin cap să se gândească dacă acea idee este bună sau rea. Singurul lucru despre care crede că e important este faptul că el crede în ea. Ei bine, valoarea unei idei nu are nimic de-a face cu sinceritatea celui care o exprimă. După toate probabilitățile, cu cât e omul mai nesincer, cu atât mai intelectuală este ideea, pentru că în acest caz nu va fi colorată de dorințele, nevoile sau de prejudecățile lui. Totuși, nu-ți propun să discutăm politică, sociologie sau metafizică. Îmi plac mai mult oamenii decât principiile, și, mai mult decât orice pe lume, îmi plac oamenii fără principii. Spune-mi mai mult despre domnul Dorian Gray. Îl vezi des?

— În fiecare zi. Nu m-aș simți fericit dacă nu l-aș vedea în fiecare zi. Îmi e absolut necesar.

— Nemaipomenit! Credeam că nu-ți pasă de nimic altceva decât de arta ta.

— Acum el este pentru mine arta, spuse pictorul cu gravitate. Uneori mă gândesc, dragă Harry, că nu există decât două perioade cu adevărat importante în istoria lumii. Prima este apariția unui nou mijloc de exprimare în artă, iar a doua este apariția unei noi personalități. Ceea ce a reprezentat inventarea picturii în ulei pentru venețieni și figura lui Antinou pentru sculptura grecească târzie va însemna pentru mine într-o zi figura lui Dorian Gray. Și asta nu pentru că pictez pornind de la el, că desenez pornind de la el, că schițez pornind de la el. Desigur, am făcut toate aceste lucruri. Dar el este mult mai mult pentru mine decât un model sau o persoană care îmi pozează. Nu-ți voi spune că sunt nemulțumit de ceea ce am făcut pornind de la el sau că frumusețea lui este de așa natură încât arta nu o poate exprima. Nu există ceva care să nu poată fi exprimat în artă și știu că tot ceea ce am făcut de când l-am întâlnit pe Dorian Gray este bun, este cea mai bună operă a vieții mele. Dar într-un fel cu totul curios – mă vei înțelege oare? – personalitatea lui mi-a sugerat o manieră cu totul nouă în artă, o ipostază stilistică total nouă. Văd lucrurile într-un mod diferit, le gândesc diferit. Acum pot recrea viața într-un mod care mi se ascundea înainte. „Un vis al formei într-o epocă a gândirii" - cine a spus asta? Dar asta e Dorian Gray pentru mine. Simpla prezență a acestui băiat - căci îmi pare a fi doar un băiat, deși are douăzeci și ceva de ani -, simpla lui prezență - ah, înțelegi ce înseamnă? Fără să fie conștient de asta, el definește pentru mine liniile unei noi școli, o școală care va conține întreaga pasiune a spiritului romantic, întreaga perfecțiune a spiritului de esență grecească. Armonia sufletului și trupului - cât de mult înseamnă asta! Noi, în nebunia noastră, le-am separat și am inventat un realism vulgar, o idealitate goală pe dinăuntru. Harry! dacă ți-ai da seama ce reprezintă Dorian Gray pentru mine! Îți amintești peisajul acela al meu pentru care Agnew mi-a oferit o sumă imensă și de care n-am vrut să mă despart? E unul dintre cele mai bune lucruri pe care le-am făcut vreodată. De ce? Pentru că în timp ce-l pictam, Dorian Gray îmi era alături. O insesizabilă influență a trecut de la el la mine și pentru prima oară am văzut în banala pădure minunea pe care am căutat-o mereu și care mereu mi-a scăpat.

— Basil, dar asta e extraordinar! trebuie să-l cunosc pe Dorian Gray.

Hallward se ridică și începu să se plimbe în sus și-n jos. După o vreme reveni.

— Harry, a spus el. Pentru mine Dorian Gray este pur și simplu un motiv artistic. S-ar putea ca tu să nu vezi nimic în el. Eu văd totul în el. Cu atât este el mai prezent în opera mea cu cât nu există nici o imagine a lui acolo. Este o sugestie, cum am spus, a unei noi maniere. Îl descopăr în contururile anumitor linii, în frumusețea și subtilitățile anumitor culori. Asta-i tot.

— Și atunci de ce nu-i expui portretul? întrebă lordul Henry.

— Pentru că, fără să vreau, am pus în el o anume expresie a acestei stranii idolatrii artistice, despre care n-am vorbit cu el niciodată. Nu va cunoaște niciodată acest lucru. Dar lumea s-ar putea să ghicească, și nu vreau să-mi golesc sufletul în fața ochilor ei limitați și iscoditori. Inima mea nu se va lăsa pusă la microscopul lor. E prea mult din mine acolo, Harry, prea mult!

— Poeții nu sunt atât de scrupuloși ca tine. Ei știu bine cât de utilă este pasiunea pentru a putea publica o carte. În zilele noastre o inimă distrusă se lasă tipărită în mai multe ediții.

— Îi urăsc pentru asta, strigă Hallward. Artistul trebuie să creeze lucruri frumoase, dar nu trebuie să pună nimic din viața lui în acestea. Trăim într-o epocă în care oamenii tratează arta de parcă ar fi o formă de autobiografie. Am pierdut sensul abstract al frumosului. Într-o zi voi arăta eu lumii ce înseamnă acesta. Din această cauză lumea nu va vedea niciodată portretul lui Dorian Gray.

— Cred că greșești, Basil, dar nu te voi contrazice. Numai cei rătăciți intelectualicește contrazic. Spune-mi, Dorian Gray ține la tine?

Pictorul medită câteva clipe.

— Mă place, răspunse el după o scurtă pauză. Știu asta. Desigur, îl flatez groaznic. Simt o plăcere cu totul ciudată în a-i spune lucruri de care știu că-mi va părea rău că i le-am spus. De regulă el se poartă fermecător; stăm în atelier și vorbim despre o mulțime de lucruri. Totuși, din când în când e groaznic de necugetat și pare că-i produce o mare plăcere să mă facă să sufăr. În acele momente simt că mi-am dat în întregime sufletul cuiva care îl tratează de parcă ar fi o floare de pus la butonieră, așa, ceva decorativ care să-i încânte vanitatea, un ornament pentru o zi de vară.

— Zilele de vară, Basil dragă, sunt bune să lâncezești, murmură lordul Henry. Probabil că tu te vei plictisi mai curând decât el. E trist, dar nu-i nici o îndoială că Geniul e mai durabil decât Frumusețea. Asta explică faptul că toți facem eforturi să ne ultra-cultivăm. În lupta sălbatică pentru existență dorim să posedăm ceva care durează, și așa se face că ne umplem mintea cu fleacuri și date în speranța prostească de a ne menține locul. Omul ultra-informat –

iată idealul omului modern. Iar spiritul omului ultra-informat este ceva oribil. Este ca un magazin cu de toate, un fel de bric-à-brac, plin de praf și fleacuri, în care totul este supra-evaluat. Cred că tu vei fi primul care te vei plictisi. Într-o zi îți vei privi prietenul și apariția lui în tablou ți se va părea deplasată sau nu-ți va mai plăcea tonul lui de culoare sau vei găsi altceva care să nu-ți placă. În inima ta îi vei reproșa amarnic multe și te vei gândi că s-a purtat foarte rău cu tine. Când va veni la tine data următoare, vei fi total rece și indiferent. Va fi mare păcat, pentru că acest lucru te va schimba. Ce mi-ai spus este o poveste romanțioasă, o poveste romanțioasă despre artă, aș zice, și cel mai rău lucru într-o poveste romanțioasă, oricare ar fi ea, este că ajungi să fii neromantic.

— Harry, nu vorbi așa. Cât voi trăi, personalitatea lui Dorian Gray mă va domina. Nu poți să simți ceea ce simt eu. Tu te schimbi prea des.

— Ah, dragul meu Basil, tocmai din această cauză îmi dau seama. Fidelii cunosc doar latura trivială a iubirii; numai infidelii cunosc tragediile iubirii. Și lordul Henry își aprinse un chibrit pe o cutie argintie, delicată, și începu să fumeze o țigară cu un aer afectat și satisfăcut, de parcă ar fi rezumat întreg sensul lumii într-o frază. Se auzi un zvon de vrăbii ciripind în frunzele verzi, lăcuite ale iederei, iar umbrele norilor albăstrui se alungau una pe alta pe iarbă asemenea rândunelelor. Ce plăcut era în grădină! Și cât de plăcute erau sentimentele oamenilor! – cu mult mai plăcute decât ideile lor. Așa i se părea. Propriul suflet și pasiunile prietenilor – astea erau lucruri fascinante în viață. Își imagina, amuzându-se în tăcere, prânzul plicticos pe care îl pierduse stând atât de mult de vorbă cu Basil Hallward. Dacă s-ar fi dus la mătușa lui, era sigur că l-ar fi întâlnit pe lordul Goodbody și întreaga conversație s-ar fi învârtit în jurul subiectului hrănirii săracilor și necesității construirii locuințelor model. Reprezentantul fiecărei categorii ar fi predicat importanța acestor virtuți pe care ei înșiși nu se străduie să le practice. Bogații ar fi vorbit despre importanța economisirii, iar leneșii despre demnitatea muncii. Ce minunat că a scăpat de toate astea. În timp ce se gândea la mătușa lui, îi veni pe neașteptate o idee. Se întoarse spre Hallward și spuse:

— Dragul meu, tocmai mi-am amintit.

— Ce ți-ai amintit, Harry?

— Unde am auzit numele lui Dorian Gray.

— Unde? întrebă Hallward, încruntându-se ușor.

— Nu te încrunta, dragă Basil. L-am auzit la mătușa mea, lady Agatha. Mi-a spus că a descoperit un tânăr încântător care urma să o ajute în East End, și că numele lui este Dorian Gray. Trebuie să recunosc că nu mi-a spus niciodată că e frumos. Femeile nu dau atenție aspectului fizic; cel puțin femeile bune. Mi-a spus că e foarte muncitor și că are o fire minunată. Eu mi-am imaginat pe loc o creatură cu ochelari și păr lins, nesuferit de pistruiat și mergând ca un soldățoi. Regret că n-am știut că ți-e prieten.

— Mă bucur că n-ai știut, dragă Harry.

— De ce?

— Nu vreau să-l întâlnești.

— Nu vrei să-l întâlnesc?

— Nu, nu vreau.

— Domnul Dorian Gray este în atelier, domnule, spuse valetul, venind în grădină.

— Acum trebuie să mi-l prezinți, strigă lordul Henry râzând.

Pictorul se întoarse către servitorul care clipea în lumina soarelui.

— Roagă-l pe domnul Gray să aștepte, Parker, voi veni imediat. Omul se înclină și o luă pe alee.

Apoi se uită la lordul Henry.

— Dorian Gray îmi este cel mai drag prieten, spuse el. Are o fire simplă și încântătoare. Mătușa ta avea perfectă dreptate în ceea ce spunea despre el. Nu-l strica. Nu încerca să-l influențezi. Influența ta i-ar face rău. Lumea e mare și are o mulțime de oameni minunați în ea. Nu-mi lua tocmai acea ființă care dăruie artei mele farmecul pe care îl are; viața mea ca artist depinde de el. Atenție, Harry, am încredere în tine. Vorbea foarte rar, iar cuvintele ieșeau din el parcă împotriva voinței lui.

— Ce absurdități mai spui și tu! zise lordul Henry, zâmbind și, luându-l pe Hallward de braț, aproape că îl conduse în casă.

Capitolul II

Când intrară îl văzură pe Dorian Gray. Era așezat la pian, întors cu spatele la ei, dând paginile unei partituri cu *Waldszenen* de Schumann.

— Trebuie să mi le împrumuți, Basil, strigă el. Vreau să le învăț. Sunt absolut încântătoare.

— Depinde cum pozezi astăzi, Dorian.

— Oh, m-am plictisit de pozat, și nu vreau un tablou în mărime naturală, răspuse băiatul, balansându-se pe scaunul de la pian într-un fel răsfățat și iritant. Când îl zări pe lordul Henry, obrajii i se colorară ușor o clipă. Scuză-mă, Basil, dar nu știam că ești cu cineva.

— El este lordul Henry Wotton, Dorian, un vechi prieten de la Oxford. Tocmai îi spuneam ce model important ești, iar tu ai stricat totul acum.

— Nu mi-ați stricat plăcerea de a vă fi cunoscut, domnule Gray, spuse lordul Henry, pășind și întinzându-i mâna. Mătușa mea mi-a vorbit deseori despre dumneavoastră. Sunteți unul dintre preferații ei, și, teamă mi-e, una dintre victimele ei.

— Acum sunt pe lista neagră a lui lady Agatha, răspunse Dorian cu o privire poznaș penitentă. Am promis că mă duc cu ea la un club din Whitechapel marțea trecută, și am uitat total despre asta. Urma să cântăm în duet – trei duete, cred. Nu știu ce-mi va spune. Mi-e cumplit de teamă să trec pe la ea.

— O, dar te voi împăca eu cu mătușa mea. Îți e destul de devotată. Și nu prea cred că într-adevăr contează că nu te-ai dus. Probabil că publicul a crezut că este realmente un duet. Când mătușa Agatha se așază la pian face zgomot cât doi.

— E groaznic că spuneți așa ceva despre ea și nu-i nici amabil față de mine, răspunse Dorian, râzând.

Lordul Henry se uită la el. Fără îndoială, era remarcabil de frumos, cu buzele lui purpurii, fin curbate, cu privirea albastră, francă, și părul auriu, aspru. Era ceva în înfățișarea lui care te făcea să ai încredere în el pe loc. Avea toată candoarea și puritatea pasionată a tinereții. Simțeai că s-a menținut intact și nepătat de lume. Nu-i de mirare că Basil Hallward îl adora.

— Sunteți mult prea fermecător pentru a aproba filantropia, domnule Gray – mult prea fermecător.

Și lordul Henry se aruncă pe divan și-și deschise porttigaretul.

În acest timp pictorul era ocupat cu amestecarea uleiurilor și pregătirea pensulelor. Părea preocupat, și când auzi ultima remarcă a lordului Henry îi aruncă o privire scurtă, ezită o clipă și-i spuse apoi:

— Harry, aș vrea să termin tabloul acesta astăzi. Crezi că sunt bădăran dacă te rog să pleci?

Lordul Henry zâmbi și se uită la Dorian Gray.

— Să plec, domnule Gray? întrebă el.

— Ah, vă rog, nu plecați. Văd că Basil este într-unul dintre momentele lui posace azi. Nu-l pot suporta atunci când e posac. În afară de asta, vreau să-mi spuneți de ce nu ar trebui să aprob filantropia.

— Nu știu dacă trebuie să vă spun asta, domnule Gray. E un subiect atât de plicticos că ar trebui discutat cu seriozitate. Evident că n-o voi șterge tocmai acum, când m-ați rugat să mă opresc. Nu te deranjează asta, Basil, nu-i așa? De multe ori mi-ai spus că îți place ca modelele tale să aibă cu cine pălăvrăgi.

Hallward își mușcă buzele.

— Dacă Dorian dorește acest lucru, desigur, trebuie să rămâi. Capriciile lui Dorian sunt legi pentru toți cu excepția lui.

Lordul Henry își luă pălăria și mănușile.

— Ești foarte insistent, dragul meu Basil, dar cred că trebuie să plec. Am promis că mă întâlnesc cu cineva la Orléans. La revedere, domnule Gray. Treci pe la mine într-una din după-amieze, în strada Curzon. Sunt aproape întotdeauna acasă în jurul orei cinci. Să-mi scrii când vei veni. Aș regreta să vii și să nu mă găsești acasă.

— Basil, strigă Dorian Gray, dacă lordul Henry Wotton pleacă, voi pleca și eu. Tu nu deschizi niciodată gura când pictezi și e îngrozitor de plicticos să stau pe podiumul acesta și să mă strădui să arăt bine. Roagă-l să stea. Insist.

— Stai, Harry, pentru a-i face pe plac lui Dorian, și mie, spuse Hallward privind absorbit tabloul. Așa este, nu vorbesc niciodată când lucrez, și nici nu ascult ce se spune; probabil că e îngrozitor de plictisitor pentru nefericitele mele modele. Te rog să stai.

— Dar ce-i de făcut cu omul de la Orléans?

Pictorul râse.

— Nu cred că e vreo problemă. Ia loc, Harry, te rog încă o dată. Și acum, Dorian, du-te pe podium, nu te mișca prea mult și nu da importanță celor spuse de lordul Henry. Are o influență proastă asupra tuturor prietenilor lui – eu sunt singura excepție.

Dorian Gray se urcă pe podium, cu aerul unui tânăr martir grec și făcu o mică *moue* de nemulțumire uitându-se la lordul Henry, față de care se simțea atras întru câtva. Era atât de diferit de Basil. Se aflau într-un contrast încântător. Și avea o voce atât de frumoasă. După câteva clipe îi spuse:

— Lord Henry, chiar aveți o influență proastă? Proastă pe cât spune Basil?

— Nu există ceva numit influență bună, domnule Gray. Toate tipurile de influențe sunt imorale – imorale din punct de vedere științific.

— De ce?

— Pentru că a influența pe cineva înseamnă să-i dai propriul suflet. Cel influențat nu mai gândește cu propriile lui gânduri și nu mai arde cu propriile-i pasiuni. Pentru el virtuțiile nu mai sunt reale. Păcatele, dacă există într-adevăr păcate, sunt împrumutate. El devine ecoul muzicii altcuiva, un actor care joacă un rol ce nu a fost scris pentru el. Scopul vieții e dezvoltarea sinelui. Atingerea propriei naturi într-un mod perfect – iată pentru ce suntem aici, pe pământ, fiecare dintre noi. Azi, oamenii se tem de ei înșiși. Au uitat suprema datorie, datoria față de sine. Desigur că sunt caritabili. Îi hrănesc pe cei flămânzi și-i îmbracă pe cerșetori. Dar propriile lor suflete sunt flămânde și sunt goi. Rasei noastre i-a dispărut curajul. Poate că niciodată nu l-am avut. Teroarea de societate, care stă la baza moravurilor, teroarea de Dumnezeu, care este secretul religiei – acestea sunt cele două lucruri care ne guvernează. Și totuși...

— Întoarce-ți capul puțin spre dreapta, Dorian, așa, ca un copil cuminte, spuse pictorul, cufundat în lucrul lui, atent numai la faptul că pe chipul băiatului apăruse o expresie pe care el nu o văzuse până atunci.

— Și totuși, continuă lordul Henry, cu vocea lui baritonală, melodioasă și cu acea mișcare a mâinii, atât de caracteristică, pe care o avea și în perioada etoniană, cred că omul ar trăi viața deplin și total, dacă ar da formă fiecărui sentiment, expresie fiecărui gând, realitate fiecărui vis – cred că lumea ar câștiga un asemenea imbold proaspăt de bucurie încât am uita toate bolile medievismului și, poate, ne-am întoarce la idealul elen. Dar celui mai curajos dintre noi îi e frică de el însuși. Mutilarea, proprie sălbaticului, își manifestă supraviețuirea tragică în negarea de sine care ne ruinează viețile. Suntem pedepsiți pentru refuzurile noastre. Fiecare impuls pe care ne străduim să-l sufocăm ne stăruie în minte și ne otrăvește. Trupul păcătuiește o dată și a isprăvit cu păcatul, pentru că acțiunea este o formă de purificare. Nu rămâne nimic în urmă decât amintirea unei plăceri sau luxul unui regret. Singura modalitate de a scăpa de tentație este să-i cedezi. Dacă-i vei rezista, sufletul ți se va îmbolnăvi de nostalgia unor lucruri pe care și le-a interzis, de ceea ce legile lui monstruoase au făcut să apară monstruos și nelegiuit.

S-a spus că marile evenimente ale lumii se petrec în interiorul creierului. În creier, numai în creier se săvârșesc marile păcate ale lumii. Dumneavoastră, domnule Gray, dumneavoastră, cu toată tinerețea rozalie și copilăria roz-albă, ați avut și aveți pasiuni de care vă e teamă, gânduri care v-au umplut de spaimă, vise cu ochii deschiși, vise de noapte a căror simplă amintire v-ar face să vă rușinați –

— Opriți-vă, șovăi Dorian Gray, opriți-vă! mă zăpăciți. Nu știu ce să zic. Trebuie să existe un răspuns la cele ce spuneți, dar nu-l pot afla. Nu mai vorbiți. Dați-mi voie să mă gândesc. Sau, mai curând, dați-mi voie să nu mă gândesc.

Aproape zece minute a stat nemișcat, cu buzele întredeschise, având în ochi o strălucire stranie. Vag își dădea seama că o serie de noi influențe acționau în el. Și totuși i se părea că îi vin realmente din interior. Cele câteva cuvinte pe care prietenul lui Basil i le spusese – cuvinte spuse la întâmplare, fără nici o îndoială, și intenționat paradoxale – atinseseră o coardă neatinsă până atunci, dar pe care o simțea vibrând și zvâcnind în bătăi curioase.

Doar muzica îl incitase în acest mod. Muzica îl tulburase în numeroase rânduri. Dar muzica nu e articulată. Ea nu creează în noi o nouă lume, ci, mai curând, un alt haos. Cuvinte! Simple cuvinte! Ce teribile erau! Cât de limpezi, vii și crude! N-aveai cum scăpa de ele! Și totuși, ce magie subtilă purtau în sine! Păreau că pot da formă plastică informului, că își au propria muzică, dulce precum a violei sau a lăutei. Simple cuvinte! Mai există oare ceva care să fie tot atât de real precum cuvintele?

Da – în copilărie existaseră lucruri pe care nu le înțelesese. Le înțelegea acum. Brusc viața îi apăru extrem de viu colorată. I se păru că pășește pe flăcări. Cum de nu știuse acest lucru?

Lordul Henry îl urmărea cu un zâmbet subtil. Știa precis momentul psihologic în care să nu spună nimic. Se simțea profund interesat de ce se întâmpla. Era intrigat de neașteptata impresie pe care o produseseră cuvintele lui și, amintindu-și o carte pe care o citise când avea șaisprezece ani, o carte care îi dezvăluise ceea ce nu știuse înainte, se întreba dacă nu cumva Dorian Gray trecea printr-o experiență similară. El nu făcuse decât să arunce o săgeată în aer, la întâmplare. Își atinsese oare ținta? Cât de fascinant mai era și băiatul ăsta!

Hallward picta în continuare cu acea tușă îndrăzneață a lui care poseda adevăratul rafinament și delicatețea perfectă care în artă, în orice caz, îți vine doar din forța interioară. Nu sesizase deloc tăcerea.

— Basil, am obosit să pozez, strigă brusc Dorian Gray. Trebuie să ies și să stau în grădină. Aici aerul e sufocant.

— Dragul meu, îmi pare rău. Când pictez nu mă gândesc la altceva. Dar nicicând n-ai pozat mai bine ca acum. Ai stat total nemișcat. Și am prins acel efect pe care îl doream - buzele întredeschise și strălucierea ochilor. Nu știu ce ți-a tot spus Harry, darcu siguranță te-a făcut să ai cea mai frumoasă expresie. Bănui că ți-a făcut multe complimente. Nu trebuie să crezi o iotă din ceea ce îți spune.

— Nu mi-a făcut absolut nici un compliment. Poate că de aceea nu cred nimic din ceea ce mi-a spus.

— Crezi tot, știi bine, spuse lordul Henry privindu-l cu ochii lui visători, languroși. Voi veni în grădină cu dumneavoastră. E înfiorător de cald în atelier. Basil, hai să bem ceva rece, ceva care să aibă și căpșune.

— Sigur, Harry. Sună clopoțelul și când vine Parker îi voi spune ce dorești. Eu trebuie să termin fundalul așa că voi veni ceva mai târziu. Nu-l reține pe Dorian prea mult. N-am fost într-o dispoziție mai bună pentru pictură ca azi. Asta îmi va fi capodopera. Este capodopera mea așa cum arată acum.

Lordul Henry ieși în grădină și-l găsi pe Dorian cu fața îngropată în florile răcoroase de liliac, bându-le cu ardoare parfumul de parcă ar fi fost vin. Se apropie și-i puse mâna pe umăr.

— Aveți perfectă dreptate să faceți asta, murmură el. Nimic nu poate vindeca sufletul în afara simțurilor, cum nimic nu poate vindeca simțurile în afara sufletului.

Băiatul tresări și se trase înapoi. Nu avea nimic pe cap, iar frunzele îi răvășiseră buclele rebele și se agățaseră de firele aurii. În ochii lui era o expresie de teamă, așa cum au oamenii care sunt brusc treziți din somn. Nările lui fin cizelate tremurau și un nerv ascuns zvâcni sub buzele purpurii făcându-le să tremure.

— Da, continuă lordul Henry, acesta e unul din marile secrete ale vieții – de a vindeca sufletul prin simțuri și simțurile prin suflet. Dumneavoastră sunteți o creație minunată. Știți mai mult decât credeți că știți, la fel cum știți mai puțin decât doriți să știți.

Dorian Gray se încruntă și își întoarse capul. Nu-și putea înfrâna sentimentul de plăcere pe care i-l inspira tânărul înalt, plin de grație, care îi stătea alături. Figura lui măslinie, romantică, și expresia obosită îl interesau. În vocea baritonală, languroasă era ceva absolut fascinant. Chiar și mâinile albe, reci, ca o floare, aveau un farmec special. Pe măsură ce vorbea se mișcau parcă muzical și păreau să aibă un limbaj propriu. Dar îi era teamă de el și, în același timp, rușine că se temea. Oare de ce tocmai un străin trebuia să-i dezvăluie propriul sine sieși? Îl cunoștea pe Basil Hallward de luni de zile, dar prietenia dintre ei nu-l schimbase. Și brusc întâlnea pe cineva care părea că îi dezvăluia misterul vieții. Și, totuși, de ce anume se temea? Nu mai era școlar sau școlăriță. Era absurd să se teamă.

— Să mergem să ne așezăm la umbră, spuse lordul Henry. Parker a adus băuturile și dacă mai stați în lumina asta dogoritoare vă veți strica fața și Basil n-o să vă mai picteze. Nu trebuie să îngăduiți să vă bronzați. Nu v-ar sta bine.

— Ce contează? strigă Dorian Gray râzând în vreme ce se așeză pe un scaun la marginea grădinii.

— Pentru dumneavoastră totul ar trebui să conteze, domnule Gray.

— De ce?

— Pentru că purtați în dumneavoastră cea mai încântătoare tinerețe, iar tinerețea este singurul lucru pe care merită să-l ai.

— Eu nu simt asta, lord Henry.

— Nu, nu o simțiți acum. Într-o zi, când veți fi bătrân, ridat și urât, când gândurile își vor pune pecetea pe fruntea dumneavoastră iar pasiunea își va pune stigmatul focurilor hidoase pe buze, veți simți acest lucru, amarnic îl veți simți. Acum, oriunde mergeți, fermecați lumea. Va fi oare întotdeauna la fel?... Aveți o figură încântător de frumoasă, domnule Gray. Nu vă încruntați. V-ați încruntat. Și Frumusețea este o formă a Geniului - este superioară Geniului, pentru că nu cere să fie explicată. Aparține datelor esențiale din lume, cum sunt lumina soarelui sau primăvara sau reflectarea în ape întunecate a acelei scoici argintii pe care o numim lună. Nu poate fi supusă întrebărilor. Are dreptul ei divin de suveranitate. Pe cei care o posedă îi face prinți. Zâmbiți. Ah, când o veți pierde nu veți mai zâmbi... Uneori oamenii spun că Frumusețea e doar superficială. Dar cel puțin nu e atât de superficială pe cât este Gândirea. Pentru mine Frumusețea este minunea minunilor. Este superficială doar pentru oamenii care nu judecă după aparențe. Adevăratul mister al lumii este vizibilul, nu invizibilul... Da, domnule Gray, zeii au fost buni cu dumneavoastră. Dar zeii își iau repede darurile înapoi. Ai doar câțiva ani în care să trăiești cu adevărat, perfect și deplin. Când se duce tinerețea, se duce și frumusețea, și atunci descoperi brusc că nu mai ai parte de triumfuri sau că trebuie să te mulțumești cu acele triumfuri meschine pe care amintirea propriului trecut le va face să apară mai amare decât înfrângerile. Cu fiecare lună care se spulberă te apropii de ceva înspăimântător. Timpul e gelos pe tine și se războiește cu rozele și crinii tăi. Fața îți devine pământie, părul cărunt, obrajii ți se scofâlcesc, iar ochii au o privire goală. Suferi teribil... Ah, împliniți-vă tinerețea cât o aveţi. Nu vă risipiţi aurul zilelor ascultându-i pe plicticoşi, încercând să îmbunătăţiţi soarta rataţilor fără speranţă sau să vă dăruiţi viaţa ignoranţilor, banalilor, vulgarilor. Acestea sunt scopurile bolnăvicioase, idealurile false ale epocii noastre. Trăiţi! Trăiţi-vă minunata viaţă pe care o aveţi în dumneavoastră! Nu lăsaţi să vă scape nimic! Căutaţi mereu noi senzaţii. Să nu vă fie teamă de nimic... Un nou Hedonism – iată de ce are nevoie secolul nostru. Dumneavoastră aţi putea fi simbolul lui vizibil. Cu personalitatea pe care o aveţi, aţi putea face orice. Lumea vă aparţine un anotimp... În clipa în care v-am întâlnit nu vă dădeaţi bine seama ce sunteţi de fapt, de ceea ce aţi putea fi într-adevăr. Sunt atâtea lucruri în dumneavoastră care m-au fermecat încât am simţit că trebuie să vă spun ceva despre dumneavoastră. M-am gândit ce tragedie ar fi dacă v-aţi risipi. Pentru că tinereţea va dura atât de puţin, atât de puţin. Banalele flori de pe dealuri se ofilesc, dar înfloresc iar. Floarea de salcie va fi la fel de galbenă în iunie viitor pe cât este acum. Peste o lună vor înflori stelele de purpură ale clematitei şi an de an noaptea verde a frunzişului ei îi va purta stelele purpurii. Dar noi nu ne recăpătăm tinereţea. Bătaia bucuriei care se zbate în noi la douăzeci de ani devine lentă, apatică. Membrele nu ne mai ajută, simţurile ne ruginesc. Degenerăm şi devenim păpuşi hidoase, bântuite de amintirea pasiunilor de care ne-am temut atât şi de tentaţiile rafinate cărora nu am avut curajul să le cedăm. Tinereţea! Tinereţea! Nu există altceva pe lume în afara tinereţii!

Dorian Gray asculta cu ochii larg deschişi, întrebător. Creanga de liliac îi căzu din mână pe aleea pietruită. O albină păroasă veni şi bâzâi în jurul ei o clipă. Apoi începu să se caţăre pe întreg globul oval înstelat al florilor mărunte. O urmărea cu acel interes ciudat faţă de lucrurile neînsemnate pe care încercăm să-l potenţăm atunci când lucruri extrem de importante ne înspăimântă sau atunci când suntem stimulaţi de o nouă emoţie pentru care nu găsim modalitate de expresie sau când vreun gând care ne terorizează, ne asediază deodată mintea cerându-ne să capitulăm. Peste câtva timp albina zbură. O văzu strecurându-se în trompa pătată a rochiței-rândunicii. Floarea părea că tremură, dar apoi începu să se legene ușor într-o parte și alta.

Deodată pictorul apăru la ușa atelierului și le făcu semne nervoase să intre. Se întoarseră unul către celălalt și zâmbiră.

— Vă aștept, strigă el. Veniți. Lumina este perfectă acum și vă puteți aduce și băuturile.

Cei doi se ridicară și porniră hoinar pe alee. Fluturi albi și verzi treceau în zbor pe lângă ei și în părul aflat într-un colț al grădinii începu să cânte un sturz.

— Vă bucurați că m-ați întâlnit, domnule Gray, spuse lordul Henry privindu-l.

— Da, în acest moment mă bucur. Oare voi fi întotdeauna la fel de bucuros?

— Întotdeauna! E un cuvânt groaznic. Mă cutremur când îl aud. Femeilor le place să-l folosească. Ele strică orice aventură încercând să o facă să dureze o veșnicie. Pe deasupra, mai este și fără sens. Singura diferență între un capriciu și o pasiune de-o viață este că întotdeauna capriciul durează puțin mai mult.

Când intrară în atelier, Dorian Gray își puse mâna pe brațul lordului Henry.

— În acest caz, fie ca prietenia noastră să fie un capriciu, murmură el, roșind de propria lui îndrăzneală; păși apoi pe podium și-și reluă poziția.

Lordul Henry se aruncă într-un fotoliu de răchită și-l urmări. Lunecarea și fâșâitul pensulei pe pânză erau singurele sunete care întrerupeau nemișcarea, cu excepția scurtelor momente în care Hallward pășea îndărăt să-și privească opera de la distanță. În razele piezișe care curgeau prin ușa deschisă, dansa praful aurit. Mirosul greu al rozelor părea că se lăsa în toate.

Aproape după un sfert de oră Hallward se opri din pictat și se uită mult timp la Dorian Gray, apoi la tablou, mușcând vârful uneia dintre pensulele lui imense, încruntându-se.

— E gata, strigă el în cele din urmă și aplecându-se își scrise numele cu litere prelungi, vermillon, în colțul din stânga al pânzei.

Lordul Henry veni și examină tabloul. Fără îndoială că era o operă de artă minunată, iar asemănarea era și ea minunată.

— Dragă prietene, sincere felicitări, spuse el. Este cel mai bun portret al epocii moderne. Domnule Gray, vino să te uiți la dumneata.

Băiatul tresări de parcă ar fi fost trezit dintr-un vis.

— Chiar e gata? murmură el, coborând de pe podium.

— Chiar gata, spuse pictorul. Și tu ai pozat splendid azi. Îți sunt teribil de recunoscător.

— Asta mi se datorează mie în întregime, îl întrerupse lordul Henry. Nu-i așa, domnule Gray?

Dorian nu dădu nici un răspuns, ci merse distrat spre tablou și se întoarse să-l privească. Când îl văzu, se trase înapoi, iar obrajii i se îmbujorară de plăcere. În ochi îi apăru o expresie de bucurie, de parcă s-ar fi recunoscut pentru prima oară. Stătu acolo nemișcat, extaziat, vag conștient de ce-i spunea Hallward, dar fără să sesizeze sensul cuvintelor. Sensul propriei frumuseți îi apăru ca o revelație. Nu o simțise înainte. Complimentele lui Basil Hallward îi păruseră doar exagerări fermecătoare venite din prietenie. Le ascultase, râsese de ele și le uitase apoi. Nu-i influențaseră firea. Apoi apăruse lordul Henry Wotton cu straniul lui panegiric despre tinerețe, avertismentul teribil despre scurtimea ei. Îl impresionaseră pe moment, iar acum, cum stătea privind la umbra propriei sale frumuseți, îl străbătu întreaga realitate a descrierii. Da, va veni o zi în care fața lui va fi ridată și sfrijită, ochii goi și incolori și grația figurii sale, distrusă și deformată. Purpura buzelor se va stinge iar auriul va dispărea din părul lui. Viața care va trece în sufletul lui îi va ruina trupul. Va deveni îngrozitor, hidos și respingător.

Pe când se gândea la aceste lucruri, o împunsătură ascuțită îl scormoni asemenea unui cuțit, făcând fibra delicată a alcătuirii lui să tremure. Ochii lui căpătară culoarea ametistului și peste ei se așternu ceața lacrimilor. Se simțea de parcă o mână de gheață îi prinsese inima.

— Nu-ți place? strigă Hallward în cele din urmă, provocat puțin de tăcerea băiatului, neînțelegându-i sensul.

— Sigur că-i place, spuse lordul Henry. Cui nu i-ar plăcea? E unul dintre cele mai importante lucruri ale artei moderne. Îți dau oricât îmi ceri pe el. Trebuie să-l am.

— Nu e proprietatea mea, Harry.

— Cui îi aparține?

— Lui Dorian, desigur, răspunse pictorul.

— E un ins norocos.

— Ce trist e! murmură Dorian Gray, cu ochii încă fixați asupra propriului portret. Ce trist! Voi îmbătrâni, voi deveni oribil și groaznic. Dar tabloul acesta va rămâne de-a pururi tânăr. Nu va fi mai trecut decât această zi de iunie... Dacă ar fi invers! Dacă ar fi să fiu eu pururea tânăr și tabloul să îmbătrânească! Oh, pentru asta, pentru asta aș da orice! Da, n-ar exista ceva pe lume să nu dau! Mi-aș da sufletul pentru asta!

— N-ai da nici o importanță unui astfel de aranjament, Basil dragă, strigă lordul Henry râzând. Opera ta ar fi acoperită de linii groase.

— M-aș împotrivi din răsputeri, Harry, spuse Hallward.

Dorian se întoarse și se uită la el.

— Te cred că așa ai face. Îți place mai mult propria-ți artă decât prietenii pe care îi ai. Pentru tine eu nu sunt decât o figură verde de bronz. Nici măcar atât, aș zice.

Pictorul tresări uimit. Nu era deloc felul de a vorbi al lui Dorian. Ce se întâmplase? Părea destul de supărat. Fața îi era îmbujorată iar obrajii îi ardeau.

— Da, continuă el. Pentru tine însemn mai puțin decât Hermesul de fildeș sau Faunul de argint.

Statuetele acestea îți vor plăcea mereu. Pe mine cât mă vei plăcea? Până îmi va apărea primul rid, bănuiesc. Acum știu că atunci când îți pierzi trăsăturile frumoase, oricum ar fi ele, pierzi totul. Tabloul tău m-a învățat acest lucru. Lordul Henry are perfectă dreptate. Tinerețea este singurul lucru pe care merită să-l ai. Atunci când îmi voi da seama că îmbătrânesc, mă voi omorî.

Hallward păli și-l luă de mână:

— Dorian, Dorian, nu vorbi astfel. N-am avut niciodată un prieten ca tine și nu voi avea niciodată unul asemenea ție. Nu cred că ești gelos pe cele materiale – tocmai tu, care ești mai presus de toate!

— Sunt gelos pe absolut orice lucru a cărui frumusețe nu moare, sunt gelos pe portretul pe care l-ai pictat pentru mine. De ce trebuie el să păstreze ceea ce eu pierd? Orice clipă care trece îmi ia ceva și-i dăruiește lui. Oh, dacă ar fi altfel! Dacă tabloul s-ar putea schimba iar eu aș putea fi ceea ce sunt acum! De ce l-ai pictat? Își va bate joc de mine într-o zi – oribil își va bate joc! Lacrimi fiebinți îi șiroiau din ochi; se smulse, se aruncă pe divan și-și îngropă fața în perne, de parcă s-ar fi rugat.

— Aici e mâna ta, Harry, spuse pictorul cu amărăciune.

Lordul Henry dădu din umeri.

— Este adevăratul Dorian Gray – asta-i tot.

— Nu-i așa.

— Dacă nu-i așa, ce legătură am eu cu asta?

— Ar fi trebuit să pleci atunci când te-am rugat, bombăni el.

— Am stat atunci când m-ai rugat tu, fu răspunsul lordului Henry.

— Harry, nu mă pot certa cu cei mai buni prieteni ai mei în același timp, dar dintre voi doi, tu m-ai făcut să-mi urăsc cea mai bună din lucrările pe care le-am făcut vreodată și o voi distruge. Ce e, la urma urmei, decât pânză și culoare? Nu voi permite să intervină în viețile noastre și să le distrugă.

Dorian Gray își ridică capul auriu din pernă și cu fața palidă, cu urme de lacrimi în ochi îl privi cum se îndreaptă spre masa de pictură de brad care se afla sub fereastra cu draperii lungi. Ce făcea el acolo? Degetele lui căutau ceva prin vălmășagul de tuburi și pensule uscate. Da, căuta cuțitul cu lama flexibilă de oțel. Îl găsi în cele din urmă. Avea de gând să sfâșie pânza.

Cu un suspin înăbușit, băiatul sări de pe canapea și, repezindu-se la Hallward, îi smulse cuțitul din mână și îl aruncă în partea opusă a atelierului.

— Nu face asta, Basil, n-o face! strigă el. Ar fi o crimă.

— Mă bucur că-mi apreciezi opera în cele din urmă, Dorian, spuse pictorul, cu răceală, când își reveni din surpriză. Nu credeam că vei face asta.

— S-o apreciez? Dar sunt îndrăgostit de ea, Basil. E o parte din mine însumi. Simt asta.

— Ei bine, de îndată ce te vei usca, vei fi lăcuit, înrămat și trimis acasă. Apoi poți face absolut ce vrei cu tine. Și pictorul traversă încăperea și sună pentru ceai. Vrei să iei ceaiul, Dorian. Și tu, Harry? Sau sunteți împotriva acestor plăceri simple?

— Ador plăcerile simple, spuse lordul Henry. Ele sunt ultimul refugiu al celor complecși. Dar nu-mi plac scenele de genul acesta decât pe scena teatrului. Ce inși absurzi mai sunteți voi doi! Mă întreb cine l-a definit pe om drept un animal rațional. A fost cea mai prematură definiție din câte s-au dat vreodată. Omul poate fi definit în multe feluri, dar în nici un caz ca fiind rațional. Mă bucur că nu este, la urma urmei, deși aș prefera să nu vă ciorovăiți pe acest tablou. Mai bine mi l-ai da mie, Basil. Băiatul acesta prostuț nu-l vrea cu adevărat, eu într-adevăr îl vreau.

— Dacă vei da voie altcuiva să ia tabloul în afară de mine, nu te voi ierta niciodată, Basil! strigă Dorian Gray. Și nu permit altora să mă numească băiat prostuț.

— Știi că tabloul îți aparține, Dorian. Ți l-am dăruit înainte de a exista.

— Și știți că v-ați purtat puțin prosetește, domnule Gray, că, în realitate, n-aveți nimic împotrivă să vi se reaminteacă faptul că sunteți extrem de tânăr.

— Azi de dimineață m-aș fi împotrivit din răsputeri, lord Henry.

— Ah! azi de dimineață! De atunci ați trăit ceva.

Se auzi o bătaie în ușă iar valetul intră cu o tavă de ceai încărcată și o puse pe măsuța japoneză. Urmă zornăitul ceștilor și farfurioarelor și șuieratul ceainicului georgian. Un paj aduse două farfurii de porțelan rotunjite ca o sferă. Dorian Gray se duse și turnă ceaiul. Cei doi bărbați o luară nepăsători spre masă și apoi priviră îndelung ce se afla sub capace.

— Hai să mergem la teatru în seara asta, spuse lordul Henry. Trebuie să se joace o piesă pe undeva. I-am promis unui vechi prieten că vom cina la White, dar îi pot trimite o telegramă spunându-i că sunt bolnav sau că sunt reținut ca urmare a unui angajament. Cred că ar fi o scuză bună - ar avea întreaga surpriză a candorii.

— E atât de plictisitor să te îmbraci în haine de seară, bombăni Hallward. Și, la urma urmei, piesele care se joacă azi sunt atât de dezgustătoare.

— Da, răspunse lordul Henry visător, hainele secolului al nouăsprezecelea sunt detestabile. Sunt atât de sobre, de deprimante. Păcatul e unicul element real de culoare din viața modernă.

— N-ar trebui să spui lucruri de genul ăsta în fața lui Dorian, dragă Harry.

— În fața cărui Dorian? A celui care ne toarnă ceaiul sau a celui din tablou?

— În fața amândurora.

— Mi-ar face plăcere să vin la teatru cu dumneavoastră, lord Henry, spuse băiatul.

— Atunci veți veni; și vei veni și tu, Basil, nu-i așa?

— Nu pot. Aș prefera să nu vin. Am o mulțime de treburi de făcut.

— Ei bine, atunci vom merge noi doi, domnule Gray.

— Mi-ar face o imensă plăcere.

Pictorul își mușcă buzele și se duse, cu ceașca în mână, spre tablou.

— Voi rămâne cu adevăratul Dorian, spuse el cu tristețe.

— Este oare acesta adevăratul Dorian, strigă originalul portretului, mergând spre el. Oare sunt într-adevăr așa?

— Da, întocmai așa.

— Ce minunat, Basil dragă!

— Cel puțin în aparență ești așa. Dar acesta nu se va schimba niciodată, oftă Hallward. E ceva.

— Cât zgomot fac oamenii în jurul fidelității! exclamă lordul Henry. Ei bine, chiar în iubire e o problemă de domeniul psihologiei. N-are nimic de-a face cu propria noastră voință. Tinerii vor să fie fideli și nu sunt, bătrânii vor să fie infideli și nu pot - asta-i tot.

— Nu te duce la teatru în seara asta, Dorian, spuse Hallward. Rămâi să cinăm împreună.

— Nu pot, Basil.

— De ce?

— Pentru că i-am promis lordului Henry Wotton să merg cu el.

— Nu te va admira mai mult pentru că-ți ții promisiunile. El și le încalcă mereu. Te rog să nu te duci.

Dorian Gray râse și dădu din cap.

— Te implor.

Băiatul ezită și se uită spre lordul Henry, care îi urmărea de la măsuța de ceai cu un zâmbet amuzat.

— Trebuie să mă duc, Basil, răspunse el.

— Foarte bine, spuse Hallward, și se duse și-și puse ceașca pe tavă. E destul de târziu, și cum trebuie să vă îmbrăcați pentru spectacol, ar fi bine să nu pierdeți timpul. La revedere, Harry. La revedere, Dorian. Să treci pe la mine. Vino mâine.

— Desigur.

— N-o să uiți?

— Nu, sigur că nu, strigă Dorian.

— Și... Harry!

— Da, Basil?

— Amintește-ți ce te-am rugat în grădină, azi dimineață.

— Am uitat.

— Am încredere în tine.

— Aș vrea să am și eu încredere în mine, spuse lordul Henry, râzând. Veniți, domnule Gray, șareta mă așteaptă afară, vă pot lăsa acasă. La revedere, Basil. A fost o după-amiază extrem de interesantă.

În timp ce ușa se închidea în spatele lor, pictorul se lăsă pe canapea și pe chip i se așternu o expresie de mare suferință.

Capitolul III

În ziua următoare, la ora douăsprezece și jumătate, lordul Henry Wotton s-a dus agale din strada Curzon spre strada Albany pentru a-i face o vizită unchiului său, lordul Fermor, un celibatar cordial, deși cam colțos, pe care lumea îl socotea egoist pentru că nu scotea nici un beneficiu de pe urma lui, dar Societatea vedea în el un ins generos pe motivul că-i hrănea pe cei care îl amuzau. Tatăl lui a fost ambasadorul nostru la Madrid, pe vremea când Isabella era tânără, iar la Prim* nu se gândea nimeni, dar se retrăsese din serviciul diplomatic într-un moment de iritare provocat de faptul că nu i se oferise Ambasada din Paris, un post pe care el considera că-l merită pe deplin datorită originii sale, indolenței, englezei impecabile a comunicatelor diplomatice și pasiunii excesive pentru plăcere. Fiul, care fusese secretarul tatălui, demisionase împreună cu șeful lui, prostește într-un fel, cum gândea el în acea clipă și, intrând la câteva luni după aceea în posesia titlului, se pusese temeinic pe studierea măreței arte aristocratice de a nu face absolut nimic. Avea două case mari în oraș, dar prefera să locuiască în apartamente închiriate, pentru că era mai puțin complicat, și lua masa la club. Dădea ceva atenție administrării minelor din Midland și se scuza pentru

---

* Juan Prim (Y Pratis) (1814-1870) – general spaniol, conducătorul unei mișcări care, în 1868, a detronat-o pe Isabella a II-a. A fost ministru de Război sub Serrano, manifestându-se apoi dictatorial. A murit asasinat (n.tr.).

interesul față de această industrie murdară invocând faptul că unul dintre avantajele de a avea cărbune era că acesta îi permite unui gentleman să fie decent și să ardă lemne în propriul șemineu. În politică era Tory, cu excepția perioadelor în care partidul se afla la putere, timp în care îi înjura deschis, spunând că sunt o haită de Radicali. Era erou în ochii valetului său, care-l teroriza, și o adevărată teroare pentru cunoscuți, pe care îi teroriza la rându-i. Doar Anglia putea naște un asemenea om, iar el spunea mereu că țara se duce de râpă. Principiile lui erau învechite, dar erau o mulțime de lucruri de spus în privința prejudecăților lui.

Când lordul Henry intră în cameră, își găsi unchiul stând îmbrăcat într-o haină grosolană de vânătoare, fumând un trabuc și bodogănind în timp ce citea un număr din *The Times*.

— Ei, Harry, spuse bătrânul domn, ce te aduce aici atât de devreme? Credeam că voi, dandy, nu vă treziți înainte de ora două și nu vă arătați înainte de ora cinci.

— Pură afecțiune de familie, te asigur, unchiule George. Vreau să obțin ceva de la tine.

— Bani, bănuiesc, spuse lordul Fermor, strâmbându-se iritat. Ei bine, stai jos și povestește-mi. Tinerii din vremea de azi își imaginează că banii sunt totul.

— Da, murmură lordul Henry, aranjându-și butoniera de la haină, și atunci când îmbătrânesc își dau seama. Dar nu vreau bani. Numai cei care-și plătesc notele de plată au nevoie de bani, unchiule George, iar eu nu mi le plătesc niciodată. Creditul este capitalul fiului mai mic, și se trăiește splendid din el. În afară de asta, întotdeauna tratez cu oamenii de afaceri ai lui Dartmoor și, drept urmare, nu mă pisează. Ce vreau eu sunt niște informații, desigur, nu niște informații utile – evident, niște informații inutile.

— Ei bine, îți pot spune tot ce se află în Bluebook, Harry, deși inșii aceștia scriu acolo o mulțime de absurdități. Pe vremea când eram în diplomație, lucrurile stăteau mai bine. Acum aud că îi acceptă prin examen. La ce te poți aștepta? Examenele, domnule, sunt pure farse, de la un capăt la altul. Dacă ești gentleman, știi suficient, dacă nu ești, ce știi nu-ți face decât rău.

— Domnul Dorian Gray nu apare în Bluebook, unchiule George, spuse lordul Henry languros.

— Domnul Dorian Gray? Cine e? întrebă domnul Fermor, răsucindu-și sprâncenele albe, stufoase.

— Iată ce am reușit să aflu, unchiule George. Sau să știu cine este mai curând. El este ultimul din nepoții lordului Kelso. Mama lui era o Devereux, lady Margaret Devereux. Aș vrea să-mi spui câte ceva despre mama lui. Cum arăta? Cu cine s-a măritat? În tinerețe i-ai cunoscut pe toți aproape și probabil că ai cunoscut-o și pe ea. Domnul Gray mă interesează mult acum. Abia l-am cunoscut.

— Nepotul lui Kelso! răspunse ca un ecou bătrânul domn. Nepotul lui Kelso!... Desigur... I-am cunoscut mama îndeaproape - cred că am fost la botezul ei. Era o fată de o frumusețe nemaiîntâlnită, această Margaret Devereux, și i-a înnebunit de furie pe toți când a fugit cu un tânăr fără un ban, un nimeni, dom'le, un subaltern dintr-un regiment de artilerie sau ceva de genul acesta. Sigur, îmi amintesc totul de parcă ar fi fost ieri. Sărmanul de el a fost ucis într-un duel la Spa, la câteva luni după căsătorie. Circula o poveste urâtă în legătură cu asta. Se spunea că Kelso l-a pus pe un aventurier ticălos, o brută belgiană, să-i insulte ginerele în public - l-a plătit, domnule, să facă acest lucru, și individul a băgat sabia în el de parcă ar fi fost un porumbel bun de fript. Toată afacerea a fost mușamalizată; dar, pe legea mea, o bună bucată de timp Kelso a luat de unul singur masa la club. Mi s-a spus că și-a adus fata înapoi iar ea nu a mai vorbit niciodată cu el. O, da, a fost o afacere murdară. Și fata a murit, a murit la un an după aceea. Deci a lăsat un fiu? Uitasem acest lucru. Cum e băiatul? Dacă seamănă cu maică-sa probabil că este un tip arătos.

— Da, este foarte arătos, consimți lordul Henry.

— Sper că va cădea pe mâini bune, continuă bătrânul. Probabil că-l așteaptă o grămadă de bani, dacă Kelso a făcut ce trebuie. Și mama lui avea bani. Întreaga proprietate Selby i-a revenit ei de pe urma bunicului. Bunicul îl ura pe Kelso, îl socotea un meschin. Și el era la fel. A venit odată la Madrid când mă aflam acolo. Pe legea mea, mi-a fost rușine cu el. Regina mă tot întreba despre nobilul englez care se certa mereu cu birjarii pentru bani. A fost o întreagă poveste la vremea aceea. N-am îndrăznit să-mi arăt fața la Curte o lună întreagă. Sper că și-a tratat nepotul mai bine decât își trata birjarii.

— Nu știu, răspunse lordul Henry. Îmi închipui că băiatul e înstărit. Nu are încă vârsta de a intra în posesiunea proprietăților. Are Selby, asta știu. Așa mi-a spus. Și... mama lui a fost foarte frumoasă?

— Margaret Devereux a fost una dintre cele mai încântătoare ființe pe care le-am văzut vreodată. Ce naiba a făcut-o să se poarte cum s-a purtat, n-am înțeles asta niciodată. Putea să se mărite cu oricine dorea. Carlington era înnebunit după ea. Totuși, era romantică. Toate femeile din familie erau așa. Bărbații erau de calitate proastă, dar, pe legea mea!, femeile erau minunate. Carlington a umblat în genunchi după ea. Singur mi-a spus-o. Ea a râs de el; și pe vremea aceea nu era nimeni în Londra care să nu umble după el. À propos, Harry, dacă tot vorbim despre căsătorii prostești, ce este toată farsa asta despre care mi-a vorbit taică-tău, cu Dartmoor care dorește să se însoare cu o americancă? Nu sunt englezoaicele suficient de bune pentru el?

— Acum e la modă să te însori cu americance, unchiule George.

— Voi fi de partea englezoaicelor împotriva lumii întregi, Harry, spuse lordul Fermor, bătând cu pumnul în masă.

— Se pariază pe americance.

— Mi s-a spus că nu sunt rezistente, murmură unchiul lui.

— O logodnă lungă le epuizează, dar sunt imbatabile la cursa cu obstacole. Prind totul din zbor. Nu cred că Dartmoor are vreo șansă.

— Cine sunt părinții ei? mormăi bătrânul domn. Are părinți?

Lordul Henry dădu din cap.

— Americancele sunt la fel de iscusite în a-și ascunde părinții, cum sunt și englezoaicele în a-și ascunde trecutul, spuse el și se ridică să plece.

— Presupun că se ocupă cu ambalarea cărnii de porc.

— Sper, unchiule George, de dragul lui Dartmoor. Mi s-a spus că în America ambalarea cărnii de porc e cea mai profitabilă dintre profesiuni, după politică.

— E drăguță?

— Se poartă de parcă ar fi frumoasă. Majoritatea americancelor fac așa. Acesta e secretul farmecului lor.

— De ce nu pot americancele să stea la ele acasă? Ni se spune mereu că acolo este un Paradis pentru femei.

— Așa și este. Acesta e motivul pentru care, asemenea Evei, sunt extrem de nerăbdătoare să plece de-acolo, spuse lordul Henry. La revedere, unchiule George. Voi întârzia la prânz, dacă mai stau mult. Îți mulțumesc pentru informații. Întotdeauna îmi place să știu totul despre noii mei prieteni și nimic despre cei vechi.

— Unde iei prânzul, Harry?

— La mătușa Agatha. M-am autoinvitat acolo împreună cu domnul Gray. El este cel mai recent *protégé* al ei.

— Hm! Spune-i mătușii Agatha să nu mă mai deranjeze cu afacerile ei caritabile. Sunt sătul de ei. Bătrânica asta crede că n-am altceva de făcut decât să scriu cecuri pentru maniile ei prostești.

— Bine, unchiule George, îi voi spune, dar nu va avea nici un efect. Filantropii își pierd întreg simțul umanitar. Este trăsătura lor distinctivă.

Bătrânul domn mârâi aprobator și-și sună servitorul. Lordul Henry trecu de arcada joasă și o luă pe strada Burlington, îndreptându-și pașii spre Berkeley Square.

Aceasta era deci povestea părinților lui Dorian Gray. Chiar așa cum îi fusese spusă, fără nici o înfloritură, îl stimulase prin nota ei de poveste de dragoste ciudată, aproape modernă. O femeie frumoasă riscând totul pentru o pasiune nebunească. Câteva săptămâni de fericire, brusc întrerupte de o crimă perfidă, odioasă. Luni de agonie mută și apoi un copil născut în chinuri. Mama răpită de moarte și băiatul lăsat în voia singurătății și tiraniei unui bătrân fără inimă. Da, Dorian Gray avea o istorie interesantă. Îi dădea o oarecare prestanță băiatului, îl făcea să fie mai fără cusur, cum ar veni. În spatele fiecărei trăsături desăvârșite se afla ceva tragic. Lumi întregi trebuie să se canonească pentru a face să înflorească cea mai neînsemnată floare... Și cât de încântător fusese la cină, seara trecută când, cu ochi speriați și buze întredeschise de o plăcere înspăimântată, stătuse în fața lui la club, iar lumânările roșii împurpuraseră mai intens minunea pe cale să se trezească de pe fața lui. A vorbi cu el era ca și cum ai cânta la o vioară de mare preț. Răspundea la fiecare atingere și fremătare a arcușului... Era ceva extrem de captivant în clipele acelea în care își exercita influența asupra lui. Nici o altă acțiune nu-i semăna. Să-ți proiectezi sufletul într-o formă grațioasă și să-l lași să adaste acolo o clipă, să-ți auzi propriile opinii intelectuale întorcându-se în ecou, îmbogățite cu toată muzica pasiunii și tinereții, să-ți treci temperamentul în celălalt ca și cum ar fi un fluid subtil sau un ciudat parfum – era o adevărată bucurie în toate astea, poate cea mai deplină bucurie care ne-a rămas într-o epocă atât de limitată și vulgară ca a noastră, o epocă brutal de carnală în plăceri și brutal de banală în scopuri... Era un exemplar minunat, băiatul ăsta, pe care dintr-o întâmplare curioasă îl întâlnise în atelierul lui Basil – sau putea fi modelat, putea deveni un exemplar minunat, oricum. Avea grație, puritatea imaculată a adolescenței și frumusețea pe care doar anticele marmuri grecești ne-o mai păstrează. Puteai face orice din el. Îl puteai face să fie Titan sau jucărie. Ce păcat că o asemenea frumusețe era sortită ofilirii! Și Basil? Cât de interesant era el dintr-un anume punct de vedere psihologic! Noua manieră în artă, un mod proaspăt de a privi viața sugerate atât de straniu de simpla prezență vizibilă a cuiva care era total inconștient de toate acestea; spiritul tăcut care sălășluia în obscuritatea pădurii și mergea nevăzut în câmp, arătându-se brusc asemenea unei driade, netemător, pentru că în sufletul lui, a celui care o căuta, se trezise acea viziune minunată, singura căreia i se revelau cele minunate – simple forme și modele ale lucrurilor în devenire, cum s-ar spune, rafinate și câștigând un fel de valoare simbolică de parcă ele însele ar fi fost modele ale unei forme desăvârșite a cărei umbre ele o făceau reală: cât de straniu era totul! Își aminti că a mai existat ceva de acest gen în istorie. Nu oare Platon, acel artist al gândirii, a fost primul care a analizat-o? Oare nu Buonarroti a cioplit-o în marmurile colorate ale ritmului unui sonet? Dar să apară în secolul nostru – asta era într-adevăr ceva ciudat... Da, va încerca să fie pentru Dorian Gray ceea ce, fără să știe, băiatul era pentru pictorul care închipuise acel portret minunat. Va încerca să-l domine – chiar reușise să o facă pe jumătate. Va face astfel ca acel spirit minunat să-i aparțină. Era ceva fascinant în acest fiu al Iubirii și Morții.

Brusc se opri și se uită în sus, la case. Își dădu seama că trecuse de mult de casa mătușii lui și, zâmbind în sine, se întoarse. Când intră în holul oarecum întunecat, majordomul îi spuse că lumea se așezase deja la masă. Îi dădu unuia dintre valeți pălăria și bastonul și intră în sufragerie.

— Ca de obicei, întârzii, Harry, spuse mătușa lui, scuturându-și capul.

El inventă o scuză oarecare și, așezându-se în locul liber de lângă ea, privi în jur să vadă cine este acolo. Dorian se înclină timid de la locul lui din capul mesei, iar pe față îi trecu rapid o undă de plăcere. În partea opusă era ducesa de Harley, o doamnă de o calitate și de o stăpânire de sine admirabile, apreciate de toți cei care o cunoșteau. Avea o statură impozantă, trăsătură ce la femeile care nu sunt ducese e descrisă de comentatorii contemporani drept corpolență. La dreapta ei stătea sir Thomas Burdon, un membru Radical al Parlamentului, care în viața publică își urma liderul, iar în viața particulară îi urma pe cei mai buni dintre bucătarii lui, cinând cu Tory și gândind alături de Liberali după o regulă înțeleaptă și bine cunoscută. Poziția din stânga ei era ocupată de domnul Erskine de Treadley, un bătrân domn cu un farmec și cultură solide, care, totuși, căzuse pradă viciului tăcerii pentru că, așa cum îi spusese odată lui lady Agatha, spusese tot ce avea de spus înainte de treizeci de ani. Vecina lui de masă era doamna Vandeleur, una dintre cele mai vechi prietene ale mătușii lui, o sfântă printre femei, dar totodată atât de groaznic îmbrăcată încât îți amintea de o carte de rugăciuni prost legată. Din fericire pentru el, de cealaltă parte era lordul Faudel, o mediocritate inteligentă de vârstă mijlocie, la fel de sterp ca o declarație ministerială în Camera Comunelor, cu care ea conversa în acel mod extrem de serios - ceea ce era una dintre greșelile de neiertat, cum a remarcat el odată, în care cad oamenii cu adevărat buni și din care nici unul dintre ei nu scapă vreodată.

— Discutăm despre sărmanul Dartmoor, lord Henry, spuse ducesa, făcându-i un semn amabil peste masă. Credeți că se va căsători totuși cu această tânără fascinantă?

— Cred că ea s-a hotărât să-l ceară în căsătorie, ducesă.

— Ce îngrozitor! exclamă lady Agatha. Cineva ar trebui să intervină neapărat.

— Dintr-o sursă de mare încredere am aflat că tatăl ei are un magazin de textile și mărunțișuri, spuse sir Thomas Burdon, privind disprețuitor.

— Textile și mărunțișuri! Ce sunt textilele și mărunțișurile americane? spuse ea ridicându-și mâna masivă a mirare și accentuând verbul.

— Un gen de proză americană, răspunse lordul Henry, luând o porție de vânat.

Ducesa îl privi încurcată.

— Nu-i da atenție, draga mea, șopti lady Agatha. Niciodată nu crede ce spune.

— Când America a fost descoperită, spuse membrul Radical – și începu să enumere o serie de date plictisitoare. Ca toți cei care încearcă să epuizeze un subiect, el își epuiză ascultătorii. Ducesa oftă și-și exercită privilegiul de a-l întrerupe.

— Aș vrea să nu fi fost descoperită niciodată! exclamă ea. Azi fetele noastre nu au nici o șansă. E foarte nedrept.

— Poate că America nu a fost niciodată descoperită, spuse domnul Erskine. Eu însumi aș spune că doar i s-a dat de urmă.

— Oh, dar am văzut exemplare ale locuitorilor de-acolo, răspunse ducesa evaziv. Trebuie să mărturisesc că în mare parte sunt extrem de frumoși. Și se îmbrăcă bine. Își iau toate toaletele de la Paris. Aș vrea eu să-mi permit așa ceva.

— Se spune că atunci când americanii buni mor se duc la Paris, chicoti sir Thomas, care avea un dulap plin de haine aruncate de la Humour.

— Într-adevăr! Și unde se duc americanii răi când mor? întrebă ducesa.

— Se duc în America, murmură lordul Henry.

Sir Thomas se încruntă.

— Mi-e teamă că nepotul dumneavoastră are prejudecăți în privința acestei mari țări, spuse el către lady Agatha. Am călătorit peste tot, în mașini puse la dispoziție de directori care, în asemenea chestiuni, sunt extrem de civilizați. Vă asigur că există o educație demnă de luat în seamă acolo.

— Dar trebuie neapărat să mergem la Chicago pentru a ne educa? întrebă domnul Erskine pe un ton plângăreț. Nu mă simt capabil să mă îmbarc într-o astfel de călătorie.

Sir Thomas făcu un gest cu mâna.

— Domnul Erskine de Treadly are lumea la degetul mic. Nouă, oamenilor practici, ne place să vedem lucrurile, nu să citim despre ele. Americanii sunt niște oameni absolut interesanți. Sunt total raționali. Cred că aceasta e caracteristica lor. Da, domnule Erskine, sunt niște oameni absolut raționali. Vă asigur că americanii nu sunt absurzi deloc.

— Ce îngrozitor! strigă lordul Henry. Pot suporta forța brutală, dar rațiunea brutală este de nesuportat. Utilizarea ei are ceva necinstit în sine. Lovește intelectul sub centură.

— Nu vă înțeleg, spuse sir Thomas, devenind din ce în ce mai distant.

— Eu vă înțeleg, lord Henry, murmură domnul Erskine zâmbind.

— Paradoxurile sunt foarte bune în felul în care..., se alătură baronetul.

— A fost un paradox? întrebă domnul Erskine. Nu aș zice. Poate că a fost. Ei bine, direcția paradoxurilor coincide cu direcția adevărurilor. Pentru a testa realitatea trebuie să o vedem mergând pe sârmă. Adevărurile pot fi judecate numai când devin acrobați.

— Vai de mine! spuse lady Agatha, cum vă place să vă mai certați, vouă, bărbaților! Nu voi înțelege niciodată la ce vă referiți. Oh, Harry, sunt cam supărată pe tine. De ce încerci să-l convingi pe domnul Dorian Gray să renunțe la East End? Te asigur că ajutorul lui ar fi de neprețuit. Le-ar plăcea cum cântă.

— Vreau să-mi cânte mie, strigă lordul Henry, zâmbind, și privi înspre partea cealaltă a mesei unde surprinse o privire strălucitoare.

— Dar cei de la Whitechapel sunt atât de nefericiți, continuă lady Agatha.

— Pot simpatiza cu absolut orice, în afară de suferință, spuse lordul Henry, dând din umeri. Nu pot simpatiza cu asta. E prea urâtă, prea oribilă, prea supărătoare. E ceva extrem de morbid în simpatia celor de azi față de durere. Ar trebui să simpatizăm cu frumusețea, culoarea și bucuria vieții. Cu cât se vorbește mai puțin despre durerile vieții, cu atât e mai bine.

— Totuși, East End-ul e o problemă foarte importantă, remarcă sir Thomas, dând din cap cu gravitate.

— Tocmai, răspunse tânărul lord. E problema sclaviei și încercăm să o rezolvăm amuzându-i pe sclavi.

Politicianul îl privi cu extremă atenție.

— Și atunci ce schimbare propui? întrebă el.

Lordul Henry râse.

— Nu doresc să schimb nimic în Anglia cu excepția vremii, răspunse el. Mă simt pe deplin mulțumit cu meditația filosofică. Dar, cum secolul al nouăsprezecelea a dat faliment risipind exagerat de mult pe simpatie, aș sugera să apelăm la știință să ne pună pe drumul cel bun. Avantajul emoțiilor este că ne induc în eroare, iar avantajul științei este că nu este emoțională.

— Dar avem niște responsabilități atât de mari, se încumetă doamna Vandeleur cu timiditate.

— Extrem de mari, repetă lady Agatha.

Lordul Henry privi spre domnul Erskine.

— Umanitatea se ia prea mult în serios. Acesta este păcatul originar. Dacă omul peșterii ar fi știut să râdă, istoria ar fi fost alta.

— Ați reușit să mă liniștiți, susură ducesa. Mereu mă simțeam vinovată că nu mă interesează deloc East End-ul când veneam s-o văd pe mătușa dumneavoastră. De-acum înainte voi putea să o privesc în față fără să roșesc.

— O roșeață ușoară vă vine foarte bine, ducesă, remarcă lordul Henry.

— Doar atunci când ești tânăr, răspunse ea. Atunci când o femeie în vârstă ca mine roșește este un semn rău. Ah, lord Henry, cât aș vrea să-mi spuneți cum să întineresc.

El stătu o clipă pe gânduri.

— Vă amintiți ce mare eroare ați făcut în tinerețe, ducesă? întrebă el privind-o peste masă.

— O mulțime, mă tem, strigă ea.

— Atunci faceți-le din nou, spuse el cu gravitate. Pentru a-ți recâștiga tinerețea trebuie doar să-ți repeți nebuniile.

— Încântătoare teorie! exclamă ea. Trebuie să o pun în practică.

— O teorie periculoasă! veni replica pe de buzele strânse ale lui sir Thomas. Lady Agatha dădu din cap, dar nu se putu abține să nu se amuze. Domnul Erskine ascultă.

— Da, continuă el, acesta e unul dintre marile secrete ale vieții. Azi cei mai mulți oameni mor dintr-un soi de bun-simț înfiorător și descoperă atunci când e prea târziu că singurele lucruri pe care nu le regretă sunt greșelile comise.

Un hohot de râs făcu înconjurul mesei.

Se juca cu ideea și o continua cu obstinație; o zvârlea în aer și o transforma, o lăsa să-i scape și o prindea din nou, o făcea să iradieze de fantezie și îi dădea apoi aripi de paradox. Elogiul nebuniei, cum îl continuă el, se avânta, devenind filosofie, iar Filosofia însăși întinerea și, surprinzând muzica nebunească a Plăcerii, purtând straiul pătat de vin și coroana de iederă, dansa asemenea unei bacante pe colinele vieții și-și bătea joc de greoiul Silenus pentru că este atât de grav. Faptele fugeau din fața ei asemenea vietăților pădurene speriate. Picioarele ei albe călcau imensa storcătoare, unde stă înțeleptul Omar, până când sucul de struguri clocotitor se ridica în jurul picioarelor ei goale în valuri de purpură înspumată, sau se strecura ca spuma roșie peste marginile negre, înclinate și picurânde ale ciubărului negru. Era o improvizație extraordinară. Simțea că ochii lui Dorian Gray sunt fixați asupra lui și conștiința faptului că în acel public exista cineva a cărui fire dorea s-o fascineze părea că-i dăruie ascuțime spiritului și culoare imaginației. Era sclipitor, fantastic, iresponsabil. Își fermeca ascultătorii care îi urmau fluierul râzând. Dorian Gray nu-și lua ochii de pe el, ci sta ca vrăjit, cu zâmbete care i se perindau necontenit pe buze și o nedumerire din ce în ce mai intensă în ochii a căror culoare se întuneca.

În final, îmbrăcată în costumul epocii, Realitatea intră în cameră sub forma servitorului pentru a-i spune ducesei că trăsura o așteaptă. Își frânse mâinile a disperare.

— Ce neplăcut! strigă ea. Trebuie să plec. Trebuie să trec pe la club să-l iau pe bărbatul meu la o întrunire ridicolă la Willis's Rooms, unde va prezida. Dacă întârzii, mai mult ca sigur că se va înfuria și nu-mi permit să fac față unei scene sub pălăria asta. E mult prea fragilă. Un cuvânt aspru ar distruge-o. Nu, trebuie să plec, dragă Agatha. La revedere, lord Henry, sunteți o persoană încântătoare și teribil de demoralizantă. Nu prea știu ce să spun despre părerile dumneavoastră. Trebuie să veniți și să cinați cu noi într-o seară. Marți? Nu aveți nici un angajament marți?

— De dragul dumneavoastră aș renunța la oricine, ducesă, spuse lordul Henry, înclinându-se.

— Ah! sunteți foarte amabil, dar greșiți totodată, spuse ea. Nu uitați deci să veniți. Ducesa ieși din cameră pășind maiestuos, urmată de lady Agatha și de celelalte doamne.

Când lordul Henry reveni la locul lui, domnul Erskine se deplasă și, luând un scaun din preajmă, își puse mâna pe brațul lui.

— Vorbești ca la carte, spuse el, de ce nu scrii una?

— Îmi place prea mult să citesc cărți pentru a da atenție scrierii, domnule Erskine. Mi-ar plăcea, într-adevăr, să scriu un roman, un roman care să fie tot atât de frumos și ireal ca un covor persan. Dar în Anglia nu există public decât pentru ziare, abecedare și enciclopedii. Din toate popoarele lumii, englezii au o sensibilitate redusă în ceea ce privește frumusețea literaturii.

— Teamă mi-e că ai dreptate, răspunse domnul Erskine. Eu însumi am avut ambiții literare, dar am renunțat la ele de mult. Și acum, dragă prietene, dacă îmi dai voie să te numesc astfel, pot să te întreb dacă într-adevăr crezi în ceea ce ne-ai spus la prânz?

— Nu țin minte ce-am spus, zâmbi lordul Henry. A fost chiar atât de rău?

— Foarte rău, te asigur. De fapt cred că ești extrem de periculos și, dacă i se întâmplă ceva dragei noastre ducese, pe tine te vom considera responsabil pentru tot. Dar aș vrea să discut cu tine despre viață. Generația mea este destul de plicticoasă. Într-o zi, când te vei sătura de Londra, vino la Treadley și descrie-mi filosofia plăcerii la un pahar cu vin de Burgundia al cărui fericit posesor sunt.

— Voi fi încântat. O vizită la Treadley ar fi un imens privilegiu. Există acolo o gazdă perfectă și o bibliotecă perfectă.

— Nu veți face decât să le desăvârșiți, răspunse bătrânul domn, făcând o plecăciune curtenitoare. Și acum trebuie să-mi iau la revedere de la minunata dumneavoastră mătușă. Sunt așteptat la Athenaeum. Este ora la care acolo se doarme.

— Toți dorm, domnule Erskine?

— Patruzeci din noi în patruzeci de fotolii. Exersăm în vederea înființării unei Academii Engleze de Litere.

Lordul Henry râse și se ridică în picioare.

— Eu mă voi duce în Park, strigă el.

Când ieși pe ușă, Dorian Gray îi atinse brațul.

— Permiteți-mi să vin cu dumneavoastră, murmură el.

— Dar credeam că i-ați promis lui Basil Hallward că vă veți duce să-l vedeți, răspunse lordul Henry.

— Aș prefera să vin cu dumneavoastră; da, simt că trebuie să vin cu dumneavoastră. Dați-mi voie, vă rog insistent. Și trebuie să-mi promiteți că-mi veți vorbi tot timpul! Nimeni nu vorbește atât de minunat ca dumneavoastră.

— Ah, cred că am vorbit suficient pentru ziua de azi, spuse lordul Henry zâmbind. Tot ce vreau să fac acum este să contemplu viața. Puteți veni să o contemplați alături de mine, dacă vă interesează.

Capitolul IV

Într-o după-amiază, o lună mai târziu, Dorian Gray stătea într-un fotoliu luxos din mica bibliotecă a casei din Mayfair a lordului Henry. În felul ei, încăperea era foarte atrăgătoare, cu lambriurile înalte din lemn de stejar cu pete măslinii, cu friza crem și tavanul susținut de muluri, cu covorul cărămiziu de pluș, la capetele căruia se aflau ici-colo carpete persane cu franjuri lungi de mătase. Pe o măsuță din lemn indian satinat se afla o statuetă de Clodion iar lângă ea un exemplar din *Les Cent Nouvelles*, legat pentru Margareta de Valois de către Clovis Eve, pe copertele căruia erau presărate margaretele aurite alese de Regină ca emblemă. Pe polița șemineului erau etalate câteva căni de porțelan albastru și lalele cu coloritul penajului de papagal, iar prin ochiurile ferestrei în cameră intra lumina de culoarea caisei a unei zile londoneze de vară.

Lordul Henry nu venise încă. Întotdeauna întârzia din principiu, iar principiul lui era că punctualitatea este un hoț al timpului. Băiatul era deci cam posomorât, întorcând cu degete distrate paginile unei ediții din *Manon Lescaut*, laborios ilustrată, pe care o găsise într-unul din rafturi. Ticăitul monoton al ceasului Louis Quatorze îl enerva. În câteva rânduri se gândise să plece.

În cele din urmă auzi pași afară și ușa se deschise.

— Ce mult ai întârziat, Harry! murmură el.

— Nu este Harry, domnule Gray, răspunse o voce ascuțită.

El aruncă o privire rapidă în jur și se ridică în picioare.

— Scuzați-mă. Am crezut că....

— Ați crezut că e soțul meu. Nu-i decât soția lui. Dați-mi voie să mă prezint. Vă știu foarte bine după fotografii. Cred că soțul meu are vreo șaptesprezece.

— Nu șaptesprezece, lady Henry?!

— Ei bine, optsprezece atunci. V-am văzut cu el la Operă aseară. Râdea nervos în timp ce vorbea și-l urmărea cu privirea indecisă a ochilor ei de nu-mă-uita. Era o femeie ciudată, ale cărei rochii păreau a fi croite cu furie și purtate furtunos. Mereu era îndrăgostită de cineva și, pentru că pasiunea nu era niciodată reciprocă, își păstra iluziile intacte. Încerca să pară pitorească, dar nu reușea decât să fie dezordonată. O chema Victoria și avea o manie neabătută de a merge la biserică.

— Asta s-a întâmplat la *Lohengrin*, lady Henry?

— Da, la dragul de *Lohengrin*. Îmi place muzica lui Wagner mai mult decât a oricărui alt compozitor. Sună atât de tare încât poți vorbi fără ca altcineva să te audă ce spui. E un mare avantaj, nu credeți, domnule Gray?

De pe buzele ei porni același râs nervos, sacadat, iar cu degetele începu să se joace cu un coup-papier din carapace de broască-țestoasă.

Dorian zâmbi și-și clătină capul:

— Îmi pare rău, dar nu cred asta, lady Henry. Nu vorbesc atunci când ascult muzică, cel puțin atunci când e vorba despre muzică bună. Când ascultăm muzică proastă, e datoria noastră să o înecăm în conversație.

— Ah, asta e una dintre părerile lui Henry, nu-i așa, domnule Gray? Mereu aud părerile lui Henry la prietenii lui. E singura modalitate prin care reușesc să le aflu. Dar nu trebuie să trageți concluzia că nu-mi place muzica bună. O ador, dar mi-e teamă de ea. Mă face să fiu prea romantică. Pur și simplu i-am adorat pe pianiști, uneori doi deodată, cum îmi spune Harry. Nu știu ce anume mă atrage la ei. Poate faptul că sunt străini. Toți sunt străini, nu-i așa? Chiar cei născuți în Anglia devin străini după o vreme, nu-i așa? E o dovadă de inteligență din partea lor și un omagiu față de artă. O face cosmopolită, nu-i așa? N-ați fost la nici una dintre petrecerile mele, nu-i așa, domnule Gray? Trebuie să veniți. Nu-mi pot permite orhidee, dar cheltuiesc oricât pentru străini. Dau un aer atât de pitoresc încăperii. Dar uite-l și pe Harry! – Harry, am intrat aici să te caut, să te rog ceva – am uitat acum ce era – și l-am găsit pe domnul Gray aici. Am avut o conversație atât de plăcută despre muzică. Avem cam aceleași idei. Nu, cred că ideile noastre sunt destul de diferite. Dar a fost extrem de amabil. Mă bucur că l-am întâlnit.

— Sunt încântat, iubita mea, chiar încântat, spuse lordul Henry, ridicându-și sprâncenele negre, în formă de semilună, și uitându-se la amândoi cu un zâmbet amuzat. Îmi pare nespus de rău că am întârziat, Dorian. M-am dus să caut o bucată de brocart vechi în strada Wardour și a trebuit să mă târgui ore întregi pentru ea. Azi oamenii cunosc prețul fiecărui obiect și valoarea nici unuia.

— Îmi pare rău, dar trebuie să plec, exclamă lady Henry, rupând o tăcere stânjenitoare cu râsul ei abrupt, prostesc. Am promis să ies la plimbare cu ducesa. La revedere, domnule Gray. La revedere, Harry. Presupun că luați masa în oraș. Și eu. Poate ne vedem la lady Thornbury.

— Așa cred, draga mea, spuse lordul Henry, închizând ușa în urma ei care, asemenea unei păsări a paradisului ce stătuse în ploaie toată noaptea, zbură din cameră, lăsând în urmă o mireasmă de iasomie. Apoi el își aprinse o țigară și se aruncă pe sofa.

— Să nu te însori niciodată cu o femeie cu păr galben-pai, Dorian, spuse el după câteva pufăituri.

— De ce Harry?

— Pentru că sunt atât de sentimentale.

— Dar mie îmi plac sentimentalii.

— Să nu te însori deloc, Dorian. Bărbații se însoară pentru că sunt obosiți, femeile pentru că sunt curioase și ambii sunt dezamăgiți.

— Nu cred că mă voi căsători vreodată, Henry. Sunt prea îndrăgostit. Acesta e unul dintre aforismele tale. Îl pun în practică, așa cum fac cu tot ce spui tu.

— De cine ești îndrăgostit? întrebă lordul Henry, după o scurtă pauză.

— De o actriță, spuse Dorian Gray înroșindu-se. Lordul Henry dădu din umeri.

— E un *début* banal.

— N-ai mai spune așa dacă ai vedea-o, Harry.

— Cine e?

— O cheamă Sibyl Vane.

— N-am auzit de ea.

— Nimeni n-a auzit. Totuși, într-o zi, oamenii vor auzi de ea. E genială.

— Dragă băiete, nici o femeie nu-i genială. Femeile aparțin sexului decorativ. N-au nimic de spus, dar acest nimic îl spun într-un mod fermecător. Femeia reprezintă triumful materiei asupra spiritului, așa cum bărbatul reprezintă triumful spiritului asupra moravurilor.

— Harry, cum poți să spui așa ceva?

— Dragul meu Dorian, este purul adevăr. În prezent le analizez pe femei, așa că ar trebui să știu aceste lucruri. Subiectul nu-i atât de obscur cum credeam a fi. În cele din urmă sunt doar două tipuri de femei, cele incolore și cele colorate. Femeile incolore sunt utile. Dacă vrei să câștigi reputația de respectabilitate, nu trebuie decât să le inviți la supeu. Celelalte femei sunt extrem de încântătoare. Totuși, fac o greșeală. Se machiază pentru a încerca să arate tinere. Bunicile noastre se machiau pentru a se strădui să aibă o conversație sclipitoare. *Rouge* și *esprit* se potriveau. Toate astea au luat sfârșit acum. Atâta timp cât o femeie arată cu zece ani mai tânără decât fiica ei, este perfect mulțumită. În ce privește conversația, în Londra nu există decât zece femei cu care merită să vorbești, iar două dintre ele nu pot fi primite într-o societate decentă. Totuși, povestește-mi despre geniul tău. De când o cunoști?

— Ah, Harry, părerile tale mă înspăimântă.

— N-are importanță. De când o cunoști?

— Cam de trei săptămâni.

— Și unde ai întâlnit-o?

— Îți voi spune, Harry, dar n-ar trebui să fii neînțelegător. La urma urmelor, nu s-ar fi întâmplat, dacă nu te-aș fi întâlnit. Tu mi-ai dat acea dorință nestăvilită de a cunoaște totul despre viață. La patru zile după ce te-am întâlnit, ceva nedeslușit a început să pulseze în mine. Când hoinăream în Park sau mă plimbam în Piccadilly, mă uitam la toți cei care treceau pe lângă mine și mă întrebam, curios foc, ce fel de viață duc. Unii mă fascinau. Alții îmi dădeau fiori. În aer plutea o otravă rafinată. Senzațiile îmi stârneau pasiune... Ei bine, într-o seară, în jur de ora șapte, m-am hotărât să ies în căutarea unei aventuri. Simțeam că această Londră cenușie, monstruoasă, cu miriadele ei de oameni, cu păcătoșii ei sordizi și splendidele ei păcate, cum ai spus tu cândva, îmi pregătește ceva. Mi-am imaginat o mulțime de lucruri. Pericolul îmi dădea un sentiment de plăcere. Mi-am amintit ce mi-ai spus în acea seară minunată în care am cinat prima oară împreună: căutarea frumosului este adevăratul secret al vieții. Nu știu ce așteptam, dar am ieșit și m-am aventurat spre estul orașului, pierzându-mă curând într-un labirint de străzi mizere și scuaruri sterpe. În jurul orei opt și jumătate am trecut pe lângă un teatru minuscul, cu becuri mari de gaz care pâlpâiau și afișe de prost gust. Un evreu oribil, îmbrăcat în cea mai incredibilă vestă, stătea la intrare fumând un trabuc nemernic. Avea bucle unsuroase și un diamant enorm strălucea în mijlocul unei cămăși soioase. „Vreți să luați un loc în lojă, domnul meu?", a spus când m-a văzut, și și-a scos pălăria cu un aer de servilitate imensă. Era în el ceva care mă amuza, Harry. Era un monstru. O să râzi de mine, știu, dar am intrat într-adevăr și am plătit o guinee pentru un loc în lojă. Nici azi nu-mi dau seama de ce am făcut așa; și totuși, dacă n-aș fi făcut-o, dragul meu

Harry, aș fi pierdut marea dragoste a vieții mele. Văd că râzi. Ce oribil din partea ta!

— Nu râd, Dorian; cel puțin nu de tine râd. Dar n-ar trebui să spui marea dragoste a vieții tale. Ar trebui să spui prima dragoste a vieții tale. Vei fi iubit mereu și mereu vei fi îndrăgostit de dragoste. O *grande passion* este privilegiul celor care nu au nimic de făcut. Acesta e privilegiul claselor leneșe dintr-o țară. Nu te teme. Te așteaptă lucruri superbe. Acesta nu-i decât începutul.

— Mă crezi chiar atât de lipsit de profunzime? strigă Dorian Gray enervat.

— Nu, cred că ai o fire profundă.

— Ce vrei să spui?

— Dragă băiete, cei care iubesc o singură dată în viață sunt lipsiți de profunzime. Ceea ce ei numesc loialitate și fidelitate, eu numesc fie letargie a obiceiului sau lipsă de imaginație. Fidelitatea este pentru viața sentimentală ceea ce este consistența pentru viața intelectului - pur și simplu o confesiune a eșecurilor. Fidelitatea! Ar trebui să o analizez într-o bună zi. În ea se află pasiunea pentru proprietate. Am arunca multe lucruri dacă nu ne-am teme că alții s-ar putea să le ia. Dar nu vreau să te întrerup. Continuă-ți povestea.

— Ei bine, m-am trezit într-o mică lojă privată, cu o cortină vulgară de antract drept în fața mea. Am privit din spatele draperiei și am cercetat cu atenție sala. Era țipătoare - încărcată de cupidoni și cornuri ale abundenței asemenea unui tort de nuntă de mâna a treia. Galeria și sala erau destul de pline, dar cele două șiruri de staluri murdare erau cam goale, iar în ceea ce presupun că numesc ei balcoane nu era nimeni. Femeile se plimbau având în mână portocale și bere neagră și toți mâncau nuci pe rupte.

— Probabil că era ca în zilele de glorie ale Teatrului Britanic.

— Cam așa, cred, și totodată extrem de deprimant. Am început să mă întreb ce naiba să fac, când am zărit afișul. Ce piesă crezi că se juca, Harry?

— Cred că „Băiatul idiot sau prost, dar inocent". Taților noștri le plăceau astfel de piese, cred. Cu cât înaintez în vârstă, Dorian, cu atât simt mai acut că tot ce tații noștri considerau că e bun nouă nu ne place. În artă, la fel ca în politică, *les grand-pères ont toujours tort.*

— Piesa asta e bună și pentru noi, Harry. Era *Romeo și Julieta.* Trebuie să recunosc că m-a iritat ideea de a vedea Shakespeare jucat într-o asemenea fundătură mizerabilă. Totuși, într-un fel mă interesa. Oricum, m-am hotărât să aștept să văd primul act. Orchestra era îngrozitoare și era condusă de un tânăr evreu care stătea la un pian dezacordat care m-a scos din minți, dar în cele din urmă cortina s-a ridicat și piesa a început. Romeo era un domn vârstnic și masiv, cu sprâncene cănite și o voce tragică, răgușită, și o față ca un butoi de bere. Mercutio era aproape la fel de catastrofal. Era jucat de un comedian de proastă calitate, care își plasa propriile gaguri și era amical cu sala. Amândoi erau la fel de grotești ca decorul, iar acela arăta de parcă ar fi fost luat de pe o tarabă de țară. Dar Julieta! Harry, imaginează-ți o fată de nici măcar șaptesprezece ani, cu o față ca de floare, cu un cap mic, grecesc, cu părul șaten închis împletit în cozi, cu ochii adevărate fântâni violete de pasiune, cu buze asemenea petalelor de roze. Era cel mai frumos lucru pe care l-am văzut vreodată. Mi-ai spus cândva că patosul nu te mișcă, dar frumusețea, simpla frumusețe, îți umple ochii de lacrimi. Harry, îți mărturisesc că abia o vedeam prin ceața de lacrimi. Și vocea ei – n-am auzit niciodată o astfel de voce. La început a fost foarte joasă, cu note calde, profunde, care păreau că îți picură una câte una în ureche. Apoi a devenit mai înaltă și semăna cu un flaut sau oboi sunând din depărtare. În scena grădinii avea tot acel extaz tremurător pe care îl auzi înaintea zorilor, când privighetorile cântă. Apoi, în alte momente, avea pasiunea nestăpânită a viorilor. Știi cum te poate incita o voce. Vocea ta și vocea lui Sibyl Vane sunt două voci pe care nu le voi uita niciodată. Când închid ochii le aud și fiecare din ele îmi spune altceva. Nu știu pe care din ele să o urmez. De ce să n-o iubesc? Harry, o iubesc din tot sufletul. Ea e totul pentru mine. Seară de seară mă duc s-o văd jucând. Într-o seară e Rosalinda și în următoarea Imogen. Am văzut-o murind într-un mormânt italienesc, sorbind otrava de pe buzele iubitului ei. Am urmărit-o cutreierând pădurea Arden, deghizată în flăcău frumos îmbrăcat în pantaloni, surtuc și cu pălărioară. A fost nebuna care a venit în fața unui rege vinovat și l-a împovărat de regrete și l-a făcut să guste ruta amară. A fost inocenta, iar mâinile negre ale geloziei i-au zdrobit gâtul ca de trestie. Am văzut-o la toate vârstele și în toate costumele. Femeile banale nu-ți stârnesc imaginația. Sunt limitate la secolul în care trăiesc. Ghicești ce gândesc la fel de ușor cum le cunoști pălăriile. Le poți descoperi ușor. Nu au nici un pic de mister. Merg în Park dimineața și pălăvrăgesc la ceaiurile de după-amiaza. Au zâmbete stereotipe și maniere la modă. Sunt destul de transparente. Dar o actriță! Ce deosebită e o actriță! Harry! de ce nu mi-ai spus că singura ființă pe care merită s-o iubești este actrița?

— Pentru că am iubit prea multe, Dorian.

— O, da, ființele acelea cu păr vopsit și fețe machiate.

— Să nu disprețuiești părul vopsit și fețele machiate. Uneori sunt foarte fermecătoare, spuse lordul Henry.

— Acum îmi doresc să nu-ți fi spus nimic despre Sibyl Vane.

— Nu te-ai fi putut abține să nu-mi spui, Dorian. Toată viața o să-mi spui tot ce faci.

— Da, Harry, cred că este adevărat. Nu mă pot abține să nu-ți spun diverse lucruri. Ai o influență stranie asupra mea. Dacă aș comite o crimă, aș veni să-ți mărturisesc. M-ai înțelege.

— Oamenii de felul tău – stâlpii neclintiți ai vieții – nu comit crime, Dorian. Dar, oricum, mă simt onorat de compliment. Și acum spune-mi –

dă-mi chibriturile ca un băiat bun ce ești: *merci* – în ce relație ești cu Sibyl Vane?

Dorian Gray sări în picioare, cu obrajii înroșiți și ochii arzând.

— Harry! Sibyl Vane e sacră!

— Nu merită să atingi decât ce-i sacru, Dorian, spuse lordul Henry, cu o ciudată inflexiune patetică în voce. Dar de ce trebuie să te necăjești. Va fi a ta într-o zi, bănuiesc. Atunci când iubești, începi întotdeauna prin a te autoînșela și sfârșești prin a-i înșela pe alții. Asta e ceea ce lumea numește poveste de dragoste. Cred că v-ați cunoscut deja?

— Bineînțeles că o cunosc. În prima seară în care am fost la teatru, evreul acela bătrân și oribil a venit în loja mea la sfârșitul reprezentației și s-a oferit să mă ducă în culise să mi-o prezinte. M-am înfuriat pe el și i-am spus că Julieta e moartă de sute de ani și că trupul ei zace într-un mormânt de marmură la Verona. După privirea dezorientată de uimire, cred că avea impresia că băusem prea multă șampanie sau ceva de acest gen.

— Nu sunt surprins.

— Apoi m-a întrebat dacă scriu pentru vreun ziar. I-am spus că nu le citesc niciodată. Părea teribil de dezamăgit și mi-a mărturisit că toți criticii de teatru conspiră împotriva lui și că toți se lasă cumpărați.

— Nu m-aș mira să nu aibă dreptate în această privință. Dar, pe de altă parte, uitându-te la ei, nu sunt deloc pretențioși.

— Ei bine, se pare că el crede că-i depășesc posibilitățile, râse Dorian. Totuși, la acea oră luminile se stingeau în teatru și trebuia să plec. Voia să încerc un trabuc pe care mi l-a recomandat călduros. L-am refuzat. Seara următoare am poposit din nou în acel loc. Când m-a văzut, mi-a făcut o plecăciune până în pământ și m-a asigurat că sunt un generos patron al artelor. Era o brută extrem de ofensivă, deși avea o pasiune extraordinară pentru Shakespeare. La un moment dat mi-a spus, cu un aer mândru, că toate cele cinci falimente se datorau „Bardului", cum continua el să-l numească. Lua asta drept un semn de noblețe.

— Este un semn de noblețe, dragul meu Dorian – de mare noblețe. Majoritatea oamenilor dau faliment pentru că au investit prea mult în proza vieții. Să te ruinezi din cauza poeziei este o onoare. Dar când ai vorbit pentru prima oară cu domnișoara Sibyl Vane?

— A treia seară. Jucase rolul Rosalindei. Nu m-am putut abține să nu mă duc în fața scenei. I-am aruncat niște flori și ea m-a privit sau cel puțin mi-am imaginat că m-a privit. Bătrânul evreu era insistent. Părea hotărât să mă ducă în culise, așa că am acceptat. Curios că nu voiam s-o cunosc, nu-i așa?

— Nu, nu cred.

— Dragă Harry, dar de ce?

— O să-ți spun altădată. Acum vreau să știu ce s-a întâmplat cu fata.

— Cu Sibyl! A fost atât de timidă și atât de blândă. Are ceva copilăresc în ea. A deschis larg ochii și s-a mirat când i-am spus ce cred despre jocul ei. Părea că nu-și dădea seama de forța pe care o are. Cred că amândoi eram cam nervoși. Bătrânul evreu stătea și rânjea în ușa cabinei prăfuite, compunând discursuri înflorite despre noi doi, în timp ce noi ne uitam unul la altul ca niște copii. Nu renunța deloc să mă numească „Lordul meu" așa că a trebuit să-i dau asigurări Sibylei că nu sunt așa ceva. Ea mi-a spus cu simplitate: „Arătați mai mult ca un prinț. Ar trebui să vă spun Făt-Fumos".

— Pe cuvântul meu, Dorian, domnișoara Sibyl se pricepe la complimente.

— Nu o înțelegi, Harry. Se uita la mine doar ca la un personaj dintr-o piesă. Nu cunoaște viața. Locuiește împreună cu mama ei, o femeie fanată, obosită, care a jucat rolul lui lady Capulet în prima seară, înfășurată într-o toaletă purpuriu aprins; femeia pare să fi cunoscut zile mai bune.

— Cunosc acea privire. Mă deprimă, murmură lordul Henry, examinându-și inelele.

— Evreul dorea să-mi spună istoria ei, dar i-am spus că nu mă interesează.

— Ai dreptate. Întotdeauna există ceva infinit de meschin în tragediile altora.

— Sibyl e singurul lucru care mă interesează. Ce contează de unde provine? Din cap până în picioare este absolut și totalmente divină. Mă duc s-o văd jucând în fiecare seară și pe seară ce trece e din ce în ce mai minunată.

— Presupun că acesta e motivul pentru care nu mai cinezi cu mine. M-am gândit eu că probabil ai vreo aventură mai curioasă. Ai, dar nu e ceea ce mă așteptam.

— Dragul meu Harry, dar prânzim sau cinăm în fiecare zi și am fost la Operă cu tine de câteva ori, spuse Dorian deschizând larg ochii albaștri.

— Mereu ajungi teribil de târziu.

— Ei bine, nu mă pot abține să nu mă duc s-o văd pe Sibyl jucând, spuse el, chiar dacă stau doar un singur act. Sunt flămând s-o văd, iar când mă gândesc la minunatul ei suflet ascuns undeva în trupul mic de fildeș sunt cuprins de extaz.

— Poți cina cu mine azi, nu-i așa?

Dorian dădu din cap.

— În seara asta e Imogen, răspunse el, și mâine seară va fi Julieta.

— Și când e Sibyl Vane?

— Niciodată.

— Te felicit.

— Ce oribil din partea ta! Ea reunește toate eroinele din lume într-o singură ființă. Este mai mult decât o simplă persoană. Râzi, dar eu îți spun că are geniu. Spune-mi tu, care cunoști toate secretele vieții, spune-mi cum s-o vrăjesc, cum s-o fac să mă iubească! Vreau să-l fac pe Romeo să fie gelos. Vreau ca toți îndrăgostiții morți ai lumii să ne audă râsul și să se-ntristeze. Vreau ca simpla răsuflare a pasiunii noastre să dea conștiință pulberii lor, iar cenușa lor să simtă chinurile ca o ființă vie. Doamne, Dumnezeule, Harry, o divinizez! Dorian Gray se plimba prin cameră în timp ce vorbea. Pe obraji îi ardeau pete roșii, care apăreau și dispăreau într-o agitație continuă. Era teribil de înfierbântat.

Lordul Henry îl urmărea cu un subtil sentiment al plăcerii. Cât de mult se deosebea acum de băiatul timid, speriat, pe care-l întâlnise în atelierul lui Basil Hallward! Firea lui crescuse asemenea unei flori, purtase boboci asemenea unei flăcări stacojii. Sufletul se strecurase din locul lui secret, iar Dorința venise în întâmpinarea lui.

— Și ce propui? spuse lordul Henry în cele din urmă.

— Aș vrea ca tu și Basil să veniți cu mine într-o seară să o vedeți jucând. N-am nici cea mai mică umbră de teamă în ceea ce privește rezultatul. Cu siguranță îi veți recunoaște genialitatea. Apoi va trebui s-o scoatem din mâinile evreului. Este legată de el de trei ani - mai precis, de doi ani și opt luni. Trebuie să-i plătesc ceva, desigur. Când totul va fi aranjat, voi alege un teatru din West End și o voi scoate în lume. Toată lumea va fi nebună după ea, așa cum sunt și eu.

— Dragă băiete, ar fi imposibil.

— Îi va înnebuni pe toți. Nu are doar talent artistic, un desăvârșit instinct artistic în ea, ci și personalitate și tu mi-ai spus deseori că personalitățile, nu principiile sunt motorul unei epoci.

— Ei bine, în ce seară vrei să mergem?

— Stai să văd. Azi e marți. Să aranjăm pentru mâine. Joacă rolul Julietei mâine.

— Foarte bine. Ne întâlnim la Bristol la ora opt, și-l voi aduce și pe Basil.

— Nu la opt, te rog, Harry. La șase și jumătate. Trebuie să fim acolo înainte de ridicarea cortinei. Trebuie s-o vezi în primul act, în scena în care îl întâlnește pe Romeo.

— Șase și jumătate! Ce oră! Va fi ca și cum amlua prânzul și ceaiul la aceeași oră sau am citi un roman englezesc. Să spunem șapte. Nici un gentleman nu cinează înainte de șapte. Să ne întâlnim cu Basil între aceste ore? Sau să-i scriu?

— Dragul de Basil! N-am dat ochii cu el de o săptămână. E dizgrațios din partea mea, mai ales că mi-a trimis portretul într-o ramă extraordinară, special concepută de el și, deși sunt puțin gelos pe portret pentru că este cu o lună mai tânăr decât mine, trebuie să recunosc că mă încântă. Poate că ar fi mai bine să-i scrii tu. Nu vreau să-l întâlnesc de unul singur. Îmi spune lucruri care mă supără. Îmi dă sfaturi bune.

Lordul Henry zâmbi.

— Oamenilor le place să renunțe la ceea ce ei înșiși au nevoie. E ceea ce eu numesc străfundurile generozității.

— Oh, Basil e cel mai reușit dintre toți oamenii pe care-i cunosc, dar mi se pare că are o fărâmă de filistinism în el. De când te cunosc am descoperit asta.

— Basil, dragă băiete, pune tot ce are în el mai frumos în operă. Consecința este că nu-i rămâne nimic în afară de prejudecăți, principii și bun-simț. Singurii artiști pe care i-am cunoscut și care ca oameni sunt încântători sunt artiști proști. Artiștii buni există doar prin ceea ce fac și, în consecință, sunt total neinteresanți prin ceea ce sunt. Un mare poet, un mare poet cu adevărat, este ființa cea mai nepoetică. Dar poeții de calitate inferioară sunt absolut fascinanți. Cu cât le sunt mai proaste rimele, cu atât sunt ei mai pitorești. Simplul fapt de a fi publicat un volum de sonete de mâna a doua face din tine un ins irezistibil. Un asemenea ins trăiește poezia pe care nu poate să o scrie. Alții scriu poezia pe care nu îndrăznesc să o trăiască.

— Oare chiar așa stau lucrurile, Harry? spuse Dorian Gray stropindu-și batista cu parfum dintr-o sticluță cu capac auriu, care se afla pe masă. Așa trebuie să fie, dacă spui tu. Plec acum. Mă așteaptă Imogen. Nu uita de mâine. La revedere.

După ce părăsi încăperea, lordul Henry își lăsă pleoapele grele să-i cadă și începu să se gândească. Nu era nici o îndoială că extrem de puțini oameni îl interesaseră în măsura în care îl interesa Dorian Gray, și totuși, faptul că băiatul adora la nebunie pe altcineva nu-i dădea nici cel mai mic fior de supărare sau gelozie. Era chiar mulțumit. Dorian Gray devenea un subiect mai interesant de studiu. Întotdeauna fusese fascinat de metodele științelor naturale, dar problematica lor îi părea trivială și neimportantă. Așa că începuse să aplice vivisecția asupra lui și sfârșise prin a o aplica asupra celorlalți. Viața omului – ăsta i se părea a fi singurul lucru care merită investigat. Prin comparație, tot restul era lipsit de valoare. Era adevărat că, atâta timp cât priveai viața în ciudatul ei creuzet în care sunt amestecate durerea și plăcerea, nu puteai purta nici mască de sticlă, nici să oprești miasmele sulfuroase să-ți tulbure creierul și să-ți aducă imaginația într-o stare confuză datorită fanteziilor monstruoase și viselor diforme. Erau otrăvuri atât de subtile, că pentru a le cunoaște proprietățile trebuia să te lași îmbolnăvit de ele. Erau boli atât de ciudate că trebuia să treci prin ele dacă doreai să le înțelegi natura. Și totuși, cât de răsplătit erai! Cât de minunată ți se arăta lumea! Să observi logica neclintită și ciudată a pasiunii și viața emoțională colorată a intelectului, să vezi unde se întâlnesc ele, unde se separă, în ce punct se află la unison și în ce punct se află în dizarmonie – câtă plăcere era în toate astea! Ce contează costul? Orice senzație de acest gen este de neprețuit.

Era conștient – iar acest gând aduse o scânteie de plăcere în ochii lui de agată cafenie – că datorită unor cuvinte de-ale lui, cuvinte muzicale, rostite în fraze muzicale, sufletul lui Dorian Gray se îndreptase spre această fată albă și se înclinase în adorație în fața ei. În mare parte, băiatul era creația lui, o creație prematură. Era ceva. Oamenii obișnuiți așteptau până ce viața le dezvăluia secretele ei, dar pentru cei câțiva, pentru aleși, misterele vieții se dezvăluiau înainte ca vălul să fie dat la o parte. Uneori acesta era efectul artei, în special al artei literare care se ocupă nemijlocit de pasiuni și intelect. Dar uneori o personalitate complexă îi lua locul și împlinea funcția artei și, în acest mod, devenea o adevărată operă de artă. Viața având capodoperele ei rafinate, așa cum are poezia, sculptura sau pictura.

Da, băiatul era o creație prematură. Aduna recolta când încă era primăvară. Avea pulsul și pasiunea tinereții, dar devenea conștient de sine. Era o plăcere să-l urmărești. Cu figura lui frumoasă, cu sufletul lui frumos, te încânta. Nu conta cum se va sfârși totul sau cum era destinat să se sfârșească. Era asemenea unei figuri grațioase într-o procesiune sau o piesă, ale cărei bucurii păreau a fi undeva departe, dar ale cărei tristeți stimulează simțul frumosului și ale cărei răni sunt ca rozele roșii.

Suflet și trup, trup și suflet – ce misterioase erau! În suflet era o doză de animalitate, iar trupul avea momentele lui de spiritualitate. Simțurile se pot rafina, iar intelectul degrada. Cine poate spune unde încetează impulsul carnal sau unde începe impulsul fizic? Ce superficiale erau definițiile arbitrare ale psihologilor obișnuiți! Și totuși, cât de dificil era să decizi între opiniile susținute de diversele școli! Era sufletul o umbră statornicită în casa păcatului? Se afla trupul într-adevăr în suflet, așa cum gândea Giordano Bruno? Separarea spiritului de materie era un mister, iar uniunea spiritului cu materia era și ea un mister.

Începu să se întrebe dacă am putea să facem din psihologie o știință absolută încât fiecare izvor neînsemnat al vieții să ni se dezvăluie. Așa cum stau lucrurile, mereu ne înțelegem pe noi înșine în mod greșit și, doar rareori, îi înțelegem pe alții. Experiența nu are valoare etică. Este doar numele pe care oamenii îl dau greșelilor pe care le fac. Moraliștii au privit-o de regulă ca pe o modalitate de avertizare, au pretins că are o anume eficacitate etică în formarea caracterului, au elogiat-o ca fiind ceva care ne învață încotro să ne îndreptăm și ce anume să evităm. Dar în experiență nu există o sursă de putere.

Este o cauză la fel de puțin activă cum este conștiința însăși. Tot ce demonstrează cu adevărat este că viitorul nostru va fi la fel ca trecutul, că păcatul pe care l-am comis odată, cu scârbă, îl vom mai face de multe ori – și atunci cu bucurie.

Și îi era limpede că metoda experimentală era singura metodă prin care se putea ajunge la o analiză științifică a pasiunilor. Fără îndoială că Dorian Gray era un subiect pe măsura lui și părea că promite rezultate bogate și pline de împliniri. Brusca lui pasiune pentru Sibyl Vane era un fenomen psihologic de mare interes. Fără îndoială că era la mijloc curiozitatea, curiozitatea și dorința de noi experiențe; totuși, nu era o pasiune simplă, ci una foarte complexă. Purul instinct senzual al adolescenței se transformase prin mecanismele imaginației, se preschimbase în ceva care pentru el însuși părea departe de lumea simțurilor și, tocmai din această cauză, era mai periculos. Tocmai pasiunile asupra cărora ne înșelăm ne tiranizează cu mai multă forță. Cele mai debile motive sunt cele de a căror natură suntem conștienți. De multe ori se întâmplă ca, atunci când credem că facem experiențe pe alții, să facem, de fapt, experiențe pe noi.

În vreme ce lordul Henry visa pe marginea acestor lucruri, se auzi o bătaie în ușă și valetul lui intră; îi aminti că era timpul să se îmbrace pentru cină. Se ridică și privi strada. Amurgul bătuse în auriu stacojiu ferestrele de la etaj ale casei de peste drum. Geamurile străluceau ca niște tipsii din metal încins. Cerul era asemenea unei roze ofilite. Se gândi la viața ca o flacără a prietenului său și se întrebă cum se va sfârși.

Când se întoarse acasă, cam în jurul orei douăsprezece și jumătate, văzu o telegramă pe masa din hol. O deschise și descoperi că e de la Dorian Gray. Îi spunea că se logodise și urma să se însoare cu Sibyl Vane.

Capitolul V

— Mamă, mamă, sunt atât de fericită! murmură fata îngropându-și fața în poala unei femei fanate, obosite, care stătea într-unul dintre fotoliile din salonul lor întunecos, cu spatele la lumina scormonitoare. Sunt atât de fericită! repetă ea, și tu trebuie să fii fericită!

Doamna Vane tresări dureros și-și puse mâinile subțiri, albe ca de bismut, pe capul fiicei sale.

— Fericită! răspunse ea ca un ecou. Sunt fericită doar atunci când te văd jucând. Domnul Isaacs a fost foarte bun cu noi și îi datorăm bani.

Fata o privi și se bosumflă:

— Bani, mamă? strigă ea, ce contează banii? Dragostea înseamnă mai mult decât banii.

— Domnul Isaacs ne-a dat în avans cincizeci de lire să ne achităm datoriile și să-i luăm un costum ca lumea lui James. Nu trebuie să uiți asta, Sibyl. Cincizeci de lire este o sumă foarte mare. Domnul Isaacs a fost deosebit de amabil.

— Nu e gentleman, mamă, și nu suport felul în care-mi vorbește, spuse fata, ridicându-se în picioare și mergând spre fereastră.

— Nu știu cum ne-am descurca noi fără el, răspunse femeia mai în vârstă pe un ton cârcotaș.

Sibyl Vane își dădu capul pe spate și râse.

— Nu mai avem nevoie de el. Acum Făt-Frumos e stăpânul vieții noastre. Se opri puțin apoi. O roză i se desfăcu în sânge și-i umbri obrajii. Răsuflarea agitată îi întredeschise petalele buzelor. Tremurară. Un vânt sudic al pasiunii trecu peste ea și-i înfioră cutele delicate ale rochiei. Îl iubesc, spuse ea cu simplitate.

— Copilă nebună! Copilă nebună! fu răspunsul zvârlit de papagal. Mișcarea ghearelor strâmbe de culoarea pietrelor false dădea o notă de grotesc cuvintelor.

Fata râse din nou. În vocea ei străbătea bucuria unei păsări închise. Ochii ei prinseră melodia și o repetară ca un ecou reverberând, apoi se închiseră o clipă de parcă doreau să-și ascundă secretul. Când se deschiseră, din ei deja se risipise ceața unui vis. Înțelepciunea cu buze subțiri îi vorbea din fotoliul zdrențăros, făcea aluzie la prudență, cita din cartea lașității al cărei autor maimuțărește numele bunului-simț. Ea nu asculta. Era liberă în închisoarea pasiunii. Prințul ei, Făt-Frumos al ei era cu ea. Apelă la Memorie pentru a-i reface chipul. Își trimisese sufletul în căutarea lui și acesta i-l adusese înapoi. Sărutul lui îi arse buzele din nou. Pleoapele îi erau calde de răsuflarea lui.

Apoi Înțelepciunea își schimbă metoda și vorbi despre spionare și descoperire. S-ar putea ca acest tânăr să fie bogat. Atunci ar trebui avută în vedere căsătoria. Scoica urechii ei fu asaltată de valurile șireteniei lumești. Pe lângă ea șuierară săgețile iscusinței. Văzu buzele subțiri mișcându-se și zâmbi.

Dintr-o dată simți nevoia de a vorbi. Tăcerea încărcată de cuvinte nu-i dădea pace.

— Mamă, mamă, strigă ea, de ce mă iubește atât de mult? Eu știu de ce-l iubesc. Îl iubesc pentru că el este ceea ce însăși Dragostea ar trebui să fie. Dar ce vede el în mine? Nu sunt demnă de el. Și totuși – nu pot spune de ce –, deși simt că sunt mult sub nivelul lui, nu mă simt umilă. Sunt mândră, extraordinar de mândră. Mamă, l-ai iubit pe tata așa cum îl iubesc eu pe Făt-Frumos?

Femeia mai în vârstă păli sub stratul vulgar de pudră care îi mâzgălea obrajii, iar buzele ei uscate se schimonosiră spasmodic. Sibyl alergă spre ea, o luă după gât și o sărută.

— Iartă-mă, mamă. Știu că te doare să vorbești despre tata. Dar te doare pentru că l-ai iubit atât de mult. Nu fi atât de tristă. Azi sunt la fel de fericită cum ai fost tu acum douăzeci de ani. Ah, dă-mi voie să fiu fericită în veci!

— Copila mea, ești mult prea tânără pentru a te gândi la dragoste. În afară de asta, ce știi tu despre acest tânăr. Nici nu știi cum îl cheamă. Totul este extrem de nelalocul lui; tocmai acum când James pleacă în Australia și am atâtea lucruri pe cap, e cazul să spun că ar fi trebuit să fii mai cuviincioasă. Totuși, cum am mai spus, dacă e bogat...

— Ah! Mamă, mamă, dă-mi voie să fiu fericită!

Doamna Vane îi aruncă o privire scurtă și, cu unul dintre acele gesturi teatrale care devin atât de des o a doua natură la un actor, o strânse în brațe. În acel moment ușa se deschise și în cameră intră un tânăr. Era bine legat, cu mâini și picioare mari, și oarecum împiedicat. Nu avea rafinamentul surorii lui. Cu greu ai fi ghicit strânsa legătură dintre cei doi. Doamna Vane își fixă privirea asupra lui și zâmbi larg. În mintea ei își ridica fiul la rangul de public. Era sigură că acest *tableau* era interesant.

— Ai putea să mai păstrezi și pentru mine câteva săruturi, Sibyl, spuse băiatul, cu un mormăit blând.

— Ah, dar ție nu-ți place să fii sărutat, Jim, strigă ea. Ești un urs bătrân și groaznic. Și alergă spre el și-l luă în brațe.

James Vane își privi sora cu tandrețe.

— Aș vrea să vii cu mine să ne plimbăm, Sibyl. Nu cred că voi mai vedea vreodată această Londră hidoasă. Sunt sigur că nu doresc acest lucru.

— Fiule, nu spune asemenea lucruri groaznice, murmură doamna Vane, luând o rochie de teatru țipătoare și începând s-o cârpească. Era puțin dezamăgită că el nu se alăturase grupului. Ar fi sporit pitorescul teatral al situației.

— Și de ce nu, mamă? Chiar cred ce spun.

— Mă îndurerezi, fiule. Sunt încredințată că te vei întoarce din Australia bogat. Cred că în Colonii nu există nici un fel de lume bună, nimic din ce s-ar numi lume bună; așa că, după ce vei face avere, trebuie să te întorci și să te afirmi la Londra.

— Lume bună! rosti băiatul. Nu vreau să știu de așa ceva. Aș vrea să fac bani și să vă scot pe tine și pe Sibyl din teatru. Nu-l pot suferi!

— Oh, Jim! spuse Sibyl râzând, ce nedelicat ești! Dar chiar vrei să mergem la plimbare? Ar fi frumos din partea ta! Mi-era teamă că ai de gând să-ți iei la revedere de la prietenii tăi – de la Tom Hardy, cel care ți-a dat pipa aia hidoasă, sau de la Ned Landton, care râde de tine că fumezi cu ea. Ce frumos din partea ta că stai cu mine în ultima ta după-amiază în Londra. Unde mergem? Hai să mergem în Park.

— Sunt prea prost îmbrăcat, răspunse el încruntându-se. Numai tipii grozavi merg în Park.

— Prostii, Jim, șopti ea netezindu-i mânecile hainei.

El ezită o clipă.

— Foarte bine, spuse el în cele din urmă, dar să nu întârzii prea mult cu gătitul. Ea ieși din cameră dansând. Cânta în timp ce alerga sus pe scări. Picioarele ei mici trepidau în camera de la etaj.

James parcurse camera de câteva ori. Apoi se întoarse spre figura imobilă din fotoliu.

— Mamă, e totul pregătit? întrebă el.

— Totul, James, răspunse ea, fără să-și ridice ochii de pe rochie. De câteva luni nu se simțea în largul ei când era singură cu acest fiu rigid și dur. Firea ei superficială se simțea tulburată când li se întâlneau privirile. Începuse să se întrebe dacă suspecta ceva. Tăcerea – pentru că nu făcu altă observație – îi deveni insuportabilă. Începu să se plângă. Femeile se apără atacând, la fel cum atacă prin abandonuri neașteptate și stranii.

— Sper că vei fi mulțumit cu viața de marinar, James, spuse ea. Să nu uiți că tu ai ales. Ai fi putut să intri într-un birou de avocatură. Avocații sunt o clasă foarte respectabilă și în țară iau masa deseori cu cele mai bune familii.

— Urăsc birourile, îi urăsc pe funcționari, replică el. Dar ai dreptate. Mi-am ales singur viața. Tot ce vreau să-ți spun e să veghezi asupra lui Sibyl. Să nu dai voie să i se întâmple nimic rău. Mamă, trebuie să ai grijă de ea.

— James, vorbești într-adevăr ciudat. Fără îndoială că veghez asupra lui Sibyl.

— Aud că un anumit domn vine în fiecare seară la teatru și merge în culise și stau de vorbă. Ce-i cu asta?

— Vorbești despre lucruri pe care nu le înțelegi, James. În profesiunea noastră suntem obișnuite să primim tot felul de atenții măgulitoare. Eu însămi primeam multe buchete de flori la vremea mea. Asta se întâmpla atunci când teatrul era înțeles cu adevărat. Cât o privește pe Sibyl, nu știu dacă sentimentele ei sunt sau nu serioase. Dar nu încape îndoială că tânărul în chestiune este un gentleman perfect. Față de mine este deosebit de politicos. În afară de asta, după cum arată, pare a fi un om bogat, iar florile pe care le trimite sunt absolut frumoase.

— Totuși, nu știi cum îl cheamă, spuse băiatul cu multă asprime.

— Nu, răspunse mama, cu o expresie placidă întipărită pe față. Nu și-a dezvăluit încă numele. Cred că e un gest romantic din partea lui. Probabil că face parte din aristocrație.

James Vane își mușcă buzele.

— Veghează asupra lui Sibyl, mamă, strigă el, veghează asupra ei.

— Fiule, mă superi teribil. Eu am mereu o grijă cu totul specială față de Sibyl. Desigur, dacă acest domn este bogat, nu văd de ce nu ar contracta o căsătorie cu el. Sunt convinsă că face parte din aristocrație. Așa arată, aș zice. Ar putea fi o căsătorie strălucită pentru Sibyl. Ar face un cuplu încântător. Are niște trăsături cu totul remarcabile - toți au observat acest lucru.

Tânărul bombăni ceva ca pentru sine și pianotă pe geam cu degetele lui butucănoase. Tocmai se întorsese să spună ceva când ușa se deschise și Sibyl intră alergând.

— Cât de serioși sunteți amândoi! exclamă ea. Ce se întâmplă?

— Nimic, răspunse el, cred că uneori mai trebuie să fii și serios. La revedere, mamă. Voi cina la ora cinci. Totul este pus în bagaj cu excepția cămășilor, așa că nu-i cazul să te deranjezi.

— La revedere, fiule, răspunse ea, cu o plecăciune de o maiestate silită.

Era extrem de supărată din cauza tonului pe care el îl adoptase față de ea, iar ceva din privirea lui o neliniștea.

— Sărută-mă, mamă, spuse fata. Buzele ei ca de floare atinseră obrazul ofilit și-i încălziră răceala.

— Copila mea! Copila mea! strigă doamna Vane, privind în tavan în căutarea unei galerii imaginare.

— Vino, Sibyl, îi spuse fratele ei cu nerăbdare. Nu putea suporta afectarea mamei lui.

Amândoi ieșiră în lumina soarelui, tremurândă în bătaia vântului, și o luară agale pe mizerabila Euston Road. Trecătorii se uitau mirați la tânărul greoi și ursuz, îmbrăcat în haine de proastă calitate, care stăteau rău pe el, însoțit de o fată atât de grațioasă și rafinată. Arăta ca un grădinar de rând alături de o roză.

Jim se încrunta uneori când surprindea privirea cercetătoare a vreunui străin. Pe față avea întipărită acea expresie de neplăcere față de faptul de a fi privit cu insistență, pe care o adoptă geniile în ultima parte a vieții lor și care niciodată nu părăsește figurile ordinare. Sibyl, totuși, nu era conștientă de efectul pe care îl producea. Dragostea îi tremura pe buze râzând. Se gândea la Făt-Frumos și, pentru a se putea gândi la el, nu vorbea despre el, ci pălăvrăgea despre vaporul pe care se va îmbarca Jim, despre aurul pe care, cu siguranță, îl va descoperi, despre frumoasa moștenitoare pe care el o va salva din mâinile unor haiduci australieni îmbrăcați în cămăși roșii. Pentru că nu va rămâne el un marinar sau ce avea de gând să se facă. O, nu! Viața de marinar era oribilă. Numai să-și imagineze el ce înseamnă să stai închis pe un vapor oribil, cu valurile vulgare și gheboase care încearcă să pătrundă înăuntru, cu vântul urâcios care doboară catargul și sfâșie pânzele în fâșii lungi care se zbat într-un țipăt! Va părăsi vaporul la Melbourne, își va lua un rămas-bun politicos de la căpitan și va porni imediat spre câmpiile aurii. Nici nu va trece o săptămână și va și da peste un bulgăre imens de aur, cel mai mare bulgăre descoperit vreodată, și-l va duce spre coastă într-o căruță păzită de șase polițiști călare. Haiducii îi vor ataca de trei ori și vor fi înfrânți într-un mare măcel. O, nu. Nu va merge spre câmpiile aurii. Acestea sunt locuri oribile unde oamenii se îmbată, se împușcă unii pe alții și vorbesc urât. Va deveni un fermier cumsecade și, într-o seară, pe când se va întoarce acasă călare, va vedea o moștenitoare frumoasă dusă pe un cal negru de un hoț, se va lua după ei și o va salva. Desigur, ea se va îndrăgosti de el, și el de ea, și se vor căsători, se vor întoarce acasă și vor locui într-o casă imensă în Londra. Da, îl așteaptă lucruri minunate. Dar trebuie să fie bun, foarte bun, să nu-și iasă din fire sau să cheltuiască prostește. Ea este cu un an mai mare decât el, dar știe mai multe despre viață. Trebuie să aibă grijă și să-i scrie de fiecare dată când pleacă poșta, să-și spună rugăciunile înainte de a se duce la culcare. Dumnezeu e foarte bun și va veghea asupra lui. Ea se va ruga pentru el și peste câțiva ani se va întoarce acasă bogat și fericit.

Băiatul o asculta posac și nu scotea o vorbă. I se frângea inima că pleacă de acasă.

Totuși, nu doar din acest motiv era el trist și posomorât. Cu toate că nu avea nici un fel de experiență, simțea acut situația periculoasă în care se afla Sibyl. Acest tânăr dandy care-i făcea avansuri amoroase putea să-i aducă necazuri. Era gentleman, iar el îl ura pentru acest lucru, îl ura cu un ciudat instinct al rasei pe care nu putea să și-l explice, și care tocmai din acest motiv era cu atât mai dominant în el. Mai era conștient și de superficialitatea și vanitatea caracterului mamei lui, și în acest fapt vedea un pericol infinit pentru Sibyl și fericirea lui. La început copiii își iubesc părinții, pe măsură ce cresc îi judecă și, uneori, îi iartă.

Mama lui! Îi stăruise în minte o întrebare pe care dorise să i-o pună, ceva la care meditase neîncetat în timpul multor luni de tăcere. O frază rostită la întâmplare auzită la teatru, un cuvânt zeflemitor spus în șoaptă care îi ajunsese la urechi într-o seară pe când aștepta la ușa cabinei, declanșase o suită întreagă de gânduri urâte. Și-o aminti de parcă sfârcul unui bici i-ar fi șfichiuit fața. Sprâncenele i se uniră făcând o cută adâncă și, cu zvâcnet de durere, își mușcă buza de jos.

— Nu asculți nici un cuvânt din cele ce-ți spun, Jim, strigă Sibyl, iar eu îți construiesc cele mai încântătoare planuri de viitor. Spune ceva, spune.

— Ce vrei să spun?

— O, că vei fi băiat cuminte și nu ne vei uita, răspunse ea zâmbindu-i.

El dădu din umeri.

— E mai probabil ca tu să mă uiți decât să te uit eu, Sibyl.

Ea se îmbujoră.

— Ce vrei să spui, Jim? întrebă ea.

— Aud că ai un nou prieten. Cine e? De ce nu mi-ai spus nimic despre el? Nu-i bun pentru tine.

— Oprește-te, Jim! exclamă ea. Nu-ți dau voie să spui nimic împotriva lui. Îl iubesc.

— Cum așa, nici măcar nu știi cum îl cheamă, răspunse băiatul. Cine-i? Am dreptul să știu.

— Îl cheamă Făt-Frumos. Nu-ți place numele? O, prostuțule!, n-ar trebui să uiți. Numai să-l vezi și pe loc ai spune că e cea mai minunată făptură din lume. Într-o zi o să-l întâlnești – când te vei întoarce din Australia. Îți va plăcea mult de el. Toată lumea îl place, iar eu... îl iubesc. Aș vrea să poți veni la teatru diseară. Va fi acolo iar eu voi juca rolul Julietei. Oh! și cum îl voi mai juca! Imaginează-ți, Jim, să fii îndrăgostită și să joci rolul Julietei! Iar el să stea acolo! Să joci pentru a-l încânta! Mi-e teamă că voi speria trupa, o voi speria sau fascina. A fi îndrăgostit înseamnă să te autodepășești. Sărmanul domn Isaacs va striga „geniu" vagabonzilor lui de la bar. Până acum a predicat despre mine ca despre o dogmă, în seara asta mă va anunța ca revelație. Așa se va întâmpla, o presimt. Și totul i se datorează lui, lui Făt-Frumos, minunatului meu iubit, zeului meu preabun. Lângă el sunt o biată sărmană. Sărmană? Ce contează? Când sărăcia se strecoară pe sub ușă, dragostea intră zburând pe fereastră. Ar fi cazul să ne rescriem proverbele. Au fost compuse iarna, iar acum e vara; pentru mine e primăvara, cred, e însuși dansul mugurilor pe cer albastru.

— E un gentleman, spuse băiatul pe un ton morocănos.

— Un Prinț! strigă ea melodios. Ce vrei mai mult?

— El vrea să te înrobească.

— Mă cutremur la gândul de a fi liberă.

— Aș vrea să fii prudentă cu el.

— Dacă îl vezi, îl și adori, dacă îl cunoști, ai încredere în el.

— Sibyl, ești nebună după el.

Ea râse și-l luă de braț.

— Moșule, vorbești de parc-ai avea o sută de ani. Te vei îndrăgosti și tu într-o bună zi. Nu fi atât de posac. Cu siguranță că ți-ar face plăcere să te gândești că, deși pleci, mă lași mai fericită ca niciodată. N-am avut o viață ușoară, nici unul dintre noi, ci una teribil de grea și dificilă. Dar de acum înainte va fi altfel. Tu vei pleca spre o lume nouă, iar eu am găsit una. Uite două scaune aici, hai să ne așezăm și să-i privim pe trecătorii eleganți.

Își luară locurile în mijlocul unei mulțimi de privitori. Straturile de lalele de peste drum scoteau flăcări asemenea unor cercuri de foc vibrânde. O pulbere albă, ca un nor tremurat de iriși, plutea în aerul palpitând. Umbrele de soare viu colorate dansau și se cufundau asemenea unor fluturi enormi.

Reuși să-și facă fratele să vorbească despre el însuși, despre speranțele lui, despre proiectele lui. Vorbea rar și cu mare efort. Își pasau cuvintele unul altuia ca într-un joc. Sibyl se simțea deprimată. Nu-și putea comunica bucuria. Un zâmbet pal rotunjind gura morocănoasă fu unicul ecou pe care-l putu obține. După un timp ea însăși tăcu. Brusc zări un fragment de păr auriu și buze care râdeau: într-o trăsură deschisă, însoțit de două doamne, trecu Dorian Gray.

Ea sări în picioare.

— El este, iată-l! strigă ea.

— Cine? spuse Jim Vane.

— Făt-Frumos, răspunse ea, privind în urma trăsurii ușoare.

El sări și o prinse brutal de braț.

— Arată-mi-l! Care dintre ei este? Arată-mi-l! Trebuie să-l văd! exclamă el, dar în acea clipă echipajul ducelui de Berwick îl acoperi, iar când spațiul rămase gol trăsura deja ieșise din Park.

— A plecat, murmură Sibyl trist. Aș fi vrut să-l fi întâlnit.

— Și eu aș fi vrut, pentru că așa cum e sigur că există Dumnezeu în ceruri, dacă îți va face vreodată vreun rău, îl voi ucide.

Ea se uită la el îngrozită. El își repetă cuvintele. Spintecară aerul ca un pumnal. Cei din jur începură să caște gura. O doamnă din apropiere râdea pe înfundate.

— Hai să mergem, Jim! hai să mergem, murmură ea. O urmă stăruitor în timp ce ea își făcea loc prin mulțime. Era bucuros de ceea ce spusese.

Când ajunseră la statuia lui Ahile, ea se întoarse spre el. Mila din ochii ei se transformă în râs. Clătină capul privindu-l.

— Ești nebun, Jim, total nebun. Ești un băiat rău, asta-i. Cum poți spune asemenea grozăvii? Nu știi ce vorbești. Ești pur și simplu gelos și nedelicat.

Ah! Ce-aș mai vrea să te îndrăgostești. Dragostea îi face pe oameni buni, iar ce-ai spus tu a fost o răutate.

— Am șaisprezece ani, răspunse el, și știu ce vreau. Mama nu te ajută deloc. Nu înțelege cum să aibă grijă de tine. Acum n-aș mai pleca în Australia. Acum doresc nespus să renunț la toată afacerea asta. Aș renunța, dacă n-aș fi semnat hârtiile.

— O, nu fi atât de serios, Jim. Ești ca unul dintre eroii acelor melodrame de prost gust în care îi plăcea mamei să joace. N-o să mă cert cu tine. L-am văzut, și vai, asta-i o imensă fericire. Nu vreau să ne certăm. Știu că n-ai face nici un rău celor pe care-i iubesc, nu-i așa?

— Nu atâta vreme cât îl iubești, cred, veni răspunsul morocănos.

— Îl voi iubi pe veci! strigă ea.

— Și el?

— Și el, la fel!

— Să facă bine să te iubească.

Se depărtă de el, apoi râse și-și puse mâna pe brațul lui. Nu era decât un copil.

La Marble Arch făcură semn unui omnibuz să-i ia; îi lăsă aproape de casa lor sărăcăcioasă din Euston Road. Trecuse de ora cinci și Sibyl trebuia să stea întinsă câteva ore înainte de a intra în scenă. Jim insistă ca ea să facă asta. Îi spuse că preferă să-și ia rămas-bun când mama lor nu este de față. Cu siguranță va face o scenă, iar el detesta scenele de orice fel.

Și-au luat rămas-bun în camera lui Sibyl. Inima băiatului era cuprinsă de gelozie și de o ură înverșunată, ucigașă, față de străinul care, așa cum i se părea lui, intervenise între ei doi. Și totuși, când ea își aruncă brațele în jurul gâtului lui și-și plimbă degetele prin părul lui, se îmblânzi și o sărută cu reală afecțiune. Când coborî, ochii îi erau plini de lacrimi.

Mama îl aștepta la parter. Când intră, îl bodogăni pentru lipsa lui de punctualitate. El nu răspunse, ci se așeză în fața cinei inconsistente. Muștele bâzâiau în jurul mesei și se târau pe fața de masă pătată. Printre huruitul omnibuzelor și zăngănitul trăsurilor auzea vocea monotonă devorându-i minutele care-i mai rămăseseră până la plecare.

După o vreme, împinse farfuria și își luă capul în mâini. Simți că are dreptul să știe. Ar fi trebuit să i se spună, dacă era așa cum bănuia el. Înțepenită de frică, maică-sa îl urmărea. Cuvintele cădeau mecanic de pe buzele ei. Între degete mototolea o batistă zdrențuită de dantelă. Când ceasul bătu ora șase, se ridică și se îndreptă spre ușă. Privirile li se întâlniră. În privirile ei el văzu un apel teribil la milă. Îl înfurie.

— Mamă, aș vrea să te întreb ceva, spuse el. Ochii ei căutară nedeslușit prin cameră. Nu spuse nimic. Spune-mi adevărul, am dreptul să știu. Ai fost căsătorită cu tata?

Lăsă să-i scape un oftat adânc. Era un oftat de ușurare. Momentul teribil, momentul de care se temuse noapte și zi, săptămâni și luni, venise în sfârșit, și totuși nu simțea nici un fel de teroare. Într-adevăr, într-o anume măsură se simțea dezamăgită. Modul direct, vulgar, în care îi fusese pusă întrebarea cerea un răspuns direct. Nu se ajunsese la această situație într-un mod gradat. Era brutală. Îi amintea de o repetiție proastă.

— Nu, răspunse ea, minunându-se de simplitatea dură a vieții.

— Tata a fost deci un nemernic? strigă băiatul strângând pumnii.

Ea clătină capul.

— Știam că nu e liber. Ne iubeam foarte mult. Dacă ar fi trăit, s-ar fi ocupat să ne fie bine. Să nu vorbești urât despre el. A fost tatăl tău, a fost un gentleman. Avea relații înalte.

Pe buze îi răsări o înjurătură.

— Nu de mine îmi pasă, exclamă el, dar să n-o lași pe Sibyl... E un gentleman, nu-i așa, care e îndrăgostit de ea sau spune că e? Și el cu relații înalte, presupun.

O clipă femeia fu cuprinsă de un sentiment hidos de umilință. Capul îi căzu. Își șterse ochii cu mâinile tremurând.

— Sibyl are o mamă, murmură ea; eu n-am avut.

Băiatul fu mișcat. Se duse spre ea și, aplecându-se să o sărute, îi spuse:

— Îmi pare rău că te-am făcut să suferi întrebându-te de tata, dar nu m-am putut abține. Acum trebuie să plec. La revedere. Nu uita că acum nu ai decât un copil de care să îngrijești și crede-mă că, dacă acest om îi face vreun rău surorii mele, voi afla cine e, voi da de el și-l voi ucide ca pe un câine. O jur.

Extravaganța amenințării, gestul pasional care o însoțea, cuvintele melodramatice nebunești făceau ca viața să i se pară mai alertă. Atmosfera îi era familiară. Respira mai liber și pentru prima oară în luni de zile își admira într-adevăr fiul. I-ar fi plăcut să fi continuat scena pe aceeași coardă emoțională, dar el îi puse punct repede. Trebuia să coboare cuferele și să-și caute șalurile. Servitorul casei intra și ieșea într-una. Apoi a venit momentul de tocmeală cu birjarul. Scena se pierdea în detalii vulgare. Ea flutură de la fereastră batista din dantelă zdrențuită cu un sentiment reînnoit de dezamăgire în timp ce trăsura în care se afla fiul ei dispărea. Era conștientă că se pierduse o mare ocazie. Se consolă spunându-i Sibylei că simțea că viața îi va fi foarte tristă acum, când avea de îngrijit doar un singur copil. Își aminti fraza. O mulțumise. Despre amenințare nu spuse nimic. Fusese exprimată viguros și dramatic. Simțea că într-o bună zi vor râde cu toții de ea.

Capitolul VI

— Bănuiesc că ai auzit veștile, Basil? spuse lordul Henry în timp ce Hallward era condus în separeul de la Bristol unde fusese aranjată o masă pentru trei persoane.

— Nu, Harry, răspunse artistul, întinzându-i chelnărului pălăria și pardesiul. Despre ce e vorba? Sper că nu-i vorba de politică. Nu mă interesează. Nici un membru din Camera Comunelor nu merită pictat, deși multora le-ar prinde bine o mică zugrăveală.

— Dorian Gray s-a logodit și urmează să se însoare, spuse lordul Henry, urmărindu-l în timp ce-i vorbea.

Hallward tresări și apoi se încruntă.

— Dorian Gray logodit și urmează să se însoare! exclamă el. Imposibil!

— E adevărul-adevărat.

— Cu cine?

— Cu o actriță oarecare.

— Nu cred. Dorian este mult prea inteligent pentru a face așa ceva.

— Dorian este mult prea înțelept pentru a nu face câte-o prostie din când în când, dragă Basil.

— Căsătoria nu e lucrul pe care să-l faci din când în când, Harry.

— În America se poate, replică lordul Henry cu nepăsare. Dar n-am spus că s-a căsătorit. Am spus doar că e logodit și urmează să se însoare. E o mare diferență. Țin minte că sunt însurat, dar nu-mi amintesc deloc logodna. Înclin să cred că n-am fost niciodată logodit.

— Dar gândește-te la originea, situația și averea lui Dorian. Ar fi absurd să se însoare cu cineva care este mult sub nivelul lui.

— Dacă vrei să-l faci să se însoare cu fata asta, spune-i acest lucru, Basil. Atunci o va face cu siguranță. Atunci când cineva face un lucru total prostesc, o face având cel mai nobil dintre motive.

— Sper că e o fată bună, Harry. Nu vreau să-l văd pe Dorian legat de o creatură josnică, una care să-i degradeze caracterul și să-i ruineze intelectul.

— O, are ceva mai bun de oferit - e frumoasă, murmură lordul Henry, sorbind dintr-un pahar cu vermut și suc amărui de portocală. Dorian spune că e frumoasă și nu se prea înșală în chestiuni de acest fel. Portretul pe care i l-ai făcut i-a ascuțit modul de apreciere al înfățișării altora. Printre altele a avut și acest efect excelent. O vom vedea în seara asta, dacă băiatul nu uită de întâlnirea cu noi.

— Serios?

— Foarte serios, Basil. M-aș simți total nefericit dacă aș fi convins că ar trebui să fiu mai serios decât sunt în acest moment.

— Dar tu ești de acord, Harry? întrebă pictorul plimbându-se prin încăpere și mușcându-și buzele. Nu poți fi de acord, nu-i posibil așa ceva. E doar o pasiune prostească.

— Niciodată nu aprob sau dezaprob un lucru. E o atitudine absurdă față de viață. Nu suntem trimiși în lume să ne exhibăm prejudecățile morale. Niciodată nu dau atenție celor spuse de oamenii obișnuiți și nici nu mă amestec în ceea ce fac persoanele fermecătoare. Dacă o personalitate mă fascinează, atunci orice modalitate de expresie alege această personalitate este absolut încântătoare. Dorian Gray se îndrăgostește de o fată frumoasă care joacă rolul Julietei și o cere în căsătorie. De ce nu? Chiar dacă s-ar însura cu Messalina, asta nu l-ar face mai puțin interesant. Știi că nu sunt un suporter al căsătoriei. Adevăratul defect al căsătoriei este că te face să nu mai fii egoist. Iar oamenii lipsiți de egoism sunt incolori. Le lipsește individualitatea. Cu toate astea, există unele temperamente pe care căsătoria le face să devină mai complexe. Își mențin egotismul și îi adaugă o serie de alte euri. Sunt forțați să aibă mai multe vieți. Devin mai sofisticați în modul de a se organiza și sofisticarea în materie de organizare este, aș zice, obiectul existenței omului. În afară de asta, orice fel de experiență este valoroasă și, orice s-ar spune împotriva căsătoriei, ea este într-adevăr o experiență. Sper că Dorian Gray o va lua de soție pe fata asta, o va adora cu patimă șase luni și apoi, brusc, va fi fascinat de altcineva. Ar face obiectul unui studiu minunat.

— Sper că nu crezi nici un cuvânt din ce spui, Harry, știi prea bine acest lucru. Dacă Dorian Gray și-ar strica viața, nimănui nu-i va părea mai rău decât ție. Ești mai bun decât pretinzi că ești.

Lordul Henry râse.

— Motivul pentru care ne place să îi apreciem pe alții este că ne e teamă pentru noi înșine. La baza optimismului se află teroarea, teroarea gol-goluță. Credem că suntem generoși pentru că îl creditäm pe aproapele nostru cu acele virtuți care ne vor fi nouă benefice. Îl lăudăm pe bancher pentru a ne putea acoperi micile fraude și descoperim calități în bandiții de drumul mare în speranța că ne vor lăsa buzunarele intacte. Cred în tot ce spun. Am cel mai mare dispreț față de optimism. Cât privește viața stricată, nici o viață nu e stricată cu excepția aceleia a cărei evoluție e oprită. Dacă vrei să strici caracterul cuiva, nu trebuie decât să încerci să-l reformezi. În privința căsătoriei, desigur, ar fi o prostie, dar între un bărbat și o femeie există alte legături, mult mai interesante, și cu siguranță că le voi încuraja pe acelea. Aceste legături au acel farmec al mondenității. Dar iată-l pe Dorian însuși. Îți va spune mai mult decât pot s-o fac eu.

— Dragul meu Harry, dragul meu Basil, trebuie să mă felicitați amândoi! spuse băiatul, azvârlindu-și pelerina de seară, cu aripi dublate cu satin, dând apoi pe rând mâna cu prietenii lui. N-am fost niciodată mai fericit. Desigur, e neașteptat; toate lucrurile realmente încântătoare sunt așa. Și totuși mi se pare că este acel ceva pe care l-am căutat toată viața. Fața îi era îmbujorată de plăcere și emoție și arăta extraordinar de frumos.

— Sper că vei fi întotdeauna foarte fericit, Dorian, spuse Hallward, dar nu te iert că nu m-ai anunțat că te logodești. L-ai anunțat pe Harry.

— Iar eu nu te iert că ai întârziat la cină, îl întrerupse lordul Henry, punându-și mâna pe umărul băiatului și zâmbind în timp ce vorbea. Haide să ne așezăm și să vedem ce poate noul bucătar de aici, apoi ne vei spune ce s-a întâmplat.

— Nu-i prea mult de spus, zise Dorian, în timp ce se așezau la mica masă rotundă. Iată ce s-a întâmplat. După ce am plecat de la tine ieri seară, Harry, m-am îmbrăcat și am cinat ușor la micul restaurant italienesc din Rupert Street pe care mi l-ai prezentat tu, iar la ora opt m-am dus la teatru. Sibyl juca rolul Rosalindei. Desigur, decorul era oribil iar Orlando absurd. Dar Sibyl! Trebuia s-o fi văzut! A fost absolut minunată când a intrat îmbrăcată în haine băiețești. Purta un surtuc de catifea de culoarea mușchiului de pădure, cu mâneci de culoarea scorțișoarei, pantaloni maro trei-sferturi, strânși pe picior, o pălărioară verde, delicată, cu o pană de șoim prinsă cu o bijuterie, și o pelerină cu glugă dublată cu un roșu închis. A fost mai rafinată ca niciodată. Avea în ea grația statuetei de Tanagra pe care o ai în atelier, Basil. Părul îi era strâns în jurul feței asemenea frunzelor întunecate în jurul unei roze palide. În ceea ce privește jocul - ei bine, o s-o vedeți diseară. Pur și simplu este o artistă înnăscută. Am uitat că mă aflu în Londra secolului al nouăsprezecelea. Eram departe cu iubita mea într-o pădure pe care nici un om n-a văzut-o vreodată. După spectacol m-am dus în culise și am vorbit cu ea. În timp ce stăteam și vorbeam, în ochi i-a apărut acea privire pe care n-am mai zărit-o niciodată. Buzele mele s-au apropiat de ale ei. Ne-am sărutat. Nu vă pot descrie ce-am simțit în acea clipă. Îmi părea că întreaga mea viață se concentra într-un singur punct de bucurie desăvârșită. Ea tremura toată și vibra ca o narcisă albă. Apoi s-a aruncat în genunchi și mi-a sărutat mâinile. Simt că n-ar trebui să vă spun toate astea, dar nu mă pot abține. Desigur, logodna noastră este un secret absolut. Nu i-a spus nici măcar mamei ei. Nu știu ce vor spune tutorii mei. Cu siguranță că lordul Radley va fi furios. Nu-mi pasă. Voi fi major în mai puțin de un an și atunci pot face ce vreau. Am avut dreptate Basil, nu-i așa, să iau ca model al dragostei poezia și să-mi găsesc soția în piesele lui Shakespeare? Buzele pe care Shakespeare le-a învățat să vorbească mi-au șoptit secretul lor la ureche. M-au împresurat brațele Rosalindei și am sărutat gura Julietei.

— Da, Dorian, presupun că ai avut dreptate, spuse Hallward rostind cuvintele rar.

— Ai văzut-o azi? întrebă lordul Henry.

Dorian Gray dădu din cap.

— Am lăsat-o în pădurea Arden și o voi regăsi în livada din Verona.

Lordul Henry își sorbi șampania cu un gest meditativ.

— Când i-ai pomenit cuvântul căsătorie, Dorian? Și ce ți-a răspuns ea? Poate că ai uitat cu totul acest lucru.

— Dragul meu Harry, nu am tratat-o ca pe o tranzacție și nu am cerut-o oficial în căsătorie. I-am spus că o iubesc, iar ea mi-a spus că nu-i demnă să-mi fie soție. Nu-i demnă! Cum, când în comparație cu ea restul lumii nu valorează nimic pentru mine.

— Femeile sunt excepțional de practice, murmură lordul Henry - cu mult mai practice decât noi. În situații de acest gen, noi uităm adesea să pomenim de căsătorie, iar ele ne aduc aminte mereu.

Hallward își puse mâna pe brațul lui.

— Lasă, Harry. L-ai necăjit pe Dorian. El nu este ca alți bărbați. Nu-i va neferici pe alții. Este mult prea delicat.

Lordul Henry privi peste masă.

— Dorian nu se supără pe mine niciodată, răspunse el. Am pus această întrebare având cel mai bun motiv posibil, singurul motiv care scuză orice fel de întrebare – pura curiozitate. După teoria mea, femeile sunt cele care ne cer întotdeauna în căsătorie, nu noi. Exceptând, firește, cazul vieții burgheze. Dar burghezii nu sunt moderni.

Dorian Gray râse și-și mișcă brusc capul cu nerăbdare.

— Ești total incorigibil, Harry, dar nu contează. Nu mă pot supăra pe tine. Când o vei vedea pe Sibyl Vane, vei simți că trebuie să fii fiară ca s-o nedreptățești, o fiară fără suflet. Nu pot înțelege cum poate cineva să dorească să facă de rușine ceea ce iubește. O iubesc pe Sibyl Vane. Vreau să o așez pe un piedestal de aur și să văd cum lumea o adoră pe femeia care este a mea. Ce este căsătoria? Un jurământ irevocabil. Îți bați joc de ea din această cauză. Ah, nu, nu-ți bate joc. Este un jurământ pe care eu vreau să-l fac. Încrederea ei mă face fidel, credința ei mă face să fiu bun. Când sunt cu ea, regret tot ce m-ai învățat. Devin altul decât mă știi. Sunt schimbat și simpla atingere a mâinii lui Sibyl Vane mă face să te uit pe tine și toate teoriile tale greșite, fascinante, veninoase și fermecătoare.

— Și acestea sunt...? întrebă lordul Henry luând o porție de salată.

— Oh, teoriile tale despre viață, teoriile tale despre iubire, teoriile tale despre plăcere. Toate teoriile tale, de fapt, Harry.

— Singurul lucru despre care merită să faci o teorie e plăcerea, răspunse el cu vocea lui lentă, melodioasă. Dar teamă mi-e că nu pot pretinde că teoria îmi aparține. Aparține Naturii, nu mie. Plăcerea e testul Naturii, semnul ei aprobator. Când suntem fericiți suntem întotdeauna buni, dar atunci când suntem buni nu totdeauna suntem fericiți.

— Ah, dar ce înțelegi prin a fi bun? spuse Basil Hallward.

— Da, repetă Dorian ca un ecou, lăsându-se pe speteaza scaunului și privindu-l pe lordul Henry peste ciorchinele greu de iriși cu margini purpurii, aflat în centrul mesei, ce înțelegi prin a fi bun, Harry?

— A fi bun înseamnă a fi în armonie cu tine însuți, replică el, atingând piciorul subțire al paharului cu degetele palide și frumos șlefuite. Disonanța înseamnă a fi forțat să fii în armonie cu alții. Propria-ți viață - iată ce-i important. Cât despre viața celor din jur, dacă vrei să fii pedant sau puritan, poți face paradă de opiniile morale pe care le ai despre ei, dar nu e treaba ta. În afară de asta, Individualismul are într-adevăr un scop superior. Moralitatea modernă constă în a accepta etalonul epocii. După părerea mea, atunci când omul de cultură acceptă etalonul epocii dă dovadă de cea mai grosieră imoralitate.

— Dar, evident, dacă trăiești numai pentru tine, Harry, plătești un preț teribil, sugeră pictorul.

— Da, astăzi suntem suprataxați pentru orice. Îmi închipui că adevărata tragedie a celor săraci este că nu-și pot permite nimic în afara negării de sine. Păcatele frumoase, asemenea lucrurilor frumoase, sunt privilegiul celor bogați.

— Se plătesc în alte moduri, nu neapărat cu bani.

— Ce alte moduri, Basil?

— Oh, îmi închipui că prin remușcare, suferință, prin... ei bine, prin conștiința degradării.

Lordul Henry dădu din umeri.

— Dragă prietene, arta medievală e încântătoare, dar emoțiile medievale sunt depășite. Le poți utiliza în ficțiune, desigur. Dar singurele lucruri pe care le poți utiliza în ficțiune sunt cele pe care ai încetat să le mai utilizezi în fapt. Crede-mă, nici un om civilizat nu regretă o plăcere, și nici un om necivilizat nu știe ce înseamnă plăcerea.

— Eu știu ce e plăcerea, strigă Dorian. Înseamnă să adori pe cineva.

— Asta-i mult mai bine decât să fii adorat, răspunse el jucându-se cu niște fructe. A fi adorat e o pacoste. Femeile ne tratează la fel cum Umanitatea își tratează zeii. Ne venerează și ne bat mereu la cap să facem ceva pentru ele.

— Aș fi zis mai curând că tot ceea ce ele ne cer ne-au dăruit mai întâi, murmură băiatul cu gravitate. Ele sunt cele care creează Dragostea în firea noastră. Au dreptul să o ceară înapoi.

— E perfect adevărat, Dorian, strigă Hallward.

— Niciodată nu e nimic perfect adevărat, spuse lordul Henry.

— Asta e, îl întrerupse Dorian. Harry, trebuie să recunoști că femeile dăruiesc bărbaților însuși aurul vieții lor.

— Tot ce-i posibil, suspină el, dar îl doresc invariabil înapoi, până la ultimul bănuț. Asta-i problema îngrijorătoare. Femeile, cum a spus cândva un francez spiritual, ne inspiră dorința de a crea capodopere, dar întotdeauna ne împiedică să le ducem la bun sfârșit.

— Harry, ești înspăimântător! nu știu de ce îmi placi atât de mult.

— Întotdeauna o să mă placi, Dorian, replică el. Vreți puțină cafea, băieți? Chelner, adu niște cafea, *fine-champagne* și niște țigări. Nu, lasă țigările, am eu câteva. Basil, nu-ți dau voie să fumezi trabucuri. Trebuie să iei o țigară. Țigara reprezintă tipul perfect al unei plăceri perfecte. E minunată și te lasă nesatisfăcut. Ce altceva mai poți să-ți dorești? Da, Dorian, mereu mă vei îndrăgi. Pentru tine eu însumez toate păcatele pe care nu ai avut curajul să le comiți.

— Ce absurdități spui, Harry! strigă băiatul, aprinzându-și țigara de la un dragon de argint care scotea flăcări și pe care chelnerul îl pusese pe masă. Să mergem la teatru. Când Sibyl va intra pe scenă, veți avea un nou ideal în viață. Va reprezenta acel ceva pe care nu l-ați cunoscut niciodată.

— Am cunoscut tot ce se poate cunoaște, spuse lordul Henry cu o expresie de plictiseală în ochi, dar sunt mereu gata să trăiesc o emoție nouă. Mi-e teamă că, în ceea ce mă privește, nu există ceva de acest gen. Totuși, fata ta minunată s-ar putea să mă facă să vibrez. Îmi place teatrul. E mai real decât viața. Să mergem. Dorian, tu o să vii cu mine. Îmi pare rău, Basil, dar nu-i loc decât pentru două persoane în cupeu. Trebuie să ne urmezi în trăsură.

Se ridicară, se îmbrăcară și-și sorbiră cafeaua în picioare. Pictorul tăcea și era preocupat de ceva. Era învăluit în tristețe. Nu putea suporta ideea acestei căsătorii și, totuși, i se părea că era o variantă mai bună decât altele. După câteva clipe, coborâră toți trei. El plecă de unul singur în trăsură, cum stabiliseră, și urmări luminile strălucitoare ale cupeului care mergea în față. Avea sentimentul ciudat al unei pierderi. Simțea că Dorian nu va mai fi niciodată pentru el ceea ce fusese în trecut. Viața intervenise între ei doi... Ochii i se întunecară și văzu ca prin ceață străzile aglomerate, cu luminile lor tremurate. Când trăsura se opri în fața teatrului, i se păru că peste el trecuseră zeci de ani.

Capitolul VII

Dintr-un motiv sau altul, teatrul era aglomerat în acea seară și fața directorului evreu, gras, care îi întâmpină la ușă, strălucea toată cu un zâmbet unsuros, patetic de nesigur. Îi însoți până la lojă cu un fel de umilință pompoasă, gesticulând cu mâinile grase, încărcate de inele și vorbind foarte tare. Dorian Gray îl detesta mai mult ca oricând. Se simțea de parcă venise să o caute pe Miranda și fusese întâmpinat de Caliban. Pe de altă parte, lordul Henry îl plăcea. Cel puțin așa declară și insistă să-i strângă mâna, asigurându-l că e mândru să întâlnească un om care descoperise un geniu autentic și dăduse faliment din cauza unui poet. Hallward se delecta privind fețele din sală. Căldura era îngrozitor de apăsătoare, iar imensul candelabru ardea ca o dalie monstruoasă cu petale galbene de foc. Tinerii de la galerie își scoseseră hainele și vestele și le atârnaseră de balustradă. Vorbeau unul cu altul peste rândurile de scaune și-și împărțeau portocalele cu fetele vulgare care stăteau lângă ei. În sală râdeau câteva femei. Aveau vocile stridente și nemelodioase. Dinspre bar venea sunetul dopurilor scoase.

— Ce mai loc în care să-ți găsești divinitatea! spuse lordul Henry.

— Da! răspunse Dorian Gray. Tocmai aici am găsit-o, și e divină, e mai presus de tot ce există pe pământ. Când joacă uiți de tot. Oamenii aceștia banali, neciopliți, cu fețele lor aspre și gesturi brutale, devin alții când ea e pe scenă. Stau nemișcați și o urmăresc. Plâng și râd după cum le dictează ea. Răspund asemenea unei viori. Ea îi spiritualizează și simți că sunt de același sânge cu tine.

— Din același sânge cu tine! O, sper că nu! exclamă lordul Henry care îi trecea rapid în revistă cu binoclul pe cei de la galerie.

— Nu-i da atenție, Dorian, spuse pictorul. Înțeleg ce vrei să spui și cred în fata asta. Toate persoanele pe care tu le iubești sunt minunate și orice fată care are un efect asupra ta, așa cum îl descrii tu, trebuie să fie frumoasă și nobilă. A-ți spiritualiza epoca – iată un lucru care merită făcut. Dacă această fată poate să le dea suflet celor care au trăit fără suflet, dacă ea poate crea simțământul frumosului în oamenii a căror viață a fost sordidă și urâtă, dacă-i poate dezbăra de egoism și le poate împrumuta lacrimi pentru dureri care nu le aparțin, merită să fie adorată. Căsătoria e bună. N-am gândit așa la început, dar trebuie să o aprob acum. Zeii au creat-o pe Sibyl Vane pentru tine. Fără ea ai fi fost incomplet.

— Mulțumesc, Basil, răspunse Dorian Gray, strângându-i mâna în a lui. Știam că mă vei înțelege. Harry este atât de cinic, mă înspăimântă. Dar iată orchestra. E oribilă, dar nu ține decât cinci minute. Apoi cortina se va ridica și o veți vedea pe fata căreia îi voi dărui întreaga mea viață, căreia i-am dat tot ce este bun în mine.

După un sfert de oră, în mijlocul unui vârtej de aplauze, Sibyl Vane păși pe scenă. Da, într-adevăr, oferea o priveliște frumoasă – era una dintre cele mai frumoase ființe pe care le-a văzut vreodată, se gândi lordul Henry. Avea ceva de faun în grația ei timidă și în ochii speriați. Când se uită la sala plină și entuziasmată, pe obraji îi apăru o împurpurare ușoară, ca umbra unei roze într-o oglindă de argint. Se trase câțiva pași înapoi și buzele ei păreau că tremură. Basil Hallward sări în picioare și începu să aplaude. Nemișcat, de parcă visa, stătea Dorian Gray, privind-o lung. Lordul Henry o scruta prin binoclu, murmurând: „Încântătoare! încântătoare!".

Scena era sala din casa Capuleților, iar Romeo, îmbrăcat în pelerin, intrase cu Mercutio și cu ceilalți prieteni ai lui. Orchestra, așa proastă cum era, execută câteva măsuri și dansul începu. Sibyl Vane se mișca asemenea unei făpturi din altă lume, una mai rafinată. În timp ce dansa, trupul ei se apleca așa cum plantele se pleacă peste apă. Gâtul avea conturul arcuit asemenea unui crin alb. Mâinile păreau a-i fi din fildeș rece.

Cu toate acestea era curios de apatică. Nu dădu nici un semn de bucurie când ochii i se opriră asupra lui Romeo. Cele câteva cuvinte pe care trebuia să le rostească,

> Nu-i vinovată mâna, pelerine!
> Ești aspru. Pelerinii, dacă vor,
> Pot strânge-n palme mâinile divine.
> Strânsoarea asta e sărutul lor –*

împreună cu scurtul dialog care urmează au fost rostite total artificial. Vocea era superbă, dar tonul ei era absolut fals. Coloratura nu era la locul ei. Alunga orice urmă de viață din versuri. Pasiunea părea nereală.

Dorian Gray păli. Era într-o stare de confuzie și neliniște. Nici unul dintre prieteni nu îndrăzni să-i spună ceva. Lor li se părea total incompetentă. Erau cumplit de dezamăgiți.

Totuși, credeau că adevăratul test pentru orice actriță care joacă rolul Julietei este scena balconului din actul al doilea. O așteptară. Dacă o rata, însemna că nu are nimic de spus.

Era încântătoare în momentul în care apăru în lumina lunii. Asta nu se putea nega. Dar teatralitatea jocului ei era insuportabilă, și se accentuă pe măsură ce piesa se desfășura. Gesturile îi deveniră

---

* W. Shakespeare, „Romeo și Julieta" (Act 1, scena 5), traducere de Virgil Teodorescu, în *Opere complete*, vol. 3, Editura Univers, București, 1984.

absurd de artificiale. Exagera tot ce avea de spus. Frumosul pasaj

Masca nopții
Îmi ocrotește chipul. Nu zărești
Ce purpuriu îmi sădiră în obraji
Cuvintele rostite adineauri. –*

fu declamat cu precizia chinuitoare a unei școlărițe care a fost învățată să recite de un profesoraș de mâna a doua. Când se aplecă peste balcon și ajunse la acele versuri superbe:

Oricâtă-i fericirea
Pe care-o simt acuma lângă tine,
Dar legământul astei nopți îmi vine
Prea iute, nu știu cum, prea fără de veste,
Prea ca un fulger care nu mai este
Pân'ce zici: fulger! – O, du-te dar,
Dulcele meu! Și-a verii adiere
Învoaltă floare face din bobocul
Iubirii noastre pân'la revedere! –**

rosti cuvintele de parcă nu-i spuneau nimic. Nu era la mijloc nervozitatea. Într-adevăr, departe de a fi nervoasă, era absolut sigură pe sine. Pur și simplu era vorba despre artă de proastă calitate. Ratase total.

Chiar publicul obișnuit, needucat, din sală și de la galerie nu mai era interesat de piesă. Oamenii se foiau și începură să vorbească tare și să fluiere. Directorul evreu, care stătea în ultimul rând al balconului, bătea cu picioarele în podea și înjura furios. Singura persoană imperturbabilă era fata însăși.

* W. Shakespeare, *Romeo și Julieta* (Act 2, scena 2), ed. cit.

** W. Shakespeare, *Romeo și Julieta* (Act 2, scena 2), traducere de Șt. O. Iosif; text revăzut de Al. Philippide, în *Opere*, vol. 1, Editura de Stat pentru Literatură și Artă, 1955.

Când se termină al doilea act, sala vuia de fluierături, iar lordul Henry se ridică de pe scaun și se îmbrăcă.

— E foarte frumoasă, Dorian, spuse el, dar nu se pricepe la teatru. Să mergem.

— O să stau să văd piesa până la capăt, răspunse băiatul cu o voce opintită, amărâtă.

— Îmi pare enorm de rău că v-am făcut să vă pierdeți seara, Harry. Îmi cer scuze.

— Dragul meu Dorian, după părerea mea, Miss Vane e bolnavă, îl întrerupse Hallward. Vom veni în altă seară.

— Aș vrea eu să fie bolnavă, replică el. Dar mi se pare că este pur și simplu rece și insensibilă. S-a schimbat total. Aseară a fost o mare artistă. În seara asta e doar o actriță banală, mediocră.

— Nu vorbi așa despre cineva pe care-l iubești, Dorian. Dragostea este ceva mult mai minunat decât Arta.

— Ambele sunt pur și simplu forme de imitație, remarcă lordul Henry. Dar hai să mergem, Dorian, nu trebuie să rămâi aici. Jocul de proastă calitate îți strică firea. În afară de asta, presupun că nu vei dori să-ți vezi nevasta jucând teatru. Ce contează că joacă Julieta ca o păpușă de lemn? E foarte frumoasă și, dacă are tot atât de puțină știință de viață cum are de teatru, va fi o experiență încântătoare. Doar două categorii de oameni sunt realmente fascinanți: oamenii care știu absolut totul și oamenii care nu știu absolut nimic. Doamne sfinte, băiatule, nu lua figura asta tragică! Secretul de a rămâne tânăr este de a nu trece niciodată printr-o emoție nepotrivită. Vino la club cu mine și cu Basil. Vom fuma și vom bea în cinstea frumuseții lui Sibyl Vane. E frumoasă. Ce vrei mai mult?

— Du-te, Harry, strigă băiatul. Vreau să rămân singur. Basil, pleacă și tu. Ah, nu vedeți că mi se rupe inima? În ochi îi apărură lacrimi fierbinți. Buzele îi tremurau și, repezindu-se în spatele lojei, se rezemă de perete, ascunzându-și fața în mâini.

— Să mergem, Basil, spuse lordul Henry, cu o tonalitate ciudată de tandrețe în voce, iar cei doi tineri ieșiră împreună.

După câteva clipe, reflectoarele se aprinseră și cortina se ridică pentru al treilea act. Dorian Gray se întoarse la locul lui. Arăta palid, mândru și indiferent. Piesa de-abia se târa – părea interminabilă. Cam jumătate din public ieșise, boncănind cu ghetele grele, râzând. Totul era un *fiasco*. Ultimul act s-a jucat cu băncile aproape goale. Cortina s-a lăsat în chicoteli și huiduieli.

Imediat după ce s-a terminat, Dorian Gray s-a grăbit să ajungă în culise și de acolo în cabină. Fata stătea singură, cu o expresie de triumf pe față. În ochii ei ardea un foc ales. Radia. Pe buzele întredeschise apăruse un zâmbet care ascundea un secret știut doar de ele.

Când el intră, ea se uită la el și o expresie de infinită bucurie o cuprinse.

— Ce prost am jucat în seara asta, Dorian! strigă ea.

— Oribil! răspunse el, privind-o uimit – oribil! A fost groaznic. Ești bolnavă? Nici nu-ți dai seama cum a fost. Nici nu-ți dai seama cât am suferit.

Fata zâmbi.

— Dorian, răspunse ea, prelungindu-i numele cu modulațiile vocii de parcă pentru petalele roșii ale buzelor ei acesta era mai dulce decât mierea – Dorian, ar fi trebuit să înțelegi. Dar înțelegi acum, nu-i așa?

— Ce să înțeleg? întrebă el agasat.

— De ce am jucat atât de prost în seara asta. De ce voi juca mereu prost. De ce nu voi mai juca niciodată bine.

El dădu din umeri.

— Presupun că ești bolnavă. Nu ar trebui să joci când ești bolnavă. Devii ridicolă. Prietenii mei s-au plictisit. Eu m-am plictisit.

Părea că nu-l ascultă. Era transfigurată de bucurie. Era cotropită de extazul fericirii.

— Dorian, Dorian, strigă ea, înainte de a te cunoaște, teatrul era singura realitate a vieții mele. Trăiam doar în teatru. Credeam că totul aici e adevărat. Într-o seară eram Rosalinda, în alta Portia. Bucuria Beatricei era și bucuria mea, durerile Cordeliei erau și ale mele. Credeam în tot. Toți acei oameni obișnuiți care jucau cu mine îmi păreau zei. Scenele pictate erau lumea mea. Nu cunoșteam altceva decât umbre pe care le credeam reale. Și ai venit tu – o, frumosul meu iubit! – și mi-ai eliberat sufletul din închisoarea lui. Tu m-ai învățat ceea ce-i cu adevărat realitatea. În seara asta, pentru prima oară în viața mea, am înțeles adevăratul sens al golului, imposturii, stupidității aparenței înșelătoare în care am jucat mereu. În seara asta, pentru prima oară, mi-am dat seama că Romeo e hidos, bătrân și cănit, iar luna din livadă falsă, că decorul este vulgar, iar cuvintele pe care trebuia să le rostesc nereale, că nu erau cuvintele mele, nu era ceea ce eu aș fi vrut să spun. Tu mi-ai adus ceva mult superior, ceva față de care arta e o simplă reflexie. Tu m-ai făcut să înțeleg ceea ce înseamnă adevărata dragoste. Dragostea mea! dragostea mea! Făt-Frumos! Prinț al vieții! Sunt sătulă de umbre. Pentru mine tu ești mai mult decât poate fi arta vreodată. Ce legătură am eu cu păpușile unei piese? Când am intrat pe scenă în seara asta, nu am putut înțelege cum mi-au dispărut toate. Am crezut că voi fi minunată. Mi-am dat seama că nu pot face nimic. Brusc sufletul meu și-a dat seama ce înseamnă toate acestea. Cunoașterea acestui fapt mi-e prețioasă. I-am auzit fluierând și am zâmbit. Ce știu ei despre o dragoste cum e a noastră? Du-mă de-aici, Dorian – ia-mă cu tine, undeva unde să fim singuri. Urăsc scena. Aș putea mima o pasiune pe care nu o simt, dar nu pot mima o pasiune care mă arde ca un foc. O, Dorian, Dorian, înțelegi ce înseamnă asta? Chiar dacă aș putea, ar fi o profanare să joc pe îndrăgostita. Tu m-ai făcut să văd asta.

El se aruncă pe sofa și-și întoarse fața.

— Mi-ai ucis dragostea, spuse el în șoaptă.

Ea se uită la el mirată și râse. El nu răspunse nimic. Veni aproape de el și, cu degetele ei mici, îi mângâie părul. Îngenunche și-și apăsă buzele de mâna lui. El și-o retrase cutremurat de un fior.

Apoi sări în picioare și se duse spre ușă.

— Da, mi-ai ucis dragostea, spuse el. Îmi stârneai imaginația. Acum nici măcar nu-mi mai stârnești curiozitatea. Pur și simplu nu mai produci nici un efect asupra mea. Te iubeam pentru că erai minunată, pentru că aveai geniu și intelect, pentru că dădeai viață viselor marilor poeți și dădeai formă și substanță umbrelor artei. Le-ai azvârlit pe toate. Ești proastă și lipsită de profunzime. Dumnezeule! ce nebun am putut să fiu să te iubesc! Ce prost am fost! Acum nu însemni nimic pentru mine. Nu vreau să te mai văd. Nu mă voi mai gândi niciodată la tine. Nu-ți voi mai pomeni niciodată numele. Nici nu știi ce erai pentru mine, odată. De ce... O, nici nu suport să mă mai gândesc la asta! Aș vrea să nu fi dat niciodată cu ochii de tine! Ai distrus însăși aventura imaginară a vieții. Ce puțin știi despre dragoste, dacă spui că-ți strică arta! Fără arta din tine ești nimic. Te-aș fi făcut celebră, splendidă, magnifică. Lumea te-ar fi adorat și tu mi-ai fi purtat numele. Ce ești acum? O actriță de mâna a treia cu o fetișoară frumoasă.

Fata se albi și începu să tremure. Își încleștă mâinile și păru că vocea îi piere în gât.

— Nu vorbești serios, Dorian? murmură ea. Joci.

— Să joc! Îți las ție jocul. O faci atât de bine, răspunse el cu amărăciune.

Se ridică și, cu o expresie dureroasă care-ți stârnea mila, traversă camera și ajunse lângă el. Își puse mâna pe brațul lui și îl privi în ochi. El o împinse.

— Nu mă atinge! strigă el.

Ea scoase un vaiet moale și se aruncă la picioarele lui și rămase acolo ca o floare călcată în picioare.

— Dorian, Dorian, nu mă părăsi! șopti ea. Îmi pare nespus de rău că n-am jucat bine. La tine mă gândeam tot timpul. Dar mă voi strădui – mă voi strădui. Dragostea mea pentru tine s-a abătut atât de brusc asupra mea. Cred că n-aș fi cunoscut-o dacă nu m-ai fi sărutat, dacă nu ne-am fi sărutat. Sărută-mă, dragostea mea. Nu pleca. N-aș putea suporta. O, nu pleca. Fratele meu... Nu, n-are importanță. Nu a vrut să spună asta. A spus-o în glumă... Dar tu, o, nu mă poți ierta pentru seara asta? Voi munci mult și voi încerca să fiu mai bună. Nu fi crud cu mine pentru că te iubesc mai mult decât orice pe lume. La urma urmelor, te-am nemulțumit o singură dată. Dar ai perfectă dreptate, Dorian. Ar fi trebuit să mă arăt mai mult ca artistă. M-am purtat prostește și totuși n-am putut altfel. O, nu mă părăsi, nu mă părăsi. Vocea ei era gâtuită de suspine profunde. Se ghemui pe podea ca rănită iar Dorian Gray, cu ochii lui frumoși, se uită la ea și buzele lui frumos arcuite se încrețiră cu o expresie de dispreț superior. Există întotdeauna ceva ridicol în emoțiile celor pe care încetăm să-i iubim. Sibyl Vane îi păru nemăsurat de melodramatică. Lacrimile și suspinele ei îl iritau.

— Plec, spuse el în cele din urmă, cu vocea limpede și calmă. Nu vreau să fiu dur cu tine, dar nu te mai pot vedea. M-ai dezamăgit.

Ea plânse în tăcere și nu-i răspunse deloc, ci se târî mai aproape. Mâinile ei mici se întindeau orbește părând a-l căuta. El se răsuci pe călcâie și părăsi încăperea. Peste câteva clipe era afară.

Unde s-a dus, nu și-a dat seama. Își aminti că a bântuit pe străzi slab luminate, că a trecut pe lângă umbrele întunecate ale unor colonade prăpădite și ale unui șir de case ticăloase. Femei cu voci răgușite și râsete groase îl chemau din urmă. Bețivii ametiseră să înjure și să vorbească de unii singuri ca maimuțele. Văzuse copii grotești strânși unul în altul pe pragul ușii și auzise zbierete și înjurături venind dinspre curți mohorâte.

Când s-a crăpat de ziuă, și-a dat seama că e pe lângă Covent Garden. Întunericul s-a ridicat și, inundat de flăcări plăpânde, cerul s-a adâncit luând forma unei perle perfecte. Căruțe imense, pline cu crini plecați huruiau încet pe strada netedă și goală. Aerul era încărcat de mireasma florilor iar frumusețea lor părea că-i alină durerea. El își urmă drumul și ajunse în piață, unde îi urmări pe cei care-și descărcau marfa din căruțe. Un căruțaș cu șorț alb îi oferi cireșe. Îi mulțumi și se întrebă de ce omul refuză bani de la el; apoi începu să le mănânce apatic. Fuseseră culese la miezul nopții și în ele intrase răceala lunii. Un lung șir de băieți cărând coșuri mari cu lalele dungate și trandafiri galbeni și roșii defilă în fața lui, croindu-și drum printre mormanele imense de legume verzi ca jadul. Sub un portic, cu stâlpi de un cenușiu decolorat de soare, se frunzărea o ceată de fete cu capul gol și pline de noroi, așteptând sfârșitul licitației. Altele se înghesuiau în jurul ușilor batante ale cafenelei din Piazza. Caii greoi, înhămați la căruțe, lunecau și boncăneau pe pietrele drumului, zgâlțâindu-și clopoțeii și harnașamentul. Câțiva vizitii dormeau pe o grămadă de saci. Cu gâturilor lor asemenea irișilor și picioarele rozalii, porumbeii alergau ici și colo culegând semințe.

După câtva timp, el făcu semn unei trăsuri și se duse acasă. Câteva clipe frunzări pe treptele casei, privind piața liniștită, cu ferestrele ei cu obloanele trase și storuri bătătoare la ochi. Cerul devenise opalin iar acoperișurile aveau o sclipire de argint în lumina lui. Din coșul unei case de peste drum se ridica un rotocol de fum. Se răsucea, panglică violet, prin aerul sidefiu.

În imensa lampă aurită venețiană – pradă luată de pe o barjă a vreunui doge – care atârna de tavanul holului de intrare îmbrăcat în lambriuri de stejar, luminile încă ardeau în cele trei lăcașuri pâlpâitoare. Păreau petale albastre de flacără, bordate cu foc alb. Le stinse și, după ce-și aruncă pălăria și pelerina pe masă, trecu prin bibliotecă spre ușa dormitorului său, o cameră octogonală imensă, la parter, pe care, cu gustul proaspăt trezit pentru lux, tocmai o decorase și pusese pe pereți câteva tapiserii renascentiste ciudate, descoperite într-un pod de la Selby Royal în care nu se mai intrase de mult timp. În momentul în care răsuci butonul ușii, ochii îi căzură pe portretul pe care Basil Hallward îl pictase pentru el. Se dădu înapoi de parcă ar fi fost luat prin surprindere. Apoi intră în cameră, cu o expresie oarecum contrariată. După ce se deschise la butonieră, păru că ezită. În cele din urmă se întoarse, se duse spre tablou și-l cercetă. În lumina obscură care se strecura cu greutate prin storurile de mătase crem, i se păru că figura e oarecum schimbată. Avea o altă expresie. S-ar fi zis că e o notă de cruzime în jurul gurii. Fără îndoială că era ciudat.

Se întoarse și, ducându-se la fereastră, ridică storurile. Lumina strălucitoare a zorilor năvăli în cameră și alungă umbrele fantastice din colțurile obscure, unde ele stăteau tremurând. Dar ciudata expresie pe care o remarcase pe fața portretului părea că adastă acolo, că e încă și mai puternică. Lumina fremătătoare, arzătoare, a soarelui îi arăta liniile de cruzime din jurul gurii ca și cum s-ar fi uitat într-o oglindă după ce săvârșise o faptă îngrozitoare.

Tresări crispat și, luând de pe masă o oglindă ovală, cu o ramă ornată cu niște Cupidoni de fildeș– unul dintre multele cadouri pe care i le făcuse lordul Henry –, se uită în grabă în apa ei adâncă. Nici o linie de acest fel nu-i încrețea buzele. Ce însemna asta?

Își frecă ochii și se apropie de portret și-l cercetă din nou. Când se uită la tabloul real, nu erau semne de schimbare, dar, fără nici o îndoială, întreaga expresie se modificase. Nu era o simplă fantezie de-a lui. Totul era teribil de evident.

Se prăbuși pe un scaun și începu să se gândească. Brusc îi apăru în minte ceea ce spusese în atelierul lui Basil Hallward în ziua în care portretul fusese terminat. Da, își amintea perfect. Rostise o dorință nebunească – aceea ca el însuși să poată rămâne tânăr iar portretul să îmbătrânească, ca frumusețea lui să rămână intactă iar figura de pe pânză să poarte povara pasiunilor și păcatelor lui, ca imaginea pictată să poarte semnele liniilor suferinței și gândirii iar el să-și poată păstra floarea delicată și frumusețea adolescenței de care tocmai devenise conștient în acea clipă. Să-i fi fost îndeplinită dorința? Asemenea lucruri erau imposibile. Numai gândul la asta i se părea monstruos. Și totuși, tabloul se afla în fața lui, cu nota de cruzime din jurul gurii.

Cruzime! Fusese oare crud? Era vina fetei, nu a lui. Visase la ea ca la o mare artistă, îi dăruise dragostea pentru că el o crezuse mare. Apoi îl dezamăgise. Fusese superficială și nedemnă. Și totuși, un sentiment de regret infinit îl cuprinse când se gândi cum stătea la picioarele lui, suspinând ca un copil. Își aminti cu ce duritate o urmărise. De ce era el așa? De ce îi fusese dat un astfel de suflet? Dar și el suferise. În timpul celor trei ore îngrozitoare cât durase piesa, trăise secole de durere, eon după eon de tortură. Viața lui conta la fel de mult ca a ei. Dacă el o rănise un veac, ea îi stricase plăcerea doar o clipă. În afară de asta, femeile sunt mai bine dotate pentru a suporta durerea decât bărbații. Ele trăiesc din emoții. Nu se gândesc decât la emoțiile lor. Când își iau câte un iubit, o fac doar pentru a avea cui să facă scene. Lordul Henry îi spusese asta, iar lordul Henry cunoștea femeile. De ce să se preocupe el de Sibyl Vane? Acum nu mai însemna nimic pentru el.

Dar tabloul? Ce avea de spus despre el? Deținea secretul vieții lui și îi spunea povestea. Îl învățase să-și iubească propria frumusețe. Acum îl va învăța oare să-și deteste sufletul? Se va mai uita vreodată la el?

Nu, era doar o iluzie creată de simțurile lui zdruncinate. Noaptea îngrozitoare pe care o petrecuse își lăsase fantomele în urma ei. Brusc i se puse pe creier acea mică pată roșie care-i înnebunește pe bărbați. Tabloul nu se schimbase. Era o nebunie să crezi asta.

Totuși îl urmărea cu fața lui frumoasă deteriorată și zâmbetul crud. Părul strălucitor sclipea în lumina soarelui auroral. Ochii lui albaștri îi întâlniră pe ai lui. Îl cuprinse un simțământ de infinită milă, dar nu față de el, ci față de imaginea pictată. Deja se modificase și avea să se mai modifice. Auriul îi va păli în gri, rozele lui albe și roșii vor muri. Cu fiecare păcat comis, limpezimea frumuseții lui va fi pătată și ruinată. Dar el nu va păcătui. Tabloul, schimbat sau neschimbat, va fi pentru el emblema conștiinței. Va rezista ispitei. Nu-l va mai vedea pe lordul Henry deloc – sau, cel puțin, nu va mai da ascultare acelor teorii cu otrava lor subtilă, care pentru prima oară în grădina lui Basil Hallward stârniseră în el patima după lucruri imposibile. Se va întoarce la Sibyl Vane, își va repara greșeala, se va însura cu ea și va încerca să o iubească iar. Da, era datoria lui să facă astfel. Probabil că suferise mai mult decât el. Biata copilă! Fusese egoist și crud cu ea. Fascinația pe care o exercitase asupra lui va reveni. Vor fi fericiți împreună. Viața alături de ea va fi frumoasă și pură.

Se ridică din scaun și trase un paravan mare chiar în fața portretului, înfiorându-se în timp ce se uită la el.

— Ce odios! murmură el în timp ce se ducea spre fereastra franceză să o deschidă. Când păși în iarbă, trase în piept o gură de aer. Aerul proaspăt al dimineții părea că-i alungă toate patimile întunecate. Se gândi numai la Sibyl. Dragostea i se întoarse într-un ecou firav. Îi repetă numele de multe ori la rând. Păsările care cântau în grădina înrourată păreau că povestesc florilor despre ea.

Capitolul VIII

Trecuse de mult de ora prânzului când se trezi. Valetul se strecurase de câteva ori în vârful picioarelor în cameră să verifice dacă nu cumva dădea semne de trezire și se întrebase din ce cauză doarme atât de mult tânărul lui stăpân. În cele din urmă, clopoțelul sună și Victor intră aproape neauzit cu o ceașcă de ceai, un vraf de scrisori pe o mică tavă din porțelan vechi de Sèvres; apoi trase draperiile din satin oliv, cu dublura lor cu licăriri albastre, care se aflau în fața celor trei ferestre înalte.

— Domnul a dormit mult în dimineața asta, spuse el zâmbind.

— Cât e ceasul, Victor? întrebă Dorian Gray somnolent.

— Unu și un sfert, domnule.

Ce târziu era! Se ridică și, după ce sorbi puțin ceai, întoarse plicurile. Unul era de la lordul Henry și fusese adus prin mesager în dimineața aceea. Ezită o clipă, apoi îl dădu de o parte. Pe celelalte le deschise cu indiferență. Conțineau obișnuita colecție de cărți de vizită, invitații la cină, bilete pentru vizionări de expoziții, programe ale concertelor de caritate și altele de acest fel care plouă peste orice tânăr monden în fiecare dimineață a sezonului. Mai era și o notă de plată substanțială pentru un set de toaletă Louis Quinze, pe care nu avusese curajul să o trimită tutorilor lui care erau niște persoane extrem de învechite și nu-și dădeau seama că trăim într-o epocă în care obiectele nu neapărat necesare sunt singurele noastre necesități; și mai erau și niște înștiințări, scrise într-un limbaj deosebit de curtenitor, de la cămătarii din Jermyn Street care se ofereau să-i avanseze orice sumă de bani imediat, cu cele mai rezonabile dobânzi.

După aproximativ zece minute se sculă și, aruncându-și pe el un halat de cașmir cu o complicată broderie de mătase, intră în baia cu dale de onix. Apa rece îl învioră după îndelungatul somn. În două rânduri avu senzația nedeslușită de a fi participat la o tragedie ciudată, dar aceasta avea în sine irealitatea unui vis.

Imediat după ce se îmbrăcă se duse în bibliotecă și se așeză în fața unui mic dejun franțuzesc, care fusese aranjat pe o măsuță rotundă în apropierea ferestrei deschise. Era o zi superbă. Aerul cald părea încărcat de mirodenii. Înăuntru intră o albină și bâzâi în jurul bolului albastru în formă de dragon, plin cu roze galben-sulf, care se afla în fața lui. Se simțea pe deplin fericit.

Brusc ochii îi căzură pe paravanul pe care îl pusese în fața portretului și tresări.

— E prea frig, domnule? întrebă valetul, punând o omletă pe masă. Să închid fereastra?

Dorian dădu din cap.

— Nu mi-e frig, murmură el.

Era oare adevărat? Se schimbase portretul? Sau doar imaginația îl făcuse să vadă o expresie de răutate acolo unde era una de bucurie? E sigur că o pânză pictată nu se poate schimba? Asta era absurd. Era o poveste potrivită să i-o spună lui Basil într-o bună zi, atât. Îl va face să zâmbească.

Și totuși, cât de vie îi era amintirea acestui fapt! La început, în obscuritatea amurgului și apoi în strălucirea zorilor, el văzuse acea notă de cruzime în jurul cutelor buzelor. Aproape i se făcu frică de momentul în care valetul va părăsi încăperea. Știa că, atunci când va fi singur, va trebui să cerceteze tabloul. Îi era frică de certitudine. După ce cafeaua și țigările au fost aduse și omul se pregătea să părăsească încăperea, simți o dorință acută să-i spună să rămână. Când ușa se închise în urma lui, el îl chemă înapoi. Omul îi așteptă ordinele. Dorian se uită la el o clipă.

— Nu sunt acasă pentru nimeni, Victor, spuse el oftând. Omul se înclină și se retrase.

Apoi se ridică de la masă, aprinse o țigară și se trânti pe o canapea elegant tapisată cu perne, aflată în fața paravanului. Era un paravan vechi, din piele spaniolă aurită, presat și decorat cu un model împodobit în stil Louis Quatorze. Îl cercetă rapid cu curiozitate, întrebându-se dacă mai ascunsese vreodată secretul vieții unui om.

Să-l dea la o parte? De ce să nu-l lase acolo? Ce rost avea să știe? Dacă era adevărat, era într-adevăr groaznic. Dar dacă, printr-o întâmplare mai necruțătoare sau datorită imprevizibilității destinului, alți ochi decât ai lui spionaseră dincolo de paravan și văzuseră groaznica schimbare? Ce se va face dacă ar veni Basil Hallward și ar cere să se uite la tabloul pictat de el? Basil ar putea face cu siguranță așa ceva. Nu, obiectul trebuia examinat imediat. Orice altceva e de preferat acestei stări de îndoială.

Se ridică și încuie ambele uși. Cel puțin va fi singur când își va privi masca rușinii. Apoi trase paravanul la o parte și dădu cu ochii de el însuși. Era total adevărat. Portretul se modificase.

Așa cum își va aminti deseori după aceea, și de fiecare dată nu cu mai puțină uimire, descoperi că la început se uita cu interes științific aproape. I se părea incredibil ca o asemenea schimbare să fie posibilă. Și totuși era un fapt de necontestat. Exista oare vreo afinitate subtilă între chimia atomilor care se alcătuiau luând formă și culoare pe pânză și sufletul care sălășluia în el? Era oare posibil ca ei să-și dea seama de tot ceea ce gândea sufletul? – să împlinească tot ceea ce sufletul visa? Sau exista un motiv mult mai teribil? Se cutremură și i se făcu teamă și, întorcându-se pe canapea, se așeză acolo, uitându-se la tablou îmbolnăvit de groază.

Totuși, reușise să facă un anume lucru. Îl făcuse să fie conștient de faptul că se purtase nedrept și crud cu Sibyl Vane. Nu era prea târziu să îndrepte această faptă. Încă mai putea fi soția lui. Dragostea lui ireală și egoistă va ceda în fața unei influențe superioare, se va transforma într-o pasiune mai nobilă, iar portretul pe care Basil Hallward îl pictase pentru el va fi un ghid în viață, va fi ceea ce este pentru unii sfințenia, pentru alții conștiința și, pentru noi toți, frica de Dumnezeu. Existau narcotice pentru remușcare, droguri care puteau să adoarmă simțul moral. Dar aici era un simbol vizibil al degradării păcatului, un semn pururi prezent al ruinei pe care oamenii o aduc asupra propriului suflet.

Bătu ora trei, bătu ora patru și se auzi sunetul armonios care anunța jumătatea de oră, dar Dorian Gray nu tresări. Încerca să strângă firele roșii ale vieții lui și să le țească într-un anumit model, să-și găsească drumul în labirintul sangvin al pasiunii pe care-l cutreiera. Nu știa ce să facă sau ce să gândească anume. În cele din urmă se duse la masă și scrise o scrisoare plină de pasiune fetei pe care o iubea, implorând-o să-l ierte și acuzându-se de nebunie. Așternu pagină după pagină de cuvinte pline de un regret nestăvilit și de o durere și mai nestăvilită. A te autoînvinui este un lux. Atunci când ne blamăm simțim că nimeni altcineva nu are dreptul să ne blameze. Confesiunea, nu preotul ne absolvă. După ce Dorian termină scrisoarea, simți că a fost iertat.

Deodată se auzi o bătaie în ușă și auzi vocea lordului Henry afară.

— Băiete dragă, trebuie neapărat să te văd. Dă-mi voie să intru. Nu suport să te știu închizându-te în cameră..

El nu răspunse la început, ci rămase neclintit. Bătaia continuă și deveni tot mai puternică. Da, era mai bine să-i dea drumul lordului Henry să intre și să-i explice viața nouă pe care avea de gând să o ducă, să se certe cu el, dacă era cazul, să se despartă de el, dacă despărțirea era inevitabilă. Sări în picioare, trase în grabă paravanul și descuie ușa.

— Îmi pare rău pentru tot ce s-a întâmplat, Dorian, spuse lordul Henry, în momentul în care intră pe ușă. Dar nu trebuie să te gândești prea mult la asta.

— Vrei să spui la Sibyl Vane? întrebă băiatul.

— Da, desigur, răspunse lordul Henry, cufundându-se într-un fotoliu și trăgându-și lent mănușile galbene. Dintr-un punct de vedere e îngrozitor, dar n-a fost vina ta. Spune-mi, te-ai dus în culise să o vezi după ce s-a terminat piesa?

— Da.

— Bănuiam eu că te-ai dus. I-ai făcut o scenă?

— Am fost brutal, Harry – brutal în toată regula. Dar s-a aranjat acum. Nu-mi pare rău de ce s-a întâmplat. Am învățat să mă cunosc mai bine.

— Ah, Dorian, sunt atât de bucuros că privești așa lucrurile!! Mi-era teamă că te voi găsi scufundat în remușcări, smulgându-ți frumoasele bucle.

— Am trecut prin asta, spuse Dorian clătinându-și capul și zâmbind. Acum sunt fericit. În primul rând, știu ce înseamnă conștiința. Nu-i ceea ce mi-ai spus tu că este. Este cel mai sfânt lucru din noi. N-o mai ironiza, Harry – cel puțin nu în fața mea. Vreau să fiu bun. Nu suport ideea ca sufletul meu să fie hidos.

— Iată o bază artistică încântătoare pentru etică, Dorian! Te felicit. Dar cum ai de gând să începi?

— Însurându-mă cu Sibyl Vane.

— Să te însori cu Sibyl Vane! strigă lordul Henry, sculându-se în picioare, și uitându-se la el în culmea uimirii. Dar, dragul meu Dorian...

— Da, Harry, știu ce ai de gând să spui. Ceva urât despre căsătorie. N-o spune. Nu-mi mai spune lucruri de acest gen. Acum două zile i-am cerut lui Sibyl să se însoare cu mine. Nu-mi voi lua înapoi cuvântul dat. Îmi va fi soție!

— Soția ta! Dorian!... Nu mi-ai primit scrisoarea? Ți-am scris azi-dimineață și am trimis biletul chiar prin omul meu.

— Scrisoarea ta? O, da, îmi amintesc. N-am citit-o încă, Harry. Mă temeam că s-ar putea să fie acolo ceva care să nu-mi placă. Faci viața bucățele cu paradoxurile tale.

— Deci nu știi nimic?

— Ce vrei să spui?

Lordul Henry traversă camera și, așezându-se lângă Dorian Gray, îi luă ambele mâini în mâinile lui și le ținu strâns.

— Dorian, spuse el, ți-am scris - nu te teme - să-ți spun că Sibyl Vane a murit.

Un strigăt de durere țâșni de pe buzele băiatului; sări în picioare, smulgându-și mâinile din strânsoarea lordului Henry.

— Moartă! Sibyl moartă! Nu-i adevărat! E o minciună ticăloasă! Cum îndrăznești să spui așa ceva?

— E adevărat Dorian, spuse lordul Henry cu gravitate. Totul a apărut în ziarele de azi-dimineață. Ți-am scris să te rog să nu primești pe nimeni înainte de a veni eu. Se va face, desigur, o anchetă, și nu trebuie să fii amestecat în asta. Lucruri de genul acesta dau o popularitate mondenă la Paris. Dar la Londra oamenii au prejudecăți. Aici nu trebuie să-ți faci debutul în societate cu un scandal. Trebuie să le rezervi pentru a-ți face bătrânețea interesantă. La teatru nu-ți cunosc numele, presupun? Dacă nu ți-l cunosc, e-n regulă. Te-a văzut cineva ducându-te în cabina ei? Acesta este un punct important.

Dorian nu răspunse câteva clipe. Era orbit de oroare. În cele din urmă reuși să scoată câteva cuvinte cu o voce sugrumată.

— Harry, ai spus că-i vorba despre o anchetă? Ce vrei să spui cu asta? A fost Sibyl? Oh, Harry, nu mai suport! Spune repede. Spune-mi imediat totul.

— N-am nici o îndoială că n-a fost un accident, Dorian, deși trebuie prezentat în acest mod publicului. Se pare că în momentul în care părăsea teatrul împreună cu mama ei, în jur de opt și jumătate, a spus că a uitat ceva sus. Au așteptat-o o vreme, dar ea n-a mai coborât. În cele din urmă au găsit-o moartă pe podeaua cabinei. Înghițise ceva din greșeală, o chestie oribilă pe care o folosesc în teatru. Nu știu despre ce e vorba, dar conținea fie acid prusic, fie ceruză. Aș crede mai curând că era acid prusic, pentru că se pare că a murit instantaneu.

— Harry, Harry, e teribil! strigă băiatul.

— Da, e tragic, desigur, dar nu trebuie să te amesteci în toate astea. În *Standard* am văzut că avea șaptesprezece ani. Aș fi crezut că era mult mai tânără. Părea un copil și părea că știe atât de puțin depre actorie. Dorian, nu trebuie să te macini. Trebuie să vii să luăm cina împreună și apoi vom trece pe la Operă. Cântă Patti în seara asta și toată lumea va fi acolo. Poți sta în loja surorii mele. Este însoțită de câteva doamne elegante.

— Deci am omorât-o pe Sibyl Vane, spuse Dorian Gray, mai mult către sine – am ucis-o la fel de sigur cum aș fi făcut-o dacă i-aș fi tăiat gâtul cu un cuțit. Cu toate astea, rozele sunt la fel de frumoase. Păsările cântă la fel de vesele în grădina mea. Iar în seara asta voi cina cu tine, apoi vom merge la Operă, vom supa după aceea, presupun. Ce dramatism neînchipuit e în viață! Dacă aș fi citit toate acestea într-o carte, Harry, cred că aș fi plâns. Acum, pentru că mi s-a întâmplat mie, de fapt, mi se pare mult prea minunat pentru a vărsa lacrimi. Uite prima scrisoare pasionată de dragoste pe care am scris-o vreodată. Ce ciudat ca prima mea scrisoare pasionată de dragoste să fie adresată unei fete moarte. Pot oare simți ceva acești oameni albi și tăcuți pe care-i numim morți? Sibyl! Poate ea să simtă sau să știe sau să asculte? Oh, Harry, cum am iubit-o cândva! Acum mi se pare că s-a întâmplat cu ani în urmă. Era totul pentru mine. Apoi a intervenit seara aceea oribilă – a fost asta oare aseară? – când a jucat atât de prost iar inima mi-a fost aproape distrusă. Mi-a explicat apoi ce s-a întâmplat. Teribil de patetic. Dar m-a mișcat puțin. Am crezut-o superficială. Brusc s-a întâmplat ceva care m-a speriat. Nu spun ce, dar a fost teribil. Am spus că mă voi întoarce. Am simțit că am greșit. Și acum e moartă. Dumnezeule! Dumnezeul meu! Harry, ce să mă fac? Nici nu știi în ce pericol sunt și nimic nu mă poate ține pe drumul cel bun. Ea ar fi făcut acest lucru pentru mine. N-avea dreptul să se sinucidă. A fost egoist din partea ei.

— Dragul meu Dorian, răspunse lordul Henry, luând o țigară din porttigaret și scoțând o cutie de chibrituri placată cu alamă aurie, singurul mod în care o femeie poate să reformeze un bărbat este acela de a-l plictisi în așa măsură, încât acesta pierde orice interes față de viață. Dacă te-ai fi însurat cu fata asta, ai fi fost nefericit. Desigur, te-ai fi purtat frumos cu ea. Întotdeauna poți fi atent cu cei de care nu-ți pasă. Dar ea ar fi descoperit curând că ești absolut indiferent cu ea. Și, atunci când ea descoperă acest lucru, fie că începe să se îmbrace prost, fie că poartă pălării foarte elegante pe care soțul alteia trebuie să le plătească. Nu spun nimic despre greșeala socială, care ar fi fost abjectă; n-aș fi permis-o, dar te asigur că, oricum, ar fi fost un eșec absolut.

— Presupun că ar fi fost așa, murmură băiatul, plimbându-se prin cameră cu o paloare incredibilă. Dar m-am gândit că e datoria mea. Nu e greșeala mea că această tragedie teribilă m-a împiedicat să fac ce trebuia. Îmi amintesc că ai spus cândva că hotărârile bune sunt pândite de o fatalitate - sunt întotdeauna luate prea târziu. Cu certitudine că așa s-a întâmplat cu ale mele.

— Hotărârile bune sunt încercări inutile de a te interpune legilor științifice. La originea lor se află pura vanitate. Rezultatul lor este absolut *nul*. Din când în când ne dau acele emoții sterile care au un anume farmec pentru cei slabi. Asta-i tot ce poate fi spus în apărarea lor. Pur și simplu sunt ca acele cecuri pe care unii oameni le înaintează unei bănci unde nu au cont.

— Harry, strigă Dorian Gray, venind și așezându-se lângă el, oare de ce nu pot să simt intensitatea acestei tragedii așa cum doresc de fapt? Nu cred că sunt insensibil. Tu crezi?

— Ai făcut prea multe nebunii în ultimele două săptămâni pentru a avea dreptul să-ți acorzi acest calificativ, Dorian, răspunse lordul Henry cu zâmbet dulce și melancolic.

Băiatul se încruntă.

— Nu-mi place explicația asta, Harry, replică el, dar mă bucur că nu crezi că sunt insensibil. Nu sunt așa. Știu ceea ce nu sunt. Și totuși trebuie să recunosc faptul că ceea ce s-a întâmplat nu mă afectează așa cum ar trebui. Mi se pare a fi, pur și simplu, ca un final minunat la o piesă minunată. Are acea frumusețe teribilă a unei tragedii grecești la care am participat, dar de care nu am fost rănit.

— E o problemă interesantă, spuse lordul Henry, care afla o plăcere deosebită în a licita egotismul inconștient al băiatului – o problemă extrem de interesantă. Îmi închipui că aceasta e adevărata explicație. Deseori adevăratele tragedii ale vieții se petrec într-o manieră atât de neartistică încât ne rănesc prin violența lor crudă, incoerența lor absolută, precaritatea absurdă a sensului, totala lipsă de stil. Ne afectează la fel cum ne afectează vulgaritatea. Ne dau impresia unei forțe brutale și ne revoltăm împotriva ei. Uneori, totuși, viața ne este traversată de o tragedie care posedă elementele artistice ale frumosului. Dacă aceste elemente ale frumosului sunt reale, atunci ele apelează pur și simplu la capacitatea noastră de a simți efectul dramatic. Brusc ne dăm seama că nu mai suntem actorii, ci spectatorii piesei. Sau ne aflăm mai curând în ambele posturi. Ne privim și simpla minunăție a spectacolului ne farmecă. Ce s-a întâmplat de fapt în acest caz? Cineva s-a sinucis din dragoste pentru tine. Regret că n-am avut parte de o asemenea experiență. M-ar fi făcut să mă îndrăgostesc de dragoste pentru tot restul vieții. Femeile care m-au adorat – nu au fost multe, dar câteva tot au fost – întotdeauna s-au încăpățânat să trăiască, mult după ce mie încetase să-mi mai pese de ele sau lor să le pese de mine. Au devenit corpolente și plicticoase și, atunci când le întâlnesc, se lasă imediat pradă amintirilor. Memoria asta groaznică a femeilor! Ce lucru înspăimântător mai este! Și ce stagnare intelectuală scoate la iveală! În mod normal ar trebui să absorbi culorile vieții, dar n-ar trebui să-ți amintești detaliile. Detaliile sunt întotdeauna vulgare.

— Trebuie să-mi plantez maci în grădină, oftă Dorian.

— Nu e necesar, replică prietenul lui. Viața ține întotdeauna maci în mână. Desigur, din când în când lucrurile tretenează. Odată am purtat tot sezonul numai violete ca semn de doliu artistic pentru o poveste de dragoste care nu voia să moară. În cele din urmă, totuși, a murit. Nu mai știu ce anume a ucis-o. Cred că a fost dorința ei de a sacrifica o întreagă lume pentru mine. Acesta e întotdeauna un moment cumplit. Mă umple de teroarea eternității. Ei bine - ce crezi? - acum o săptămână, la lady Hampshire, m-am trezit lângă doamna în chestiune și ea a insistat să reia totul, să sape trecutul și să scormonească viitorul. Îmi îngropasem dragostea într-un pat de asfodele. Ea a tras-o la suprafață și m-a asigurat că îi distrusesem viața. Trebuie să mărturisesc că a mâncat din plin, așa că nu am simțit nici un fel de neliniște. Dar ce lipsă de gust a demonstrat! Unul dintre farmecele trecutului este că este trecut. Dar femeile nu știu când a căzut cortina. Întotdeauna doresc să fie și un al șaselea act și, de îndată ce piesa nu mai prezintă interes, ele propun să o continue. Dacă li s-ar permite să facă tot ce doresc, orice comedie ar avea un sfârșit tragic și orice tragedie ar culmina într-o farsă. Sunt încântător de artificiale, dar nu simt arta. Tu ești mai norocos decât mine. Pot să te asigur, Dorian, că nici o femeie din câte am cunoscut n-ar fi făcut ce a făcut Sibyl Vane pentru tine. Femeile banale se consolează întotdeauna. Unele o fac abordând culorile sentimentale. Să nu ai încredere niciodată într-o femeie care se îmbracă în mov, oricare i-ar fi vârsta, sau într-o femeie de treizeci și cinci de ani căreia îi plac panglicile roz. Asta înseamnă că au întotdeauna o poveste în spate. Altele află o mare consolare în brușca descoperire a calităților soților lor. Fac paradă de fericirea lor conjugală, de parcă aceasta ar fi cel mai fascinant dintre păcate. Unele se consolează cu religia. Misterele ei au tot farmecul unui flirt, mi-a spus o femeie odată, și chiar înțeleg acest lucru. În afară de asta, nimic nu te face să fi mai înfumurat decât faptul de a ți se spune că ești păcătos. Conștiința ne face egotiști. Într-adevăr, femeile vremurilor moderne găsesc infinite variante de consolare. N-am menționat-o pe cea mai importantă.

— Și care este aceasta, Harry? spuse băiatul apatic.

— Oh, consolarea vizibilă. Aceea de a lua admiratorul alteia când ți-l pierzi pe-al tău. În lumea bună acest lucru reabilitează întotdeauna o femeie. Dar într-adevăr, Dorian, ce deosebită trebuie să fi fost Sibyl Vane de toate femeile pe care le întâlnești de obicei. Ceva îmi spune că moartea ei este extrem de frumoasă. Mă bucur că trăiesc într-un secol în care se produc asemenea minuni. Te fac să crezi în realitatea lucrurilor cu care ne jucăm de obicei, cum sunt aventura romantică, pasiunea și dragostea.

— Am fost teribil de crud cu ea. Uiți asta.

— Teamă îmi e că femeile apreciază cruzimea, cruzimea pe față, mai mult decât orice. Au niște instincte desăvârșit de primitive. Noi le-am emancipat, dar ele rămân sclavele în căutarea unui stăpân. Le place enorm să fie dominate. Sunt sigur că te-ai purtat splendid. Nu te-am văzut niciodată total furios, dar îmi închipui că arătai superb. Și, la urma urmelor, alaltăieri mi-ai spus ceva care atunci mi s-a părut doar excentric, dar îmi dau seama că este perfect adevărat și aici e cheia întregii povești.

— Ce anume, Harry?

— Mi-ai spus că Sibyl Vane reprezintă pentru tine toate eroinele din poveștile romantice – că într-o seară e Desdemona și în seara următoare Ofelia, că a murit ca Julieta și a revenit la viață ca Imogen.

— Acum nu va mai reveni la viață, murmură băiatul, îngropându-și fața în mâini.

— Nu, de data asta nu va mai reveni la viață. Și-a jucat ultimul rol. Dar trebuie să te gândești la acea moarte singuratică în cabina aceea vulgară ca la un fragment straniu și groaznic dintr-o tragedie iacobină, ca la o scenă minunată din Webster sau din Ford sau Cyril Tourneur. Fata nu a trăit cu adevărat și astfel nu a murit cu adevărat. Cel puțin pentru tine a fost întotdeauna un vis, o fantomă care a trecut în zbor prin piesele lui Shakespeare și le-a lăsat în urmă mai frumoase prin prezența ei, o trestie prin care muzica lui Shakespeare a sunat mai plin și cu mai multă bucurie. În momentul în care a atins viața concretă, a distrus-o, iar aceasta a distrus-o la rândul ei și așa a pierit. Plânge-o pe Ofelia, dacă vrei. Pune-ți țărână în cap pentru că Cordelia a fost sugrumată. Revoltă-te împotriva Cerului pentru că fiica lui Brabantio a murit. Dar nu-ți irosi lacrimile pe Sibyl Vane. Ea a fost mai puțin reală decât aceste personaje.

Tăcere. Lumina serii cuprindea tot mai mult din cameră. Fără zgomot, cu picioare de argint, umbrele se strecurau dinspre grădină. Culorile din lucruri dispăreau împovărate.

După o vreme, Dorian Gray își ridică privirea.

— M-ai explicat pe mine mie însumi, Harry, murmură el, având în voce un anume suspin de ușurare. Am simțit tot ceea ce ai spus, dar într-un fel m-am temut și n-am putut să mi-l reprezint. Ce bine mă cunoști! Dar nu vom mai vorbi despre ce s-a întâmplat. A fost o experiență uluitoare. Asta-i tot. Mă întreb dacă viața îmi mai rezervă lucruri uluitoare ca acesta.

— Viața îți va da tot, Dorian. Nu există nimic pe care tu, cu extraordinara ta frumusețe, să nu-l poți face.

— Dar gândește-te, Harry, că voi avea fața descompusă, bătrână și ridată? Ce se va întâmpla atunci?

— Ah, atunci, spuse lordul Henry, ridicându-se să plece – atunci, dragul meu Dorian, va trebui să te lupți pentru victoriile tale. Acum ele vin către tine.

Nu, trebuie să-ți menții frumusețea. Trăim într-o epocă în care se citește prea mult pentru a fi înțelept și se gândește prea mult pentru a fi frumos. Nu ne putem lipsi de tine. Și acum ai face bine să te îmbraci și să vii la club. Și-așa am cam întârziat.

— Cred că ne vom întâlni la Operă, Harry. Sunt prea obosit pentru a putea mânca. Ce număr are loja surorii tale?

— Douăzeci și șapte, cred. Este în rândul principal. O să-i vezi numele pe ușă. Dar îmi pare rău că nu vrei să vii să cinăm împreună.

— Nu mă simt în stare, spuse Dorian apatic. Dar îți rămân total recunoscător pentru tot ce mi-ai spus. Ești, cu siguranță, cel mai bun prieten al meu. Nimeni nu m-a înțeles ca tine.

— Suntem abia la începutul prieteniei noastre, Dorian, răspunse lordul Henry, dându-i mâna. La revedere. Ne vom vedea înainte de nouă și jumătate, sper. Nu uita, cântă Patti.

După ce închise ușa în urma lui, Dorian Gray scutură ușor clopoțelul și peste câteva clipe apăru Victor cu lămpile și trase storurile. Îl așteptă nerăbdător să plece. Omul părea că nu mai termină ce are de făcut.

Imediat după ce plecă, se repezi la paravan și-l trase. Nu, nu se mai produsese nici o schimbare în tablou. Primise vestea despre moartea lui Sibyl Vane înainte ca el însuși să o afle. Sesiza evenimentele vieții pe măsură ce se produceau. Cruzimea răutăcioasă care alterase liniile fine ale gurii apăruse, fără îndoială, chiar în momentul în care fata băuse otrava sau ce fusese acolo. Sau era indiferent la rezultate? Lua oare doar cunoștință de ce anume se petrecea în suflet? Se întreba și spera că într-o zi va vedea schimbarea producându-se chiar în prezența lui, cutremurându-se de această speranță.

Sărmana Sibyl! ce poveste romantică mai fusese! Ea mimase deseori moartea pe scenă. Apoi Moartea însăși o atinsese și o luase cu sine. Cum oare jucase în acea scenă finală, teribilă? Îl blestemase oare în momentul morții? Nu, ea murise din dragoste pentru el, iar dragostea va fi de-acum încolo un lucru sfânt pentru el. Ea răscumpărase totul prin sacrificiul propriei vieți. Nu se va mai gândi la ceea ce îl supusese în seara aceea teribilă la teatru. Când se va gândi la ea, îi va apărea ca o minunată figură tragică trimisă pe scena lumii pentru a arăta suprema realitate a Dragostei. O minunată figură tragică? Lacrimile îi năpădiră ochii când își aminti privirea ei de copil, gesturile ei de-o inocență stranie și grația ei timid tremurătoare. Le îndepărtă pe toate în grabă și se uită din nou la tablou.

Simți că sosise timpul să aleagă. Sau alegerea fusese deja făcută? Da, viața decisese pentru el – viața și infinita lui curiozitate față de viață. Tinerețe eternă, pasiune infinită, subtile și secrete plăceri, bucurii nestăvilite și păcate și mai nestăvilite – de toate va avea parte. Portretul va purta povara rușinii lui – asta-i tot.

În el se strecură un sentiment de durere gândindu-se la pângărirea care i se pregătea frumosului chip de pe pânză. Cândva, cu prefăcătoria copilăroasă a unui Narcis, sărutase ori se făcuse că sărută acele buze pictate care acum îi zâmbeau crud. Dimineți în șir stătuse în fața portretului, minunându-se de frumusețea lui, aproape îndrăgostit de el, cum i se părea câteodată. Oare se va modifica la fiecare capriciu căruia îi va ceda? Va deveni un obiect monstruos și respingător, ceva care trebuie ascuns într-o cameră încuiată, depărtat de lumina soarelui care pusese o tentă de aur și mai strălucitoare pe minunea unduitoare a părului său? Păcat! păcat!

O clipă se gândi să se roage ca legătura oribilă care exista între el și portret să înceteze. Se schimbase ca răspuns la o rugăciune, poate că tot ca răspuns la o rugăciune ar putea rămâne neschimbat. Și totuși, cine oare, dintre cei care știu câte ceva despre Viață, ar abandona șansa de a rămâne de-a pururi tânăr, oricât de fantastică ar fi această șansă sau oricâte consecințe potențiale ar avea? În afară de asta, era oare în puterea lui? Oare rugăciunea lui produsese această substituție? Dacă într-adevăr gândul și-ar exercita influența asupra unui organism viu, n-ar putea exercita oare aceeași influență asupra celor moarte și materiei anorganice? Ba nu, spus altfel, fără gând sau dorință conștientă, n-ar putea lucrurile exterioare nouă să vibreze la unison cu stările și pasiunile noastre, atom chemând alt atom cu o dragoste secretă purtând în sine o stranie afinitate? Dar motivul era nesemnificativ. Nu va mai ispiti nici o forță cumplită prin rugăciuni. Dacă tabloul se va modifica, se va modifica. Și cu asta, basta. De ce să cerceteze totul îndeaproape?

Căci va fi o adevărată plăcere să-l urmărească. Va fi capabil să-și urmeze spiritul în sălașurile lui ascunse. Acest portret va fi oglinda magică, cea mai puternică din toate. Și așa cum îi dezvăluise propriul trup, îi va dezvălui și propriul suflet. Iar atunci când asupra lui se va lăsa iarna, el se va afla acolo unde primăvara tremură la răspântia cu vara. Când sângele se va scurge din chip și va lăsa în urmă o mască palidă, de cretă, și ochi de plumb, el va păstra strălucirea adolescenței. Nici măcar o floare a frumuseții lui nu se va ofili vreodată. Nici o bătaie din pulsul vieții nu se va rări. Asemenea zeilor greci, va fi puternic, vesel și sprinten. Ce conta ce se întâmplă cu imaginea colorată de pe pânză? El se va afla în siguranță. Asta conta.

Trase paravanul la locul de dinainte, din fața tabloului, zâmbind în tot acest timp, și intră în dormitor, unde valetul îl aștepta deja. La o oră după aceea se afla la Operă, iar lordul Henry se sprijinea de scaunul lui.

Capitolul IX

Ziua următoare, în timp ce Dorian Gray își lua micul dejun, Basil Hallward fu condus în cameră.

— Sunt atât de bucuros că te-am găsit, Dorian, spuse el cu gravitate. Am trecut aseară și mi s-a spus că ești la Operă. Știam eu că e imposibil. Dar regret că n-ai lăsat vorbă unde ești de fapt. Am petrecut o seară îngrozitoare, pe jumătate speriat că o tragedie ar putea fi urmată de alta. Ai fi putut să-mi telegrafiezi când ai auzit ce s-a întâmplat. Am citit despre asta aproape din întâmplare în ultima ediție a ziarului *The Globe* pe care am luat-o la club. Am venit imediat aici și m-am întristat că nu te-am găsit. Nici nu-ți pot spune cât de îndurerat sunt. Îmi dau seama cât trebuie să suferi. Dar unde ai fost? Ai fost să o vezi pe mama fetei? O clipă mi-a trecut prin minte să vin după tine acolo. Au dat și adresa în ziar. Undeva în Euston Road, nu-i așa? Dar mi-a fost teamă să nu inoportunez o durere pe care nu o pot ușura. Sărmana femeie! În ce stare trebuie să fie! Și singurul copil pe deasupra! Ce a spus?

— Dragă Basil, de unde să știu? murmură Dorian Gray sorbind niște vin galben-pal dintr-un pahar de sticlă venețiană picurat cu șiraguri aurii, și arătând teribil de plictisit. Am fost la Operă. Ar fi trebuit să vii acolo. Am cunoscut-o pe lady Gwendolen, sora lui Harry. Am stat în loja ei. E absolut încântătoare, iar Patti a cântat divin. Nu-mi spune lucruri oribile. Dacă nu vorbești despre un lucru, înseamnă că nu s-a întâmplat niciodată. Doar expresia, cum spune

Harry, conferă realitate lucrurilor. Aș mai putea menționa că nu a fost singurul copil al acestei femei. Mai există și-un fiu, un tip încântător, presupun. Dar nu joacă teatru. E marinar sau ceva de genul ăsta. Și acum spune-mi ceva despre tine și despre ce mai pictezi.

— Te-ai dus la Operă? spuse Hallward, vorbind foarte rar și cu o notă de durere reținută în voce. Te-ai dus la Operă în timp ce Sibyl zăcea moartă într-o casă mizeră? Ești capabil să-mi spui că altă femeie e încântătoare și că Patti a cântat divin, înainte ca fata pe care ai iubit-o să aibă parte de un mormânt în care să doarmă? Cum, omule, acelui trup alb și mic i se pregătesc orori!

— Oprește-te, Basil! Nu vreau să aud! strigă Dorian, sărind în picioare. Nu trebuie să-mi spui lucruri de acest gen. Ce s-a întâmplat, s-a întâmplat. Să lăsăm trecutul.

— Numești ziua de ieri trecut?

— Ce are de-a face trecerea reală a timpului cu asta? Unora le trebuie ani pentru a se descotorosi de o emoție. Un om care este stăpân pe sine poate pune capăt unei dureri tot la fel de ușor cum poate inventa o plăcere. Nu vreau să fiu la bunul plac al emoțiilor. Vreau să le folosesc, să mă bucur de ele și să le domin.

— Dorian, dar asta-i groaznic! Ceva te-a schimbat total. Arăți la fel ca băiatul acela minunat care venea zilnic în atelierul meu ca să-mi pozeze pentru portretul lui. Dar atunci erai simplu, natural și cald. Erai creatura cea mai pură din lume. Acum nu știu ce s-a întâmplat cu tine. Vorbești de parcă n-ai avea inimă, n-ai avea milă. E la mijloc influența lui Harry. Văd asta.

Băiatul roși, apoi, ducându-se la fereastră, privi afară câteva clipe grădina verde, pâlpâitoare și bătută de soare.

— Îi datorez enorm lui Harry, Basil – spuse el în cele din urmă –, mai mult decât îți datorez ție. Tu m-ai învățat doar să fiu vanitos.

— Ei bine, sunt pedepsit pentru asta, Dorian - sau voi fi într-o bună zi.

— Nu știu ce vrei să spui. Ce vrei, de fapt?

— Îl vreau pe acel Dorian Gray pe care îl pictam, spuse artistul cu tristețe.

— Basil, spuse băiatul, ducându-se lângă el și punându-i mâna pe umăr, ai venit prea târziu. Ieri, când am auzit că Sibyl Vane s-a sinucis...

— S-a sinucis? Doamne sfinte! nu e nici o îndoială în legătură cu asta? strigă Hallward, uitându-se la el cu o expresie de oroare în ochi.

— Dragul meu Basil! Bineînțeles că nu crezi că a fost un accident banal? Desigur că s-a sinucis.

Bărbatul cel vârstnic își îngropă fața în palme.

— Ce înfricoșător, murmură el, cutremurat de un fior.

— Nu, spuse Dorian Gray, nu-i nimic înfricoșător în asta. Este una dintre cele mai mărețe tragedii romantice ale epocii. De regulă, cei care joacă teatru au existențe anoste. Sunt soți buni, soții credincioase, sau ceva de genul acesta - oricum, sunt plicticoși. Știi ce vreau să spun - virtutea burgheză cu tot ce o înconjoară. Ce deosebită a fost Sibyl! Ea și-a trăit cea mai frumoasă dintre tragedii. Întotdeauna a fost eroină. În ultima seară în care a jucat - în seara în care ai văzut-o - a jucat prost pentru că întâlnise realitatea dragostei. Când și-a dat seama de irealitatea ei, a murit, la fel de bine cum ar fi putut și Julieta să moară. A revenit în sfera artei. Există ceva de martir în ea. Moartea ei are întreaga inutilitate patetică a martiriului, întreaga lui frumusețe risipită. Dar, cum spuneam, să nu crezi că nu am suferit. Dacă ai fi venit ieri, la o anume oră - în jur de cinci și jumătate, poate, sau șase fără un sfert - m-ai fi găsit în lacrimi. Nici Harry, care a fost aici și care mi-a adus vestea, nu și-a dat seama prin ce treceam. Am suferit enorm. Apoi a trecut. Nu pot repeta o emoție. Nimeni nu poate, cu excepția sentimentalilor. Iar tu ești groaznic de nedrept, Basil. Vii aici să mă consolezi. Încântător din partea ta. Mă găsești deja consolat și devii furios. Ce mult semeni cu cineva căruia îi place să compătimească! Îmi amintești de o poveste – mi-a spus-o Harry – despre un anume filantrop care și-a irosit douăzeci de ani din viață încercând să aline o durere sau alta sau să îndrepte o anume lege nedreaptă – am uitat despre ce era vorba cu exactitate. În cele din urmă a reușit și dezamăgirea lui a fost fără margini. Nu mai avea absolut nimic de făcut, a murit de *ennui*, a devenit un mizantrop în toată regula. Și, în afară de asta, dragul meu, Basil bătrâne, dacă vrei neapărat să mă consolezi, învață-mă mai curând să uit ce s-a întâmplat sau să văd acest lucru dintr-un punct de vedere artistic just. Nu oare Gautier scria despre *la consolation des arts*? Îmi amintesc că am luat o cărțulie legată în piele de vițel într-o zi pe când mă aflam în atelierul tău și am dat peste această expresie superbă. Ei bine, nu semăn cu acel tânăr despre care mi-ai spus pe când ne aflam împreună la Marlow, acela care obișnuia să spună că satinul galben te poate consola de toate mizeriile vieții. Îmi plac lucrurile frumoase pe care le poți atinge și mânui. Vechi brocarturi, bronzuri înverzite, lucrări lăcuite, fildeșuri sculptate, ambianțe luxoase, luxul, pompa – poți obține multe de la toate acestea. Dar pentru mine contează mai mult temperamentul artistic pe care îl creează sau, oricum, îl aduc la lumină. A deveni spectatorul propriei vieți, cum spune Harry, înseamnă să evadezi din calea suferinței vieții. Știu că te surprinde că îți vorbesc astfel. Nu ți-ai dat seama cum am evoluat. Pe vremea când m-ai cunoscut eram un școlar. Acum sunt bărbat. Am noi pasiuni, noi gânduri, noi idei. Sunt altul, dar asta nu înseamnă că trebuie să mă placi mai puțin. M-am schimbat, dar tu trebuie să-mi rămâi mereu prieten. Desigur că țin foarte mult la Harry. Dar știu că tu ești mai bun decât el. Nu ești mai puternic – ți-e teamă prea mult de viață – dar ești mai bun. Și ce fericiți ne simțeam împreună! Nu mă părăsi, Basil, și nu te certa cu mine. Sunt cum sunt. Nu mai e nimic de adăugat.

Pictorul se simți mișcat într-un mod ciudat. Băiatul îi era foarte drag, iar personalitatea lui fusese momentul de răscruce al propriei arte. Nu mai suporta ideea de a-i face reproșuri. La urma urmelor, indiferența lui era probabil o stare trecătoare. Caracterul lui avea atâtea părți bune, atâta noblețe.

— Ei bine, Dorian, spuse el în cele din urmă, cu un zâmbet trist, nu-ți voi mai vorbi despre acest lucru oribil de acum încolo. Sper doar ca numele tău să nu fie menționat în legătură cu această afacere. Ancheta va avea loc în după-amiaza asta. Te-au chemat?

Dorian clătină din cap și pe fața lui trecu o expresie de iritare la auzul cuvântului „anchetă". Toate aceste lucruri aveau în sine ceva brutal și vulgar.

— Nu-mi cunosc numele, răspunse el.

— Dar ea nu-l știa?

— Nu-mi știa decât numele de botez și sunt sigur că nu l-a spus nimănui. Odată mi-a spus că toți sunt curioși să afle cine sunt, iar ea le spunea invariabil că mă cheamă Făt-Frumos. Frumos din partea ei. Trebuie să-mi faci un portret al lui Sibyl, Basil. Aș vrea ca într-adevăr să am ceva mai mult de la ea decât amintirea câtorva săruturi și a câtorva cuvinte patetice, frânte.

— Voi încerca să fac ceva, Dorian, dacă asta ți-ar face plăcere. Dar trebuie să vii tu însuți să-mi mai pozezi. Nu mă pot descurca fără tine.

— Nu-ți mai pot poza, Basil. E imposibil! exclamă el, trăgându-se înapoi.

Pictorul se uită lung la el.

— Băiete, dar ce prostie! strigă el. Vrei să spui că nu-ți place ce am făcut? Unde e portretul? De ce ai pus paravanul în fața lui? Lasă-mă să mă uit la el. E cel mai bun lucru pe care l-am făcut vreodată. Dă, te rog, paravanul la o parte, Dorian. E pur și simplu rușinos că servitorul tău mi-a ascuns opera în acest mod. De cum am intrat mi-am dat seama că încăperea arată altfel.

— Servitorul nu are nimic de a face cu asta, Basil. Doar nu-ți imaginezi că-l las să-mi aranjeze camera? Uneori îmi aranjează florile – atât. Nu, eu însumi am făcut-o. Lumina bătea prea tare asupra portretului.

— Prea tare! Cu siguranță, nu, dragul meu! Este așezat într-un loc admirabil. Dă-mi voie să-l văd. Și Hallward se îndreptă spre colțul camerei.

Un strigăt de teroare ieși din gura lui Dorian Gray care se repezi să ajungă între pictor și paravan.

— Basil, spuse el, iar fața îi era palidă, nu trebuie să te uiți la el. Nu vreau să faci acest lucru.

— Să nu mă uit la propria operă! nu ești serios. De ce să nu mă uit la el? exclamă Hallward râzând.

— Pe cuvântul meu de onoare, Basil, dacă vei încerca să te uiți la el, nu voi mai vorbi cu tine cât voi trăi. Vorbesc foarte serios. Nu-ți dau nici o explicație și nici tu nu trebuie să o ceri. Dar, ține minte, dacă vei atinge acest paravan, totul s-a sfârșit între noi.

Hallward rămase ca trăsnit. Se uita la Dorian Gray absolut uimit. Nu-l văzuse niciodată într-o astfel de stare. Băiatul era de fapt palid de furie. Mâinile îi erau încleștate iar pupilele ochilor semănau cu niște discuri de foc albastru. Tremura tot.

— Dorian!

— Nu mai spune nimic!

— Dar ce s-a întâmplat? Sigur că nu mă voi uita la el, dacă nu vrei, spuse el pe un ton destul de rece, răsucindu-se pe călcâie și îndreptându-se spre fereastră. Dar, într-adevăr, mi se pare absurd să nu am voie să-mi văd propria operă, mai cu seamă că am de gând s-o expun la Paris în toamnă. Va trebui să-i mai aplic un strat de lac înainte, așa că trebuie s-o văd într-o bună zi, și de ce nu azi?

— Să o expui? Vrei s-o expui? exclamă Dorian Gray, și o ciudată undă de teroare i se strecură în trup. I se va arăta lumii secretul lui? Vor căsca oamenii ochii la misterul vieții lui? Era imposibil. Ceva – și el știa ce – trebuia făcut.

— Da, sper că nu ai nimic de obiectat. George Petit va strânge cele mai bune tablouri ale mele pentru o expoziție specială în Rue de Seze, care se va deschide în prima săptămână din octombrie. Portretul va sta acolo doar o lună. Aș vrea să cred că nu-ți va fi greu să te desparți de el în această perioadă. De fapt, vei fi plecat din oraș. Iar dacă-l ascunzi după paravan, înseamnă că nu ții prea mult la el.

Dorian Gray își trecu mâna peste frunte. Era acoperită cu stropi de sudoare. Se simțea la limita unui pericol groaznic.

— Acum o lună mi-ai spus că nu-l vei expune niciodată, strigă el. De ce te-ai răzgândit? Voi, cei care pretindeți că sunteți constanți, aveți capricii ca toți ceilalți. Singura diferență e că aceste capricii ale voastre sunt fără sens. Nu se poate să fi uitat că m-ai asigurat solemn că pentru nimic în lume nu-l vei trimite la vreo expoziție. Și lui Harry i-ai spus același lucru. Se opri brusc și ochii i se luminară. Își aminti că lordul Harry îi spusese cândva, pe jumătate serios, pe jumătate în glumă: „Dacă vrei să petreci un sfert de oră straniu, fă-l pe Basil să-ți spună de ce nu vrea să expună portretul. Mie mi-a spus de ce și pentru mine a fost o adevărată revelație". Da, probabil că Basil are și el secretul lui. Îl va întreba și va încerca să rezolve situația.

— Basil, spuse el, apropiindu-se suficient de el și privindu-l drept în față, fiecare dintre noi avem un secret. Spune-mi-l pe-al tău și ți-l voi spune pe-al meu. Din ce motiv refuzai să expui portretul?

Pictorul se cutremură fără voie.

— Dorian, dacă ți-l voi spune, poate că m-ai plăcea mai puțin decât acum și cu siguranță ai râde de mine. N-aș suporta nici una din ipostaze. Dacă tu dorești să nu mă mai uit la portretul tău niciodată, sunt dispus să o fac. Te vei uita tu la el în locul meu. Dacă dorești ca opera cea mai bună pe care am făcut-o vreodată să fie ascunsă lumii, voi fi mulțumit. Prietenia ta îmi e mai dragă decât orice glorie sau reputație.

— Nu, Basil, trebuie să-mi spui, insistă Dorian Gray. Cred că am dreptul să știu. Teroarea i se risipise și curiozitatea îi luase locul. Era hotărât să descopere misterul lui Basil Hallward.

— Să ne așezăm, Dorian, spuse pictorul, părând tulburat. Să ne așezăm. Și răspunde-mi la o întrebare. Ai observat ceva curios la portret? – ceva care la început nu te-a frapat, dar ți s-a revelat apoi brusc?

— Basil! strigă băiatul încleștându-și mâinile tremurătoare pe brațele scaunului și privind la el cu ochi înfricoșați, uimiți.

— Văd că ai observat. Nu vorbi. Așteaptă să-ți spun ce am de spus. Dorian, din momentul în care te-am întâlnit, personalitatea ta a avut o influență extraordinară asupra mea. Sufletul, mintea, forța mea au fost dominate de tine. Pentru mine ai devenit încarnarea acelui ideal a cărui amintire ne bântuie pe noi, artiștii, ca un vis inefabil. Te-am divinizat. Am devenit gelos pe oricine îți vorbea. Am vrut să te am numai pentru mine. Eram fericit numai când eram cu tine. Când nu erai cu mine, erai totuși prezent în arta mea... Desigur, nu ți-am dat nici un indiciu niciodată. Ar fi fost imposibil. Nu ai fi înțeles. Eu însumi nu înțelegeam. Știam doar că mă întâlnisem cu perfecțiunea față în față și că lumea devenise în ochii mei minunată – mult prea minunată, poate, pentru că în asemenea divinizări nebunești există întotdeauna un pericol, pericolul de a le pierde, care nu este mai mic decât acela de a le păstra... Au trecut săptămâni în șir iar eu deveneam din ce în ce mai absorbit de personalitatea ta. Apoi a apărut o nouă întorsătură. Te desenasem în chip de Paris, într-o armură fragilă, și ca Adonis în haină de vânător și lance șlefuită de vier. Încoronat cu flori de lotus grele, stăteai la prova barjei lui Adrian, privind lung apa verde și tulbure a Nilului. Te plecai peste apa nemișcată a unui iaz dintr-o pădure grecească și vedeai în argintul tăcut al apei minunea propriului chip. Și erai ceea ce arta însăși ar trebui să fie, adică inconștientă, ideală și distantă. Într-o zi – și uneori mă gândesc la faptul că a fost o zi fatală –

m-am hotărât să te pictez așa cum ești, nu în costumul epocilor moarte, ci în propriu-ți costum și în epoca ta. Nu pot spune dacă a fost la mijloc Realismul metodei sau fascinația propriei tale personalități, prezentată mie în mod direct, fără abur sau văl. Dar știu că în timp ce lucram la portret, fiecare strat și dâră de culoare îmi păreau că-mi dezvăluie secretul. Mi s-a făcut teamă că alții vor afla de idolatria mea. Simțeam, Dorian, că am spus prea mult, că am pus prea mult din mine însumi în el. Atunci m-am hotărât să nu permit ca portretul să fie expus vreodată. Tu erai puțin cam iritat, dar nu îți dădeai seama ce reprezintă asta pentru mine. Harry, căruia i-am spus, a râs de mine. Dar nu i-am dat importanță. Când tabloul a fost gata și am rămas singur în fața lui, am simțit că am avut dreptate... Ei bine, după câteva zile, obiectul mi-a părăsit atelierul și, imediat ce am scăpat de fascinația intolerabilă a prezenței lui, mi s-a părut că fusese o nebunie din partea mea să-mi imaginez că văzusem altceva în el, mai mult decât faptul că ești extrem de frumos și că eu l-am putut picta. Chiar acum nu mă pot reține să nu simt că e o greșeală să crezi că pasiunea pe care o simți atunci când creezi apare într-adevăr în opera creată de tine. Arta este întotdeauna mult mai abstractă decât ne imaginăm. Forma și culoarea nu exprimă altceva decât forma și culoarea – asta-i tot. Adesea mi se pare că arta îl ascunde pe artist, nu îl dezvăluie, și, dacă stăm să comparăm, îl ascunde mult mai bine. Așa că, atunci când am primit această ofertă de la Paris, m-am hotărât să fac din portretul tău punctul central al expoziției. Nu mi-a trecut prin minte că vei refuza. Acum îmi dau seama că ai dreptate. Portretul nu poate fi arătat. Nu trebuie să te superi pe mine, Dorian, pentru tot ce ți-am spus. Așa cum i-am spus și lui Harry odată, ești făcut să fii divinizat.

Dorian Gray respiră adânc. Culoarea îi reveni în obraji și pe buze îi apăru un zâmbet jucăuș. Pericolul trecuse. De data asta era în siguranță. Totuși nu se putu abține să nu simtă o milă infinită pentru pictorul care tocmai îi făcuse această confesiune ciudată și se întrebă dacă el însuși va fi dominat în asemenea măsură de personalitatea unui prieten. Lordul Henry, prin farmecul lui, era extrem de periculos. Dar atât. Era prea inteligent și prea cinic pentru a se atașa realmente de el. Va exista oare cineva care îi va inspira o asemenea idolatrie ciudată? Acesta să fie oare lucrul pe care i-l pregătea viața?

— Mi se pare extraordinar, Dorian, spuse Hallward, ca tu să fi văzut într-adevăr acest lucru în portret. Cu adevărat l-ai văzut?

— Am văzut eu ceva, răspunse el, ceva care mi-a părut foarte curios.

— Ei bine, n-ai nimic împotrivă să mă uit acum la el?

Dorian dădu din cap.

— Nu trebuie să-mi ceri acest lucru, Basil. Nu te pot lăsa să stai în fața acelui portret.

— Dar într-o zi mă vei lăsa, desigur?

— Niciodată.

— Ei bine, poate că ai dreptate. Și acum la revedere, Dorian. Ai fost singura persoană din viața mea care într-adevăr mi-a influențat arta. Ceea ce am făcut e bine și ție îți datorez acest lucru. Ah, nici nu-ți dai seama cât m-a costat să-ți spun ce ți-am spus.

— Dragul meu Basil, dar ce mi-ai spus? Pur și simplu că ai simțit că m-ai admirat prea mult. Acesta nici măcar nu-i un compliment.

— Nici măcar nu am spus-o ca pe un compliment. A fost o confesiune. Acum, pentru că am făcut-o, mi se pare că s-a risipit ceva din mine. Poate că nu trebuie să-ți exprimi niciodată adorația în cuvinte.

— A fost o confesiune foarte dezamăgitoare.

— De ce, la ce te așteptai Dorian? N-ai văzut altceva în tablou, nu-i așa? Mai era altceva de văzut?

— Nu, nu mai era nimic altceva de văzut. De ce mă întrebi? Dar nu trebuie să vorbești despre divinizare. E o nebunie. Noi doi suntem prieteni, Basil, și trebuie să rămânem așa mereu.

— Îl ai pe Harry, spuse pictorul cu tristețe.

— Oh, Harry! spuse băiatul, într-o cascadă de râs. Harry își petrece zilele spunând lucruri incredibile și serile făcând lucruri improbabile. Tocmai genul de viață pe care mi-ar plăcea mie să-l duc. Dar, totuși, nu cred că m-aș duce la Harry dacă aș avea vreun necaz. Mai curând aș veni la tine, Basil.

— O să-mi mai pozezi?

— Imposibil!

— Îmi ruinezi viața de artist refuzându-mă, Dorian. Nimeni nu s-a întâlnit cu două idealuri. Extrem de puțini s-au întâlnit cu unul.

— Nu-ți pot explica de ce, Basil, dar nu mai trebuie să-ți pozez. Acest portret are ceva fatal în el. Are propria lui viață. Voi veni să luăm ceaiul împreună. Asta va fi absolut plăcut.

— Mai plăcut pentru tine, mi-e teamă, murmură Hallward, cu regret. Și acum, la revedere. Îmi pare rău că nu vrei să-mi dai voie să mă mai uit la portret. Dar n-am ce face. Înțeleg ce simți.

După ce părăsi camera, Dorian Gray zâmbi în sine. Sărmanul Basil! ce puțin știa el din adevăratul motiv! Și cât de ciudat era faptul că, în loc să fie obligat să-și dezvăluie propriul secret, reușise, din întâmplare, să smulgă un secret de la prietenul lui! Cât de mult înțelegea acum, după strania confesiune! Toanele absurde de gelozie ale pictorului, devoțiunea lui nemăsurată, panegiricele lui extravagante, curioasele lui reticențe - acum le înțelegea și îi părea rău. I se păru că există ceva tragic într-o prietenie colorată de un asemenea romantism.

Oftă și scutură clopoțelul. Portretul trebuie ascuns cu orice preț. Nu-și mai putea asuma riscul descoperirii. Fusese o nebunie din parte-i să permită ca acel obiect să rămână, chiar și o oră, într-o încăpere în care avea acces oricare din prietenii lui.

Capitolul X

Când intră servitorul, Dorian Gray se uită la el cu maximă atenție și se întrebă dacă îi trecuse prin cap să tragă cu coada ochiului dincolo de paravan. Omul era destul de impasibil și-i aștepta ordinele. Dorian aprinse o țigară, se duse la geam și se uită în el. Vedea perfect reflectarea figurii lui Victor acolo. Semăna cu o mască placidă a servilității. Nu era cazul să se teamă de el. Cu toate astea, se gândi că cel mai bun lucru e să se asigure.

Rostind cuvintele foarte rar, îi zise să-i spună menajerei că dorește să o vadă și apoi să se ducă la meșterul de rame și să-l roage să-i trimită imediat doi oameni din atelierul lui. I se păru că în momentul în care omul plecase din cameră ochii i se îndreptaseră în direcția paravanului. Sau era doar închipuirea lui?

După câteva clipe, doamna Leaf năvăli în bibliotecă în rochia ei de mătase neagră, cu mitenele ei demodate din ață, trase pe mâinile cu pielea încrețită. O rugă să-i aducă cheia sălii de clasă.

— Vechea sală de clasă, domnule Dorian? exclamă ea. Cum, dar e plină de praf. Trebuie să o aranjez și să o pun în ordine înainte să mergeți acolo. Nu se cade să o vedeți așa, domnule. Într-adevăr nu se cade.

— Nu vreau să faci ordine acolo, Leaf. Vreau doar cheia.

— Ei bine, domnule, vă veți umple de păianjeni dacă mergeți acolo. N-a fost deschisă de aproape cinci ani, de când a murit domnia sa, lordul.

El tresări când o auzi pomenindu-l pe bunicul său. Avea amintiri oribile legate de el.

— Nu contează, răspunse el. Pur și simplu vreau să văd acel loc - asta-i tot. Dă-mi cheia!

— Poftiți cheia, domnule, spuse bătrâna doamnă, căutând cu mâinile tremurătoare prin mănunchiul de chei. Iată și cheia, imediat o scot de aici. Doar nu vă gândiți să locuiți acolo, domnule, stați atât de confortabil aici.

— Nu, nu, spuse el pe un ton iritat. Mulțumesc Leaf. Asta-i tot.

Ea mai rămase câteva clipe, pălăvrăgind despre unele amănunte gospodărești. El oftă și-i spuse să aranjeze lucrurile cum crede ea mai bine. Părăsi camera, toată un zâmbet.

După ce ușa se închise, Dorian puse cheia în buzunar și se uită prin cameră. Ochii îi căzură pe o cuvertură încărcată de broderii cu fir de aur, o splendidă piesă venețiană de la sfârșitul secolului al șaptesprezecelea, pe care bunicul lui o descoperise într-o mănăstire de lângă Bologna. Da, asta-i va folosi să învelească blestemăția. Probabil că servise deseori drept văl pentru morți. Acum urma să ascundă ceva care-și conținea propria descompunere, mai rea decât descompunerea provocată de moarte - ceva care va prolifera orori și, totuși, nu va muri nicicând. Ceea ce viermii sunt pentru un cadavru vor fi păcatele lui pentru imaginea pictată pe pânză. O vor întina și o vor face să arate mârșav. Și totuși va continua să trăiască. Va trăi mereu.

Se cutremură și o clipă regretă că nu-i spusese lui Basil adevăratul motiv pentru care dorea să ascundă portretul. Basil l-ar fi ajutat să reziste influenței lordului Henry și influenței chiar mai nocive a propriului temperament. Dragostea pe care i-o purta - pentru că era într-adevăr dragoste - nu avea în ea nimic care să nu fie nobil și de natură pur intelectuală. Nu era acea simplă admirație față de frumusețe care se naște din simțuri și moare o dată cu simțurile. Era acel gen de dragoste pe care-l cunoscuseră Michelangelo, Montaigne, Winckelmann și Shakespeare însuși. Da, Basil l-ar fi putut salva. Dar acum era prea târziu. Trecutul poate fi anihilat întotdeauna. Regretul, negarea sau uitarea pot face acest lucru. Dar viitorul era inevitabil. În el existau pasiuni care își vor afla teribilul lor debușeu, vise care vor transforma în realitate umbra răului din ele.

Ridică de pe canapea țesătura purpuriu-aurie care o acoperea și, ținând-o în mâini, se duse dincolo de paravan. Era oare fața de pe pânză mai ticăloasă ca înainte? Lui i se păru neschimbată, totuși, ura lui față de ea sporise. Părul auriu, ochii albaștri și buzele trandafirii – toate erau acolo. Numai expresia se modificase. Și era oribilă în cruzimea ei. Prin comparație cu blamul și mustrarea pe care le vedea în el, cât de superficiale i se păreau reproșurile lui Basil legate de Sibyl Vane! – cât de superficiale și lipsite de importanță! Propriul lui suflet îl privea din pânză și îl chema la judecată. O expresie de durere i se așternu pe față și, în clipa aceea, zvârli bogatul văl peste tablou. Atunci se auzi o bătaie în ușă. Ieși de după paravan în clipa în care intră servitorul.

— Oamenii sunt aici, monsieur.

Simți că trebuie să se descotorosească repede de el. Nu trebuia să-i dea voie să știe unde va fi dus portretul. Era ceva șiret în el, avea o privire atentă, trădătoare. Așezându-se la masa de scris, îi scrise la repezeală un bilet lordului Henry, rugându-l să-i trimită ceva de citit și amintindu-i că urmau să se întâlnească la ora opt și un sfert în acea seară.

— Așteaptă răspunsul, spuse el, dându-i biletul, și adu oamenii înăuntru.

Peste vreo două-trei minute se auzi o altă bătaie în ușă, iar domnul Hubbard însuși, celebrul meșter de rame din South Audley Street, intră cu un ajutor tânăr, cam necioplit. Domnul Hubbard era un omuleț rumen, cu favoriți roșii, a cărui admirație pentru artă era substanțial temperată de acuta lipsă de bani a majorității artiștilor cu care avea de a face. De regulă nu-și părăsea atelierul. Aștepta ca oamenii să vină la el. Dar în ce-l privește pe Dorian Gray făcea întotdeauna o excepție. Dorian Gray avea ceva care-i fermeca pe toți. Numai să-l vezi și era o plăcere.

— Ce pot face pentru dumneavoastră, domnule Gray? spuse el frecându-și mâinile grase și pistruiate. M-am gândit să-mi acord privilegiul de a trece eu în persoană pe la dumneavoastră. Tocmai am primit o ramă, domnule. Aleasă la o vânzare. Una veche, florentină. De la Fronthill, cred. Admirabil de potrivită pentru un subiect religios, domnule Gray.

— Regret nespus că v-ați deranjat să veniți personal, domnule Hubbard. Voi trece negreșit să văd rama despre care-mi spuneți - deși nu mă preocupă prea mult acum arta religioasă - dar azi nu vreau decât să duc un tablou la ultimul etaj al casei. E destul de greu, așa că m-am gândit să te rog să-mi dai câțiva din oamenii dumitale pentru treaba asta.

— Nici o supărare, domnule Gray. Sunt încântat să vă fiu de folos. Despre ce operă de artă e vorba, domnule?

— Despre aceasta, replică Dorian, trăgând paravanul la o parte. Puteți să o transportați, cu tot cu învelitoare, așa cum este? Nu vreau să se zgârie cât o ridicați pe scări.

— Nu va fi nici o dificultate, domnule, spuse meșterul amabil, începând, împreună cu ajutorul lui, să scoată tabloul din lanțurile lungi de alamă de care era suspendată. Și acum unde s-o ducem, domnule Gray?

— O să vă arăt eu drumul, domnule Hubbard, dacă sunteți amabil să mă urmați. Sau mai bine o luați dumneavoastră înainte. O s-o luăm pe scara principală întrucât e mai largă.

El ținu ușa deschisă, iar ei ieșiră în hol și începură să urce. Rama extrem de sofisticată făcea ca tabloul să fie voluminos și greu și, din când în când, în ciuda protestelor servile ale domnului Hubbard, care avea o aversiune vie față de imaginea unui gentleman care face lucruri utile, Dorian puse mâna să-i ajute.

— O greutate pe cinste, domnule, răsuflă din greu omulețul când ajunseră la ultimul podest. Și își șterse fruntea strălucitoare.

— Mi-e teamă că e destul de greu, murmură Dorian în timp ce descuia ușa de la camera care urma să păstreze ciudatul secret al vieții lui și-i va ascunde sufletul de ochii oamenilor.

Nu mai intrase în acel loc de mai bine de patru ani – la început o folosise ca pe o cameră de joacă, pe vremea copilăriei, și apoi ca birou când crescuse mai mare. Era o încăpere mare, bine proporționată, care fusese special construită de ultimul lord Kelso pentru nepotul lui pe care, datorită ciudatului atașament față de mama lui și din alte motive, îl urâse și dorise să-l țină la distanță. Acolo se afla imensa *casone* italiană, cu panourile pictate cu scene fantastice și mulurile aurite, acum fără luciu – acolo obișnuia să se ascundă în copilărie. Mai era acolo biblioteca din lemn de lămâi, plină de cărțile lui de școală cu paginile îndoite. În spatele ei pe perete atârna aceeași tapiserie flamandă zdrențuită, în care un rege și o regină, amândoi fanați, jucau șah într-o grădină, în timp ce pe lângă ei trecea călare un grup de șoimari, purtând păsări crestate pe încheietura mănușilor de călărie. Ce bine își amintea totul! Fiecare clipă a copilăriei lui singuratice îi reveni în minte în timp ce privi în jur. Își aminti puritatea imaculată a existenței lui de copil și i se păru oribil că tocmai aici urma să fie ascuns fatalul portret. Ce puțin se gândise el atunci, în acele zile duse pentru totdeauna, la ce avea să-l aștepte!

Dar în casă nu era nici un alt loc mai sigur care să-l protejeze de ochii iscoditori. El avea cheia și nimeni altcineva nu putea intra. Sub vălul purpuriu, fața de pe pânza pictată putea deveni bestială, abrutizată, murdară. Ce conta? Nimeni nu o putea vedea. El însuși va refuza s-o vadă. De să urmărească degradarea hidoasă a propriului suflet? Își va menține tinerețea – era suficient. Și, în afară de asta, nu s-ar putea oare ca firea lui să devină mai subtilă, să se rafineze? Nu era nici un motiv pentru care viitorul să fie acoperit de rușine. Poate va apărea o iubire în viața lui și-l va purifica și-l va ocroti de acele păcate ce păreau că se agită deja în spirit și în trup – acele păcate ciudate, inexprimabile, al căror mister însuși le împrumuta subtilitatea și farmecul. Poate, într-o zi, acea expresie crudă va fi dispărut de pe gura sensibilă și va putea să arate lumii capodopera lui Basil Hallward.

Nu, asta era imposibil. Oră de oră, săptămână de săptămână, figura aceea de pe pânză îmbătrânea. Poate că va scăpa de hidoșenia păcatului, dar îl aștepta hidoșenia vârstei. Obrajii vor fi supți sau fleșcăiți. În jurul ochilor care își vor pierde strălucirea se va întinde paloarea labelor de gâscă și-i va face să arate oribil. Părul își va pierde strălucirea, gura i se va lăți sau i se va lăsa, va fi caraghioasă sau indecentă, cum sunt gurile bătrânilor. Va avea gâtul ridat, mâini reci, cu vene albastre proeminente, trupul strâmb așa cum își aminti că-l avea bunicul lui care fusese atât de sever cu el pe vremea copilăriei. Tabloul trebuia ascuns. Nu mai era nimic de făcut pentru el.

— Aduceți-l înăuntru, domnule Hubbard, vă rog, spuse el ostenit, întorcându-se. Îmi pare rău că v-am făcut să așteptați atât. Mă gândeam la altceva.

— Oleacă de odihnă nu strică niciodată, domnule Gray, răspunse meșterul, care încă mai gâfâia. Unde să-l punem, domnule?

— Oh, oriunde. Aici, aici e bine. Nu vreau să-l atârn. Sprijiniți-l de perete. Mulțumesc.

— Ne-am putea uita și noi la opera de artă, domnule?

Dorian tresări.

— Nu ar avea ce să vă intereseze la ea, domnule Hubbard, spuse el, nescăpându-l din ochi. Simțea că e gata să sară la el și să-l trântească la pământ dacă ar îndrăzni să ridice învelitoarea somptuoasă care îi ascundea secretul vieții. Nu vă voi mai pune la treabă acum. Vă sunt extrem de recunoscător pentru că ați avut amabilitatea de-a veni aici.

— Pentru nimic, pentru nimic, domnule Gray. Sunt gata oricând să fac orice pentru domnia voastră. Și coborî scările cu pași apăsați, urmat de ajutorul lui, care se uită în urmă la Dorian cu o expresie de încântare timidă întipărită pe fața lui urâtă și necioplită. Nu văzuse în viața lui un om atât de minunat.

După ce sunetul pașilor lor se stinse, Dorian încuie ușa și puse cheia în buzunar. Nimeni nu se va mai uita la acel lucru oribil, nici un ochi, cu excepția ochilor lui, nu-i vor vedea mizeria.

Când ajunse în bibliotecă descoperi că abia trecuse de ora cinci și ceaiul fusese deja adus. Pe o măsuță din lemn mirositor de culoare închisă, bogat încrustată cu sidef – un cadou de la lady Radley, soția tutorelui său, o persoană foarte drăguță, bolnavă de profesie, care își petrecuse iarna trecută la Cairo – se afla un bilet de la lordul Henry și, lângă el, o carte învelită în hârtie galbenă, cu coperta ușor ruptă și marginile pătate. Un exemplar din ediția de seară a ziarului *The St. James Gazette* fusese așezat pe tava de ceai. Era evident că Victor se întorsese. Se întrebă dacă se întâlnise cu cei doi în hol în momentul în care aceștia părăseau casa și îi trăsese de limbă despre ce anume făcuseră ei acolo. Mai mult ca sigur că va remarca absența tabloului – fără îndoială că o remarcase deja în timp ce aranja serviciul de ceai. Paravanul nu fusese pus la loc, iar spațiul gol de pe perete se vedea cu ochiul liber. Poate că într-o noapte îl va găsi strecurându-se la etaj, încercând să forțeze ușa camerei. Era cumplit să ai un spion în propria casă. Auzise despre oameni bogați care fuseseră șantajați toată viața lor de câte-un servitor care citise o scrisoare sau trăsese cu urechea la o conversație sau ridicase de jos o carte de vizită cu o anume adresă sau găsise sub pernă o floare ofilită sau un fragment de dantelă mototolită.

El oftă și, turnându-și ceai, desfăcu biletul lordului Henry. Scria doar că-i trimitea ziarul de seară și o carte care ar putea să-l intereseze și că se va afla la club la opt și un sfert. Deschise *The St. James Gazette* apatic și îl răsfoi. Îi atrase atenția un semn făcut cu creionul roșu pe pagina a cincea. Acesta marca următorul paragraf:

ANCHETĂ DESPRE O ACTRIȚĂ. – Dl Danby, procurorul districtual, a desfășurat în această dimineață la Bell Tavern, Hoxton Road, o anchetă în jurul cazului Sibyl Vane, o tânără actriță, de curând angajată la Teatrul Regal, Holborn. S-a consemnat verdictul de moarte în urma unui accident. S-au exprimat condoleanțe mamei decedatei, care a fost enorm de tulburată în timpul în care și-a oferit propria mărturie și pe cea a doctorului Birrell, care a făcut autopsia cadavrului.

Se încruntă și, rupând ziarul în două, traversă camera și aruncă bucățile. Ce urât era totul! Și cum făcea urâțenia ca lucrurile să apară oribil de reale! Era puțin enervat pe lordul Henry pentru că îi trimisese raportul. Și, evident, era o prostie din partea lui să-l marcheze cu creionul roșu. Poate că Victor l-a citit. Omul știa destulă engleză pentru a-l înțelege.

Poate că îl citise și începuse să suspecteze ceva. Și, totuși, ce conta? Ce avea Dorian Gray de a face cu moartea lui Sibyl Vane? Nu avea de ce se teme. Dorian Gray nu o omorâse.

Ochii îi căzură pe cartea galbenă pe care i-o trimisese lordul Henry. Ce era?, se întrebă el. Se duse spre consola mică, octogonală, de culoarea perlei, care mereu îi păruse că seamănă cu lucrătura unor ciudate albine egiptene care construiau în argint, și, luând volumul, se aruncă într-un fotoliu și începu să dea paginile. După câteva minute se lăsă absorbit de lectură. Era cea mai ciudată carte pe care o citise vreodată. I se părea că, înveșmântate în straie rafinate și în sunetul delicat al flautelor, păcatele lumii se perindau prin fața lui într-un spectacol mut. Lucrurile la care vag visase brusc deveneau reale. Lucruri la care nici nu visase vreodată se dezvăluiau încetul cu încetul.

Era un roman fără intrigă, cu un singur personaj, fiind în fapt un studiu psihologic al unui anume tânăr parizian, care își petrecea viața încercând să realizeze în secolul al nouăsprezecelea toate pasiunile și manierele de gândire care aparțineau fiecărui secol cu excepția secolului în care trăia el și să încapsuleze, cum ar veni, în propria lui ființă, variatele stări prin care trecuse spiritul lumii, iubind doar pentru simpla lor artificialitate acele renunțări pe care oamenii în mod atât de neînțelept le numesc virtute și, în egală măsură, revoltele firești pe care înțelepții încă le numesc păcat. Era scris în acel stil șlefuit, viu și obscur în același timp, plin de *argot* și arhaisme, de expresii tehnice și parafraze complicate, care caracterizează opera celor mai buni din artiștii școlii franceze de *Symbolistes*. În el apăreau metafore monstruoase ca orhideele, având culoarea subtilă a acestor flori. Viața simțurilor era descrisă în termenii filosofiei mistice. Nu-ți dădeai seama dacă citești extazurile spirituale ale vreunui sfânt medieval sau confesiunile morbide ale unui păcătos modern. Era o carte otrăvitoare. Pe pagini părea că stăruie mirosul greu de tămâie care tulbura creierul. Simpla cadență a propozițiilor, monotonia subtilă a muzicii lor, plină cum era de refrene complexe și mișcări repetate cu minuție, producea în mintea băiatului, pe măsură ce trecea de la un capitol la altul, o formă de reverie, o maladie a visării, care-l făcu să nu-și mai dea seama de declinul zilei și de umbrele care se strecurau în casă.

Fără nori și străpuns de o stea solitară, cerul verde-arămiu licărea prin fereastră. El continuă să citească la lumina lui palidă până când nu mai putu citi. Apoi, după ce valetul îi reaminti de nenumărate ori de ora târzie, el se ridică și, mergând în cealaltă cameră, puse cartea pe măsuța florentină de la capătul patului, nemișcată de la locul ei, și începu să se îmbrace pentru cină.

Când ajunse la club era aproape ora nouă; acolo îl găsi pe lordul Henry stând de unul singur în salon, cu o figură enorm de plictisită.

— Îmi pare rău, Harry, spuse el, vina îți aparține. Cartea pe care mi-ai trimis-o m-a fascinat într-atât încât am uitat cum trece timpul.

— Da, m-am gândit că îți va plăcea, răspunse gazda lui, ridicându-se de pe scaun.

— N-am spus că îmi place, Harry. Am spus că m-a fascinat. E o mare diferență.

— Ah, ai descoperit asta? murmură lordul Henry. Și trecură în sufragerie.

Capitolul XI

Ani de zile Dorian Gray nu s-a putut elibera de influența acestei cărți. Sau, mai precis, nu s-a străduit să se elibereze de ea. Și-a procurat de la Paris nu mai puțin de nouă exemplare cu hârtie ultrafină din prima ediție, și le-a legat în diverse culori pentru a fi în ton cu stările lui variate și fanteziile schimbătoare ale unei firi asupra căreia părea, uneori, să-și fi pierdut aproape în întregime controlul. Eroul, minunatul tânăr parizian, în care se amesteca în mod atât de curios temperamentul romantic și cel științific, deveni un fel de tip care îi prefigura propria personalitate. Și, într-adevăr, îi părea că întreaga carte conține povestea propriei vieți, scrisă înainte ca el s-o fi trăit.

Sub un singur aspect era mai norocos decât eroul fantastic al romanului. Nu cunoscuse – niciodată nu i se prilejuise acest lucru, într-adevăr – acea spaimă oarecum grotescă de oglinzi și de suprafețe metalice lustruite, de ape stătătoare, care îl cotropise pe tânărul parizian în primii ani ai tinereții și care apăruse datorită declinului brusc al unei frumuseți ce se pare că fusese remarcabilă. Cu o bucurie aproape crudă – și probabil că există cruzime în aproape fiecare bucurie, cum există cu siguranță în fiecare plăcere – obișnuia să citească ultima parte a cărții, cu relatarea ei într-adevăr tragică, chiar dacă era oarecum supralicitată, despre acela care pierduse ceea ce prețuise el cel mai mult în sine și în lume.

Căci frumusețea minunată, care îl fascinase în așa măsură pe Basil Hallward și pe mulți alții în afara lui, părea să nu se hotărască să-l părăsească. Chiar și cei care auziseră cele mai oribile lucruri care se spuneau împotriva lui – din când în când se răspândeau în Londra zvonuri ciudate și deveneau bârfa cluburilor – nu puteau crede nimic dezonorant în momentul în care îl vedeau. Avea mereu acea expresie a celui care reușise să nu fie atins de lume. Bărbații care vorbeau vulgar, tăceau în momentul în care Dorian Gray intra în încăpere. Exista ceva în puritatea feței lui care îi dojenea. Simpla lui prezență părea să le cheme amintirea inocenței pe care ei o pătaseră. Cu toții se întrebau cum reușise o ființă atât de încântătoare și grațioasă ca el să scape de întinarea unei epoci în egală măsură sordidă și senzuală.

Deseori, întorcându-se acasă după unele dintre absențele prelungite și misterioase care dădeau naștere unor supoziții stranii în rândul prietenilor lui sau a celor care credeau că îi sunt prieteni, el însuși se strecura la etaj spre ușa încuiată, o descuia cu cheia pe care o ținea în permanență la el și stătea, cu o oglindă în mână, în fața portretului pe care i-l făcuse Basil Hallward, privind când la fața răutăcioasă care îmbătrânea, când la blondul chip tânăr care îi râdea din oglinda netedă. Chiar acest contrast izbitor îi înviora facultatea plăcerii. Se înamoră din ce în ce mai mult de propria frumusețe și deveni din ce în ce mai interesat de degradarea propriului suflet. Obișnuia să examineze cu o încântare monstruoasă, teribilă, liniile hidoase care însemnau fruntea ce se rida sau care se târau în jurul gurii apăsat senzuale, întrebându-se uneori care sunt mai oribile, semnele păcatelor sau semnele vârstei. Își alătura mâinile albe de mâinile pătate și grosolane din tablou și zâmbea. Își bătea joc de trupul diform și de membrele șubrede.

Noaptea, în special, erau momente în care, stând treaz în propria cameră delicat-mirositoare sau în camera sordidă a unei taverne rău-famate de pe lângă docuri, pe care o frecventa sub un alt nume și deghizat, se gândea la modul în care își ruinase sufletul, cu o milă care era și mai sfâșietoare pentru că era pur egoistă. Acea curiozitate față de viață pe care i-o stârnise la început lordul Henry pe când stăteau în grădina prietenului lor părea să sporească, oferindu-i o plăcere și mai mare. Cu cât știa mai mult, cu atât mai mult doarea să știe. Avea dorințe nebunești care deveneau și mai devastatoare pe măsură ce le satisfăcea.

Totuși, nu era total nesăbuit, cel puțin în relațiile cu lumea bună. O dată sau de două ori pe lună iarna și în fiecare miercuri seara în timpul sezonului, își deschidea frumoasa lui casă și îi invita pe cei mai renumiți muzicieni ai zilei pentru a-și încânta musafirii cu minunile artei lor. Dineurile lui restrânse, la aranjarea cărora îl ajuta lordul Henry întotdeauna, se remarcau atât pentru alegerea și plasarea atentă a invitaților la masă, cât și pentru gustul desăvârșit arătat în decorarea mesei, cu subtilele aranjamente simfonice ale florilor exotice, cu fețele de masă brodate și vechile farfurii de aur și argint. Într-adevăr, mulți, în special din rândul celor foarte tineri, vedeau, sau își imaginau că văd, în Dorian Gray reala întrupare a unui tip la care deseori visaseră în anii de școală petrecuți la Eton sau Oxford, un tip ce avea să combine ceva din cultura autentică a unui cărturar cu întreaga distincție, grație și manierele desăvârșite ale unui cetățean al lumii. Lor li se părea a fi unul dintre acei pe care Dante îi prezintă spunând că au căutat „să se perfecționeze prin adorarea frumosului". Asemenea lui Gautier, el era unul pentru care „lumea vizibilă exista".

Și, desigur, pentru el Viața era cea dintâi, cea mai măreață dintre arte, pentru care toate celelalte arte păreau doar un exercițiu pregătitor. Moda, prin care ceea ce este cu adevărat fantastic devine o clipă universal, și dandysmul, care în felul lui este o încercare de a afirma modernitatea absolută a frumosului, își exercitau, desigur, fascinația asupra lui. Modul în care se îmbrăca și anumite stiluri pe care, din când în când, le afecta, aveau o influență marcantă asupra tinerilor filfizoni din sălile de bal din Mayfair și asupra celor care se arătau la ferestrele clubului Pall Mall; aceștia îl copiau în tot ce făcea și încercau să reproducă farmecul întâmplător al sclivisirilor lui grațioase, deși el însuși le lua pe jumătate în serios.

Căci, chiar dacă nu a așteptat prea mult să fie rugat să accepte postura care i-a fost aproape imediat oferită în momentul majoratului și a aflat, într-adevăr, o plăcere subtilă în gândul că s-ar putea să devină pentru Londra epocii sale ceea ce fusese autorul *Satyricon*-ului pentru Roma neroniană, în forul lui interior dorea, totuși, să fie ceva mai mult decât un simplu *arbiter elegantiarum*, să fie consultat în privința modului în care se poartă o bijuterie sau cum se leagă o cravată sau cum se ține în mână un baston. El căuta să elaboreze o nouă schemă de viață care să aibă filosofia ei rațională și principiile ei ordonate și care să-și afle împlinirea în spiritualizarea simțurilor.

Cultul simțurilor a fost deseori și pe bună dreptate condamnat, oamenii având un instinct natural de teroare față de pasiuni și senzații care par a fi mai puternice decât ei înșiși și despre care sunt conștienți că le împart cu forme de existență inferior organizate. Dar lui Dorian Gray i se părea că adevărata natură a acestor simțuri nu fusese niciodată înțeleasă și că ele rămăseseră sălbatice și animalice doar pentru că lumea căutase să le înfometeze pentru a le supune sau să le ucidă prin chinuri, în loc să-și dorească să le facă elemente ale unei noi spiritualități, a cărei caracteristică dominantă urma să fie un rafinat instinct al frumosului. Privind înapoi la mersul omului prin Istorie, el era bântuit de sentimentul unei pierderi. Atâtea lucruri fuseseră abandonate! și pe mai nimic! Respingeri voluntare, forme monstruoase de auto-tortură și auto-negare a căror origine era frica și al căror rezultat era o degradare infinit mai teribilă decât acea degradare închipuită, de care, în ignoranța lor, căutaseră să scape – Natura, cu minunata ei ironie, trimițându-l pe anahoret să se hrănească cu animalele sălbatice ale deșertului și dându-i pusnicului fiarele câmpiei drept tovarăși.

Da, va apărea, așa cum profetizase lordul Henry, un nou Hedonism care să recreeze viața și să o salveze din asprul și urâtul puritanism care, în zilele noastre, cunoaște o renaștere curioasă. Desigur, se va servi de intelect, totuși, nu va accepta nici o teorie sau sistem care va presupune sacrificiul oricărei forme de experiență pasională. Scopul lui va fi experiența însăși și nu fructele experienței, fie ele dulci sau amare. Va ignora total ascetismul care anihilează simțurile cum și desfrânarea vulgară care le prostește. În schimb, îl va învăța pe om să se concentreze asupra clipelor vieții, care însăși nu este decât o clipă.

Nu sunt puțini cei care s-au trezit înaintea zorilor, fie după una dintre acele nopți fără vise care ne fac să ne îndrăgostim de moarte, fie după una dintre acele nopți de oroare și bucurie diformă, când prin cămările creierului se preumblă fantome mai teribile decât realitatea însăși, pătrunse de acea viață care pândește în toate formele grotești și care conferă artei gotice o vitalitate durabilă, această artă fiind în special arta celor a căror spirite au fost tulburate de maladia reveriei – cel puțin așa ți-ai putea închipui. Încetul cu încetul degete albe se strecoară printre perdele și par să tremure. Sub forme negre și fantastice, umbre mute se târăsc spre colțurile camerei și se ghemuiesc acolo. Afară se aud păsările fremătând printre frunze sau oamenii care merg la muncă sau oftatul și suspinul vântului venind de pe dealuri și cutreierând în jurul casei cufundate în tăcere de parcă s-ar teme să nu-i trezească pe cei ce dorm, dar care totuși trebuie să alunge neapărat somnul din peștera lui albastră. Se ridică văl după văl de ceață fină, sumbră, și încetul cu încetul lucrurile își recapătă formele și culorile iar noi vedem cum zorile refac lumea după tiparul ei vechi. Palidele oglinzi își recapătă viața lor mimată. Lumânările fără flacără stau acolo unde le-am lăsat, iar lângă ele se află cartea cu paginile parțial tăiate pe care o studiam înainte de a ne culca sau floarea pusă pe sârmă pe care am avut-o la bal sau scrisoarea pe care ne-am temut s-o citim sau pe care am citit-o prea des. Nimic nu ni se pare schimbat. Din umbrele ireale ale nopții revine viața reală pe care am cunoscut-o. Trebuie s-o reluăm de unde am părăsit-o și în noi se strecoară încetul cu încetul teribilul simț al necesității de perpetuare a energiei în același carusel obositor al obiceiurilor stereotipe sau, poate, sălbatica dorință că pleoapele noastre se vor deschide într-o dimineață asupra unei lumi care s-a remodelat în întuneric pentru propria noastră plăcere, o lume în care lucrurile ar avea contururi și culori proaspete, una schimbată, cu alte secrete, o lume în care trecutul ar avea un loc restrâns sau nici măcar atât sau n-ar supraviețui, oricum, sub vreo formă conștientă de obligație sau regret, unde chiar amintirea bucuriei să-și aibă amărăciunea ei, iar amintirile plăcerii, chinul lor.

Tocmai crearea unor asemenea lumi îi părea lui Dorian Gray a fi adevăratul scop sau unul dintre adevăratele scopuri ale vieții; și în goana lui după senzații noi și încântătoare în același timp, care să posede acel element de stranietate, esențial aventurii romantice, adopta uneori anumite ipostaze ale gândirii despre care știa că sunt străine naturii sale. Se abandona influențelor lor subtile și apoi, după ce le sesiza bine culoarea și își satisfăcea curiozitatea intelectuală, le părăsea cu acea indiferență curioasă care nu este incompatibilă cu autentica ardoare a temperamentului și care, după anumiți psihologi moderni, este de multe ori însăși condiția existenței lui.

Odată s-a zvonit că era gata să devină membru al bisericii romano-catolice; desigur, ritualul romano-catolic exercita o mare atracție asupra lui. Sacrificiul zilnic, mult mai teribil într-adevăr decât sacrificiile lumii antice, îl incita în aceeași măsură prin superba respingere a probei simțurilor și prin simplitatea primitivă a elementelor sale și patosul etern al tragediei umane pe care căuta să-l simbolizeze. Adora să îngenuncheze pe pardoseala rece de marmură și să-l urmărească pe preot, în veșmântul său țeapăn și înflorat, dând la o parte încet, cu mâinile lui albe, vălul tabernacolului sau ridicând ostensoriul ca un felinar bătut în pietre scumpe, în care se afla acea foiță străvezie de azimă despre care uneori ești înclinat să crezi că este într-adevăr *panis caelestis*, pâinea îngerilor. Sau îl vedea înveșmântat în veșmintele Patimilor lui Cristos, rupând anafura din potir și lovindu-și pieptul pentru păcatele lui. Cădelnițele fumegânde pe care băieți gravi, îmbrăcați în dantelă și purpură, le aruncau în aer ca pe niște flori mari poleite, exercitau o fascinație subtilă asupra lui. În drum spre ieșire, se uita întrebător la confesionalele negre și dorea nespus să se așeze în umbra întunecată a unuia dintre ele și să-i asculte pe oameni, bărbați sau femei, șoptindu-și adevărata poveste a vieții lor prin grilajul învechit.

Dar nu a căzut niciodată în eroarea de a-și lăsa intelectul reținut din dezvoltarea lui de vreo acceptare formală a vreunui crez sau sistem, nici în greșeala de a confunda o casă de locuit cu un han potrivit doar pentru un răgaz de o noapte sau de numai câteva ore dintr-o noapte în care pe cer nu-i nici o stea iar luna se chinuie să apară. Mistica – cu puterea ei incredibilă de a face lucrurile banale să ne pară stranii și cu subtilul ei spirit antinomic ce pare a o însoți de-a pururi – l-a atras o scurtă perioadă și, tot o scurtă perioadă, a înclinat spre doctrinele materialiste ale mișcării *Darwinismus* din Germania și a găsit o plăcere curioasă în a depista gândurile și pasiunile oamenilor în una din celulele perlate ale creierului ori în vreun nerv alb al trupului, plăcându-i intens concepția dependenței absolute a spiritului de anumite condiționări fizice, fie morbide sau sănătoase, fie normale sau maladive. Totuși, așa cum s-a spus mai înainte, nici o teorie despre viață nu-i părea prea importantă în comparație cu viața însăși. Se simțea acut conștient de precaritatea oricărei speculații intelectuale în momentul în care aceasta era separată de acțiune și experiență. Știa că simțurile, nu mai puțin decât sufletul, au propriile mistere spirituale de revelat.

Așa că într-o perioadă a studiat parfumurile și secretele fabricării lor, distilând uleiuri cu mirosuri puternice, arzând rășini mirositoare din Est. A văzut că nu era ipostază a minții care să nu-și aibă corespondentul în viața senzuală și s-a apucat să caute să descopere adevăratele relații dintre ele, întrebându-se ce anume se află în tămâie, încât aceasta îl face pe om să fie mistic, și în ambra care incită pasiunile, și în violetele care trezesc amintirea iubirilor moarte, în moscul ce tulbură creierul, și în acea specie de magnolie, ceampacul, care colorează imaginația. De câteva ori a încercat să elaboreze o psihologie a parfumurilor, să evalueze numeroasele influențe ale rădăcinilor dulci-mirositoare și ale florilor încărcate de polen sau ale balsamurilor aromate și ale esențelor de lemn parfumat, ale levănțicii care te îmbolnăvește, ale hoveniei care-i înnebunește pe oameni și ale aloei despre care se spune că alungă melancolia din suflet.

Într-o altă perioadă s-a dedicat total muzicii și, într-o încăpere lungă, cu ferestre zăbrelite, cu tavan roșiatic-auriu și pereți lăcuiți în oliv, dădea niște concerte stranii, la care țigani nebuni smulgeau melodii sălbatice din țitere mici sau tunisieni sobri, învăluiți în șaluri galbene, ciupeau corzile întinse ale unor alăute monstruoase, în timp ce negri rânjind băteau monoton niște tobe de aramă și, ghemuindu-se pe covorașe stacojii, indieni slabi cu turbane suflau în naiuri lungi de trestie sau alamă și vrăjeau sau se prefăceau că vrăjesc șerpi sau vipere cu corn. Intervalele abrupte și sunetele sfredelitoare, dizarmonice ale muzicii barbare îl incitau atunci când grația muzicii lui Schubert, frumoasele dureri ale lui Chopin și armoniile maiestuoase ale lui Beethoven însuși treceau pe lângă el fără să-i impresioneze urechea. A colecționat din toate colțurile lumii cele mai ciudate instrumente care puteau fi găsite fie în mormintele popoarelor dispărute, fie la puținele triburi sălbatice care supraviețuiseră contactului cu civilizațiile occidentale și îi plăcea enorm să le atingă sau să le încerce. Avea acel misterios *juruparis* al indienilor de pe Rio Negro, la care femeile nu au voie să se uite și pe care nici tinerii nu au voie să-l vadă decât după ce postesc și sunt biciuiți, și vasele din pământ ale peruanilor, care scot sunete sfredelitoare de păsări, și flaute din oase de om despre care Alfonso de Ovalle auzise că există în Chile, și jaspuri verzulii din zona Cuzco, renumite pentru nota lor de o dulceață deosebită. Pictase tărtăcuțe umplute cu pietricele care zăngăneau când le scuturai. Avea și acel *clarin* lung al mexicanilor, în care instrumentistul nu suflă, ci inspiră aer, asprul *ture* al triburilor amazoniene, în care suflă santinelele care stau toată ziua urcate în copacii înalți și despre care se spune că poate fi auzit de la o distanță de trei leghe. Mai avea și un *teponaztli* cu două limbi de lemn care vibrează și în care se bate cu bețe înmuiate într-o rășină elastică, obținută din sucul lăptos al plantelor; clopoței *yotl* ai aztecilor, strânși ca într-un ciorchine de strugure, și o imensă tobă cilindrică, acoperită cu piei de șarpe, asemănătoare cu aceea pe care Bernal Diaz* a văzut-o atunci când l-a însoțit pe Cortes în templul mexican, și despre al cărei sunet dureros ne-a lăsat o descriere atât de alertă. Caracterul fantastic al acestor instrumente îl fascina și simțea o plăcere stranie gândindu-se că Arta, asemenea Naturii, își are monștri ei, lucruri cu forme animalice și voci hidoase. Totuși, după o

---

* Bernal Diaz del Castillo (1492-1581) a fost istoricul cuceririi Mexicului și unul dintre cei care l-au însoțit pe Cortez în 1519. A scris *Historia de la conquista de la Nueva Espana* (n.tr.).

vreme, s-a plictisit de ele și a început să se ducă în loja lui de la Operă, unde stătea fie singur, fie în compania lordului Henry, ascultând ca în transă *Tannhäuser* și văzând în preludiul acestei capodopere descrierea tragediei propriului suflet.

Odată s-a apucat să studieze bijuteriile și a apărut la un bal costumat ca Anne de Joyeuse, amiral al Franței, într-un costum acoperit cu cinci sute șaizeci de perle. Acest gust pentru bijuterii l-a fascinat ani de zile și se poate spune că nu l-a părăsit niciodată. Deseori petrecea după-amieze întregi aranjând și rearanjând în cutiile lor diversele minerale și pietre prețioase pe care le colecționase, cum ar fi crisoberilul verde-oliv, care devine roșu la lumina lămpii, cimofanul, cu stratul lui de argint, peridotul de culoarea fisticului, topaze rozalii și galbene ca vinul, rubine de un stacojiu ca focul și stele tremurătoare în patru colțuri, esonite roșii ca flacăra, spineli portocalii și violet și ametiste cu straturile lor alternative de rubin și safir. Adora auriul roșiatic al pietrei soarelui, albeața de perlă a pietrei lunii și curcubeul discontinuu din opalul lăptos. De la Amsterdam și-a procurat trei smaralde de o extraordinară mărime și bogăție a culorii și poseda un turcoaz *de la vieille roche* pentru care îl invidiau toți cunoscătorii.

A mai descoperit și povești minunate despre bijuterii. În cartea lui Alphonso, *Clericalis Disciplina*, e menționat un șarpe cu ochi de hiacint autentic, iar în viața romanțată a lui Alexandru se spune că acesta, cuceritorul Ematiei, a găsit în valea Iordanului șerpi „cu șiruri de rubine autentice crescându-le pe spinare". Filostrat* ne spune că în creierul unui dragon era o gemă și că prin „arătarea unor litere aurii și a unei mantii stacojii" monstrul putea fi adormit magic și ucis. După marele alchimist Pierre

---

* Filostrat (170-245), sofist grec care a studiat la Atena și s-a stabilit apoi la Roma, unde a scris viața romanțată a lui Appolonius din Tyana, *Viețile sofiștilor* și *Scrisori* (n.tr.).

de Boniface, diamantul îl face pe om invizibil, iar agata de India îi dă elocință. Calcedonia potolește furia, hiacintul provoacă somnul, iar ametistul alungă aburii beției. Granatul alungă demonii, iar hidropicusul poate lipsi luna de culoarea ei. Selenitul crește și descrește o dată cu luna, iar meloceus, cu ajutorul căruia sunt descoperiți hoții, poate fi influențat doar de sângele iezilor. Leonardus Camillus văzuse cum este scoasă o piatră albă din creierul unei broaște-țestoase tocmai ucise, și care era un antidot sigur împotriva otrăvirii. Bezoarul, găsit în inima unei căprioare de Arabia, este un leac împotriva ciumei. În cuiburile păsărilor arabe se găsește aspilatul care, după Democrit, îl păzește pe cel care îl poartă de pericolul focului.

La ceremonia încoronării, regele Ceylonului a mers călare prin oraș cu un mare rubin în mână. Porțile palatului lui Ioan Duhovnicul erau făcute din „sardiniu încrustat cu corn de șarpe cu coarne astfel încât nimeni să nu aducă otravă cu el înăuntru". Deasupra frontonului erau „două mere aurii, în care erau două rubine", încât aurul să strălucească la lumina zilei și rubinele la lumina nopții. În ciudatul romanț al lui Lodge*, *A Margarite of America*, se afirma că în camera reginei puteai vedea „toate doamnele pure din lume dăltuite din argint, privind prin frumoase oglinzi de crisolite, rubine, safire și smaralde verzi". Marco Polo îi văzuse pe locuitorii din Zipangu punând perle roz în gurile morților. Un monstru marin era îndrăgostit de perla pe care scufundătorul o adusese regelui Perozes; l-a ucis pe hoț și a plâns șapte luni perla pierdută. Când hunii l-au ademenit pe rege într-un puț imens, el a aruncat-o – ne spune Procopius – și nu a mai fost găsită, deși Împăratul Anastasius a oferit cinci măsuri de bani

* Thomas Lodge (1558-1625), dramaturg, autor de romanțuri și poet englez. A dus o viață agitată, participând la expediții pe mare. Romanțurile lui eufuiste, printre care *A Margarite of America* și *Rosalynde*, i-au servit lui Shakespeare drept sursă de inspirație (n.tr.).

de aur pentru ea. Regele Malabarului i-a arătat unui anume venețian un rozariu din trei sute patru perle, câte una pentru fiecare zeu pe care-l adora.

Când ducele de Valentinois, fiul lui Alexandru al VI-lea, l-a vizitat pe Ludovic al XII-lea, regele Franței, Brantôme* ne spune că avea calul încărcat cu petale de aur, iar pălăria îi era împodobită cu două șiruri de rubine care aruncau o lumină puternică. Charles al Angliei călărise pe o șa prinsă cu patru sute douăzeci de diamante. Richard al II-lea avea o haină, prețuită la trei mii de mărci, acoperită cu spineli de Balaksan. Hall** l-a descris pe Henric al VIII-lea, în drumul lui spre Turn, înainte de încoronare, purtând „o haină dintr-o țesătură de aur în relief, brodată cu diamante și alte pietre prețioase și cu un mare colan din spineli de Balaksan". Favoritele lui Iacob I purtau cercei de smaralde montați în filigran de aur. Eduard al II-lea i-a dăruit lui Piers Gaveston*** o armură roșu-aurie împodobită cu hiacint, un colier din trandafiri de aur în care erau încrustate turcoaze și o scufie *parsemée* cu perle. Henric al II-lea purta mănuși până la cot, încărcate cu pietre scumpe, și avea o mănușă de călărie pe care erau cusute douăsprezece rubine și cincizeci și două de perle strălucitoare. Pe pălăria ducală a lui Carol cel Aprig, ultimul duce al Burgundiei, atârnau perle în formă de pară și era ornată cu safire.

Cât de rafinată era viața odată! Ce splendori de pompă și ornament! Chiar și lectura despre luxul celor morți de-acum era minunată.

Apoi și-a îndreptat atenția asupra broderiilor și tapiseriilor care jucau rolul de fresce în camerele

---

* Pierre de Bourdeille, abate de Brantôme (1537-1614), istoric și memorialist francez, care a scris *Vies des dames galantes* și *Vies des dames illustres*, remarcabile prin savoarea detaliilor cotidiene (n.tr.).

** Edward Halle (1499-1547) – istoric englez. Opera lui, *Union of the Noble Famelies of Lancastre and Yorke* (1542), l-a impresionat pe Shakespeare, deși portretul lui Henric al VIII-lea este encomiastic (n.tr.).

*** Companionul favorit al lui Eduard al II-lea (n.tr.).

răcoroase ale popoarelor nordice din Europa. Pe măsură ce investiga acest subiect – și avea o facultate extraordinară de a se lăsa absorbit o vreme de ceea ce se apuca să studieze – se întrista de ruina pe care Timpul o aducea asupra lucrurilor frumoase și minunate. El, oricum, scăpase de asta. O vară trecea după alta și ghioceii galbeni înfloreau și mureau de multe ori și nopți ale ororii își repetau povestea rușinii, dar el rămânea neschimbat. Nici o iarnă nu-i deteriora fața și nu-i întina înflorirea. Ce soartă diferită aveau cele materiale! Ce deveneau ele? Unde era mantia de culoarea șofranului pe care zeii s-au luptat cu giganții, aceea lucrată de fete cafenii pentru plăcerea Atenei? Unde era acel imens velarium pe care Nero îl întinsese deasupra Colosseumului din Roma, acea pânză purpurie titanică pe care era desenat cerul înstelat și Apollo conducând carul tras de armăsari albi cu frâie aurite? Tânjea să vadă curioasele șervete lucrate pentru Preotul Soarelui, pe care erau așezate delicatese și mâncăruri necesare unui festin, giulgiul regelui Chilperic, cu cele trei sute de albine aurii, veșmintele fantastice care treziseră indignarea episcopului de Pontus și pe care erau reprezentați „lei, pantere, urși, câini, păduri, stânci, vânători – tot ce poate copia un pictor din natură"; și haina pe care a purtat-o cândva Charles de Orléans, pe mânecile căreia erau brodate versurile unui cântec începând cu *Madame, je suis tout joyeux*, acompaniamentul muzical al cuvintelor fiind lucrat cu ață de aur și fiecare notă, de formă pătrată pe vremea aceea, alcătuită din câte patru perle. A citit despre camera pregătită la palatul din Reims pentru folosința reginei Jeanne de Burgundia, și care a fost decorată cu „trei sute douăzeci și unu de papagali făcuți din broderie cu blazonul conținând armele regelui și cinci sute șaizeci și unu de fluturi, ale căror aripi erau ornamentate cu armele reginei, întreaga operă fiind lucrată în aur". Catherine de Médicis avea un pat de doliu făcut pentru ea din catifea neagră presărată cu semilune și sori. Perdelele erau din damasc, cu ghirlande și coronițe desenate pe un fond de aur și argint, mărginite cu broderii de perle; patul se afla într-o cameră unde era emblema reginei tăiată în catifea neagră și montată pe o țesătură cu fir de argint. Ludovic al XIV-lea avea în apartamentul lui cariatide brodate, înalte de patru metri și jumătate. Patul lui Sobieski, regele Poloniei, era din brocart de aur de Smirna, pe care erau brodate în turcoaze versete din Coran. Avea stâlpi poleiți în argint, frumos sculptați, acoperiți cu o profuziune de medalioane din email și pietre prețioase. Patul fusese luat din tabăra turcească instalată la porțile Vienei, iar flamura lui Mahomed fusese pusă sub poleiala tremurătoare a baldachinului.

Și așa, un an întreg, el a căutat să acumuleze cele mai rafinate specimene de textile și broderie, obținând muselină delicată din Delhi, fin lucrată cu palmete din fir auriu, peste care erau cusute aripi iradiante de gândăcei, țesături străvezii de Dacca, știute în Est sub numele de „aer țesut", „apă curgătoare" și „rouă de seară", țesături din Java, cu figuri stranii, draperii galbene chinezești meșteșugite, cărți legate în satinuri roșiatice sau mătăsuri albastre și încrustate cu *fleurs de lys*, păsări și imagini, văluri de *lacis* lucrate în punct unguresc, brocarturi siciliene și catifele spaniole țepene, lucrătură georgiană cu monedele ei poleite și *foukousas* japoneze cu aurul lor în tonuri verzi și păsările cu penaj uluitor de frumos.

Avea pasiune și pentru veșmintele bisericești, cum avea față de tot ce era legat de serviciul religios. În cufere lungi de cedru, care stăteau aliniate în galeria vestică a casei, el depozitase multe specimene rare și frumoase care reprezintă într-adevăr veșmântul Miresei lui Cristos, care trebuie să poarte purpură și bijuterii și țesături fine pentru a-și ascunde trupul palid și macerat, epuizat de suferința pe care o caută și rănit de durerea pe care singură și-o provoacă. Avea un extraordinar veșmânt religios din mătase carmin, lucrat cu un motiv repetat de rodii aurii puse în interiorul unor flori cu șase petale, dincolo de care, pe ambele laturi era ananasul lucrat în perle. Tivul de aur era împărțit în casete care prezentau scene din viața Fecioarei, iar încoronarea Fecioarei era reprezentată în mătăsuri colorate pe glugă. Era lucrătură italienească din secolul al cincisprezecelea. Un alt veșmânt religios era din catifea verde, brodat cu grupuri de frunze de acant în formă de inimă, din care plecau flori albe cu tulpini lungi ale căror detalii erau scoase în relief cu fir de argint și cristale colorate. Închizătoarea avea o lucrătură în fir de aur în relief. Tivul de aur era țesut dintr-o mătase roșie și aurie, presărată cu medalioanele multor sfinți și martiri, printre care și Sfântul Sebastian. Avea odăjdii, de asemenea din mătase de culoarea ambrei și azurului, din brocart de aur, din damasc galben de mătase și din țesătură cu fir de aur, decorate cu scene ale Patimilor și Crucificării lui Cristos, brodate cu lei și păuni și alte embleme; mai avea și odăjdii din satin alb și damasc roz, decorate cu lalele, delfini și *fleurs de lys*, perdele pentru altar din catifea carmin și pânză albastră și o mulțime de șervete, acoperitoare de potir și sudarii. Exista ceva care îi trezea imaginația în rolurile mistice pe care aceste obiecte le aveau.

Căci aceste comori și tot ce colecționa în frumoasa lui casă aveau să fie mijloace de uitare, maniere prin care putea evada un timp de teama care, uneori, devenea mult prea mare pentru a fi îndurată. În camera încuiată în care-și petrecuse copilăria agățase cu mâinile lui portretul groaznic ale cărui trăsături schimbătoare îi arătau adevăratul nivel al degradării vieții sale; în fața lui pusese vălul mortuar de culoarea purpurei și aurului. Săptămâni întregi nu mergea acolo și-și recăpăta inima ușoară, minunatul lui spirit vesel, preocuparea pasionată față de simpla existență. Apoi, brusc, într-o noapte se strecura din casă și mergea în locurile acelea blestemate de lângă Blue Gate Fields și rămânea acolo până era alungat. Când se întorcea, se așeza în fața tabloului, uneori detestând în egală măsură tabloul și pe sine însuși, dar alteori se umplea cu acea mândrie a individualismului care este pe jumătate fascinație a păcatului, zâmbind cu o plăcere secretă la umbra diformă care trebuia să poarte povara pe care singur ar fi trebuit s-o ducă.

După câțiva ani nu a mai putut suporta să lipsească mult timp din Anglia și a renunțat la vila pe care o împărțea cu lordul Henry la Trouville și la casa înconjurată de ziduri din Algiers, unde nu o dată își petrecuseră iarna. Nu suferea să fie despărțit de tabloul care făcea parte în acest mod din viața lui și se mai temea că în timpul absenței lui cineva ar putea să aibă acces în cameră, în ciuda complicatului sistem de drugi montat la ușă.

Era deplin conștient că nu le-ar spune nimic. Portretul încă păstra, dincolo de josnicia și urâțenia feței, o asemănare marcată cu el însuși – dar ce puteau afla ei din asta? Ar râde, pur și simplu, dacă cineva ar încerca să-și bată joc de el. Nu el îl pictase. Ce avea el de-a face cu faptul că arăta ticălos și acoperit de rușine? Chiar dacă le-ar spune, ar crede oare?

Totuși se temea. Câteodată, când se afla în casa lui din Nottinghamshire, distrându-i pe tinerii mondeni din lumea lui, care erau în același timp principalii lui tovarăși, și uimind ținutul prin luxul nebunesc și splendoarea magnifică a felului lui de viață, brusc își părăsea oaspeții și se repezea înapoi în oraș să vadă dacă nu cumva cineva încercase să deschidă ușa și dacă tabloul mai era acolo. Dacă fusese cumva furat? Simplul gând îl făcea să înghețe de spaimă. Desigur, atunci lumea i-ar afla secretul. Poate că oamenii deja suspectau ceva.

Căci, dacă îi fascina pe mulți, nu puțini erau cei care nu aveau încredere în el. Era gata-gata să fie respins din clubul West End al cărui membru avea dreptul să devină datorită originii și poziției pe care o ocupa în societate și se spune că, o dată, când a fost dus de un prieten în fumoarul de la Churchill, ducele de Berwick și un alt domn s-au ridicat ostentativ și au părăsit încăperea. După ce a trecut de douăzeci și cinci de ani au apărut și au circulat pe seama lui niște povești ciudate. Se zvonea că fusese văzut făcând tărăboi cu marinari străini într-un bârlog de joasă speță din zonele îndepărate din Whitechapel, că se însoțea cu hoții și falsificatorii de bani și le știa secretele meseriei. Extraordinarele lui absențe au devenit notorii și, atunci când reapărea în societate, bărbații șușoteau pe la colțuri sau treceau pe lângă el privindu-l sarcastic ori iscodindu-l atent de parcă erau hotărâți să-i descopere secretul.

Desigur, el nu băga în seamă asemenea gesturi insolente și încercări de înjosire, iar după părerea majorității oamenilor, comportamentul lui franc și degajat, încântătorul lui zâmbet copilăresc și infinita grație a minunatei tinereți care părea că nu-l părăsește erau toate un răspuns suficient la calomniile – pentru că astfel le etichetau aceștia – care circulau pe seama lui. Totuși, s-a remarcat faptul că unii dintre cei care-i fuseseră extrem de apropiați, după o vreme, se fereau de el. Femeile care îl adoraseră la nebunie și de dragul lui bravaseră cenzura socială și sfidaseră convențiile păleau de rușine sau de groază dacă Dorian Gray intra în încăpere.

În ochii multora, totuși, aceste scandaluri șușotite nu făceau decât să sporească farmecul lui straniu și periculos. Marea lui avere era un element de siguranță. Societatea, cel puțin societatea civilizată, nu e niciodată gata să creadă nimic în detrimentul celor care sunt deopotrivă bogați și fascinanți. Simte instinctiv că manierele au mai mare importanță decât moravurile, iar deplina respectabilitate are cu mult mai puțină valoare decât faptul de a avea un *chef* bun. Și, la urma urmelor, nu-ți slujește drept consolare faptul că omul care ți-a servit o masă proastă sau ți-a dat un vin de proastă calitate este un om ireproșabil în viața lui particulară. Nici măcar virtuțile cardinale nu pot compensa niște *entrées* pe jumătate reci, cum a remarcat odată lordul Henry într-o discuție în jurul acestui subiect, și se pot spune multe în apărarea părerii lui. Pentru că întotdeauna canoanele lumii bune sunt, sau ar trebui să fie, aceleași ca ale artei. Forma este lucrul esențial în ceea ce o privește. Ar trebui să posede demnitatea unei ceremonii și, în aceeași măsură, irealitatea ei, și ar trebui să combine caracterul nesincer al unei piese romantice cu maniera spirituală și frumusețea care ne produc încântare. E nesinceritatea chiar atât de groaznică? Nu cred. E pur și simplu doar o metodă prin care ne putem multiplica personalitatea.

Opinia lui Dorian Gray era, oricum, asta. Se minuna în fața acelui gen plat de psihologie care concepea Eul din om drept un lucru simplu, permanent, fidel și dotat cu o unică esență. După el, omul era o ființă cu miriade de vieți și miriade de senzații, o creatură multiformă și complexă care ducea în sine ciudate moșteniri de gândire și pasiune și a cărui carne era viciată de maladiile morților. Adora să se plimbe în voie prin recea și pustiita galerie de tablouri din casa lui de la țară și să privească diversele portrete ale celor al căror sânge îi curgea în vine. Iată-l pe Philip Herbert, descris de Francis Osborne în *Mémoires on the Reigns of Queen Elizabeth and King James* drept unul care era „alintat de Curte pentru fața lui frumoasă, care nu l-a însoțit mult timp". Oare a dus uneori viața tânărului Herbert? Se strecurase prin vene un germene otrăvitor, unul care trecuse de la un corp la altul până ajunsese la el? Oare acel simț obscur al grației distruse îl făcuse să rostească brusc și aproape fără nici un temei în atelierul lui Basil Hallward acea rugăciune nesăbuită care îi schimase în asemenea măsură viața? Iată-l, în jiletca roșie cu broderie de aur și tunica acoperită de pietre prețioase, cu gulerul plisat și manșete aurite, stătea Sir Anthony Sherard, cu armura negru-argintie strânsă la picioarele lui. Ce moștenire lăsase acest om? Îi lăsase oare iubitul Giovannei de Neapole vreo urmă de păcat și rușine în zestrea lui? Erau acțiunile lui doar visele pe care cei morți nu îndrăzniseră să le realizeze? Din tabloul ale cărui culori păleau îi zâmbea lady Elizabeth Devereux, cu gluga ei străvezie, cu brâul de perle și mânecile roz, tăiate drept. În mâna dreaptă ținea o floare, iar în stânga strângea un guler smălțuit cu roze albe și de Damasc. Lângă ea, pe o măsuță, erau o mandolină și un măr. Pe pantofii ei ascuțiți erau rozete mari, verzi. Îi știa viața și ciudatele povești despre iubiții ei. Avea oare ceva din temperamentul ei? Ochii alungiți cu pleoape grele păreau să-l privească într-un mod curios. Dar George Willoughby cu părul pudrat și alunițele lui fantastice? Cât de diabolic arăta! Avea fața întunecată și oacheșă, iar buzele senzuale se strâmbau într-o expresie disprețuitoare. Manșete din dantelă delicată îi cădeau peste mâinile gălbejite, slabe, atât de încărcate de inele. Fusese un filfizon al secolului al optsprezecelea și, în tinerețe, prietenul lordului Ferrars. Dar cel de-al doilea lord Beckenham, tovarășul Prințului Regent în perioada lui de nebunii și unul dintre martorii căsătoriei lui secrete cu doamna Fitzherbert? Ce mândru și frumos era, cu buclele lui castanii și poza insolentă! Ce pasiuni îi lăsase moștenire? Lumea îl considera un infam. El fusese capul orgiilor de la Carlton House. Pe piept îi strălucea steaua ordinului Jartierei. Alături de el era portretul soției lui, o femeie palidă, cu buze subțiri, îmbrăcată în negru. Și sângele ei bătea în el. Ce straniu era totul! Și mama lui, cu fața ei de lady Hamilton, cu buzele ei umede ca de vin – știa ce avea din ea. De la ea avea frumusețea și pasiunea pentru frumusețea altora. Râdea la el, îmbrăcată în veșmântul lejer, de bacantă. În păr avea frunze de viță. Din cupa pe care o ținea în mână se revărsa purpura. Culoarea carnației se vestejise, dar ochii erau încă minunați prin profunzimea și strălucirea culorii. Păreau că-l urmăresc oriunde mergea.

Ai totuși străbuni în literatură, la fel ca în propria-ți familie, poate mai apropiați ca tip și temperament, dintre care mulți cu o influență de care ești total conștient. Uneori lui Dorian Gray i se părea că întreaga istorie nu era decât povestea propriei lui vieți, nu cum o trăise în fapt și împrejurări, ci în modul în care imaginația lui o crease pentru el, cum era în creierul și pasiunile lui. Simțea că le cunoscuse pe toate, că știa toate figurile stranii și teribile care s-au perindat pe scena lumii, care au făcut păcatul să apară atât de uluitor și răul atât de plin de subtilitate. I se părea că într-un mod cu totul misterios viețile lor fuseseră propriile lui vieți.

Chiar eroul acelui roman minunat care îi influențase viața într-o așa măsură cunoscuse asemenea fantezii curioase. În al șaptelea capitol el spune cum, încununat cu laur ca nu cumva să-l atingă fulgerul, el se așezase ca Tiberiu într-o grădină din Capri, citind cărțile rușinoase ale lui Elephantis, în timp ce pitici și păuni pășeau țanțoși în jurul lui, iar naistul își bătea joc de cel care cădelnița. Precum Caligula chefuise cu jocheii în cămăși verzi prin grajduri și cinase într-o iesle de fildeș cu un cal a cărui frunte era împodobită cu bijuterii și, la fel ca Domițian, vagabondase printr-un coridor pe ai cărui pereți erau oglinzi din marmură, căutând cu o privire rătăcită reflectarea pumnalului care avea să-i sfârșească zilele, fiind bolnav de plictis, de acel teribil *tadium vita* ce se abate asupra acelora cărora viața nu le refuză nimic. Printr-un smarald clar scrutase piața de carne de lângă Circ și apoi într-o litieră împodobită cu perle și purpură, trasă de catâri cu potcoave de argint, fusese dus în strada Rodiilor, la Casa de Aur și, în trecere, îi auzise pe oameni proclamându-l pe Nero, Cezar. La fel ca Elagabalus, își pictase fața în culori, mânuise furca de tors alături de femei și adusese Luna din Cartagina și o unise cu Soarele într-o căsătorie mistică.

Dorian citise și răscitise acest capitol fantastic și următoarele două capitole în care, ca într-o tapiserie ciudată sau ca în emailurile viclean lucrate, erau reprezentate formele oribile sau frumoase ale celor pe care Viciul, Sângele și Oboseala îi transformaseră în monștri sau nebuni: Filippo, ducele de Milano, care și-a ucis soția și i-a pictat buzele cu otravă roșie pentru ca iubitul ei să-și soarbă moartea de la trupul mort pe care-l dezmierda; Piertro Barbi, Venețianul, cunoscut sub numele de Paul al II-lea, care, în vanitatea lui, căutase să-și ia titlul de Formosus și a cărui tiară, evaluată la două sute de mii de florini, a fost cumpărată cu prețul unui păcat teribil; Gian Maria Visconti, care folosea câini de vânătoare pentru a-i hăitui pe oameni și al cărui trup ucis a fost acoperit cu roze de o femeie de stradă care-l iubise; Borgia pe calul lui alb, cu fratricidele călărind alături de el și cu mantia-i pătată de sângele lui Perotto; Pietro Riario, tânărul cardinal arhiepiscop al Florenței, copil și favorit al lui Sixtus al IV-lea, a cărui frumusețe își găsea egal doar în desfrânarea lui și care a primit-o pe Leonora de Aragon într-un pavilion de mătase albă și carmin, plin cu nimfe și centauri, și a îmbrăcat în aur un băiat ca să poată servi la festin în chip de Ganymede sau Hylas; Ezzelin, a cărui melancolie putea fi vindecată doar de spectacolul morții și care avea o pasiune pentru sângele roșu cum alții au pentru vinul roșu – fiul Diavolului, cum se povestea, și care își înșelase tatăl la zaruri când jucase cu el pentru propriul suflet; Giambattista Cibo, care în bătaie de joc își luase numele de Inocentul și în ale cărui vene amorțite un doctor evreu a introdus sângele a trei băieți; Sigismondo Malatesta, iubitul Isottei și stăpânul cetății Rimini, a cărui efigie a fost arsă la Roma pentru că era dușmanul lui Dumnezeu și al omului, cel care o strangulase pe Poyssena cu un șervet și-i dăduse otravă Ginevrei d'Este într-o cupă de smarald și care în cinstea unei pasiuni rușinoase construise o biserică păgână pentru cultul creștin; Carol al VI-lea, care o adorase atât de nebunește pe soția fratelui încât un lepros îl avertizase despre nebunia care avea să-l cuprindă și care, atunci când creierul i se îmbolnăvise și începuse să o ia razna, putea fi calmat doar de cărți saracene pictate cu imaginile Dragostei, Morții și Nebuniei; în vesta bordată și pălăria cu pietre prețioase și bucle ca de acant, Grifonetto Baglioni, care i-a ucis pe Astorre și pe mireasa lui, și Simonetto cu pajul lui, a cărui față era atât de atrăgătoare încât în momentul agoniei, întins în piața galbenă din Perugia, cei care îl urau n-au putut să nu-l plângă, și Atlanta, care blestemase și binecuvântase la fel.

Toți exercitau o fascinație oribilă. Îi vedea noaptea și-i tulburau imaginația în timpul zilei. Renașterea cunoștea modalități ciudate de otrăvire – otrăvirea cu o cască și o torță aprinsă, cu o mănușă brodată și un evantai cu pietre prețioase, cu o sferă aurită cu ierburi sau cu un lanț de chihlimbar. Dorian Gray fusese otrăvit de o carte. Erau momente în care considera răul doar o modalitate prin care își putea atinge concepția lui despre frumos.

Capitolul XII

Cum avea să-și amintească mai târziu, era în seara de nouă noiembrie, în ajunul zilei când urma să împlinească treizeci și opt de ani.

În jurul orei unsprezece mergea spre casă, venind de la lordul Henry, unde cinase, și era înfășurat în blănuri grele, căci noaptea era rece și cețoasă. La colțul Pieței Grosvenor cu strada South Alley a trecut pe lângă el un om care mergea foarte repede, cu gulerul paltonului ridicat. În mână ducea o geantă. Dorian l-a recunoscut. Era Basil Hallward. A fost cuprins de un sentiment ciudat de frică, pe care nu și-l putea explica. Nu a dat nici un semn că l-ar recunoaște și și-a continuat repede drumul spre casă.

Dar Hallward îl văzuse. Dorian l-a auzit cum s-a oprit pe trotuar și apoi s-a grăbit să-l ajungă din urmă. Peste câteva clipe, mâna lui se odihnea pe brațul lui.

— Dorian! Vai, ce noroc nemaivăzut! Te-am așteptat în bibliotecă de la ora nouă. În cele din urmă mi s-a făcut milă de servitorul tău obosit și i-am spus să se ducă la culcare imediat ce mă va însoți până la ușă. Plec la Paris cu trenul de miezul nopții și am vrut să te văd pe tine în mod special înainte de a pleca. Când ai trecut de mine mi-am imaginat că ești tu sau, mai curând, am recunoscut haina ta de blană. Dar nu eram prea sigur. Tu nu m-ai recunoscut?

— Prin ceață, dragul meu Basil? Nici Piața Grosvenor n-o pot recunoaște. Cred că propria mea casă e pe undeva pe aici, dar nu sunt cu totul sigur.

Regret că pleci, pentru că nu te-am văzut de secole. Dar te vei întoarce curând, îmi închipui?

— Nu, voi lipsi din Anglia șase luni. Intenționez să-mi iau un atelier la Paris și să mă închid acolo până voi termina un mare tablou pe care îl am în cap. Totuși, nu despre mine doream să vorbim. Iată-ne în fața ușii tale. Dă-mi voie să intru o clipă. Am ceva să-ți spun.

— Cu mare plăcere. Dar n-o să pierzi trenul? spuse Dorian, apatic, în timp ce urca treptele și deschidea ușa cu cheia.

Lumina felinarului străbătea cu greutate prin ceață; Hallward se uită la ceas.

— Am timp cât cuprinde, răspunse el. Trenul nu pleacă până la douăsprezece și un sfert, iar acum nu-i decât unsprezece. De fapt, când te-am întâlnit eram în drum spre club, să te caut acolo. Vezi, nu voi întârzia din cauza bagajului, pentru că mi-am trimis înainte lucrurile grele. Tot ce am este această geantă și pot ajunge în douăzeci de minute la gara Victoria.

Dorian îl privi și zâmbi.

— Ce mod de a călători pentru un pictor la modă! O geantă Gladstone și un palton cu cordon! Intră, că altfel va intra ceața în casă. Și, atenție, nu vorbi despre nimic serios. Nimic nu e serios în zilele noastre. Cel puțin nimic nu ar trebui să fie.

Hallward dădu din cap în timp ce intră și îl urmă pe Dorian în bibliotecă. În căminul mare ardea un foc viu de lemne. Lămpile erau aprinse și pe o măsuță marchetată se afla o cutie olandeză de argint cu băuturi, câteva sifoane și pahare mari din sticlă.

— După cum vezi, servitorul tău m-a făcut să mă simt ca acasă, Dorian. Mi-a dat tot ce doresc, inclusiv cele mai bune țigări ale tale, acelea cu capete aurite. Este o ființă extrem de ospitalieră. Îmi place mai mult decât francezul pe care l-ai avut. À propos, ce s-a întâmplat cu francezul?

Dorian dădu din umeri.

— Cred că s-a însurat cu servitoarea lui lady Radley și s-au stabilit la Paris, ea devenind croitoreasă englezoaică. Aud că acolo *anglomania* e la modă acum. E cam stupid din partea francezilor, nu crezi? Dar – știi? – nu era deloc un servitor rău. Nu mi-a plăcut niciodată, dar n-am avut motive să mă plâng. Adesea îți imaginezi lucruri absurde. Mi-a fost într-adevăr foarte devotat și părea destul de întristat când a plecat. Mai vrei un brandy cu sifon? Sau preferi un hock-and-seltzer*? Eu obișnuiesc să beau hock-and-seltzer. Cu siguranță mai este vreo sticlă în camera alăturată.

— Mulțumesc, nu mai beau nimic, spuse pictorul scoțându-și pălăria și haina și aruncându-le pe geanta pe care o pusese într-un colț. Și acum, dragă prietene, vreau să vorbesc serios cu tine. Nu te încrunta așa. Îmi îngreunezi și mai mult situația.

— Despre ce e vorba? strigă Dorian cu tonul de susceptibilitate care îl caracteriza, aruncându-se pe canapea. Sper că nu-i vorba despre mine. Sunt obosit de mine însumi în seara asta. Aș vrea să fiu o altă persoană.

— Despre tine e vorba, răspunse Hallward cu vocea lui adâncă, sobră, și trebuie să-ți spun acest lucru. Nu te voi reține decât o jumătate de oră.

— O jumătate de oră! murmură el.

— Nu-ți cer prea mult, Dorian, și doar de dragul tău îți vorbesc. Cred că se cuvine să știi că în Londra se spun cele mai îngrozitoare lucruri despre tine.

— Nu doresc să știu nimic despre asta. Ador scandalurile despre alți oameni, dar scandalurile despre mine nu mă interesează. Nu au farmecul noutății.

— Trebuie să te intereseze, Dorian. Orice gentleman este interesat de bunul lui nume. Cred că nu vrei ca oamenii să discute despre tine ca despre o ființă ticăloasă și decăzută. Desigur, ai o poziție și ești bogat – mă rog, și altele de acest gen. Dar poziția și bogăția nu sunt totul. Atenție, eu nu cred aceste zvonuri. Cel puțin nu le pot crede când te văd. Păcatul

* Vin alb cu apă minerală (n.tr.).

se întipărește pe fața omului. Nu poate fi ascuns. Oamenii vorbesc uneori despre vicii secrete. Nu există asemenea lucruri. Dacă un nefericit are un viciu, acesta apare în linia gurii, în pleoapele căzute și chiar în forma mâinilor. Cineva – nu-ți voi spune cine, dar îl cunoști – a venit la mine anul trecut să-i fac portretul. Nu-l văzusem înainte și nu auzisem nimic despre el la acea dată, deși după aceea am auzit o mulțime de lucruri. Mi-a oferit un preț extravagant. L-am refuzat. Ceva din forma degetelor lui nu-mi plăcea absolut deloc. Acum știu că am avut dreptate în ceea ce mi-am închipuit despre el. Viața lui e îngrozitoare. Dar tu, Dorian, cu fața ta luminoasă, pură și inocentă, cu tinerețea ta statornică – nu pot crede nimic din ce se spune împotriva ta. Și totuși te văd foarte rar; tu nu mai vii la atelier, iar când nu mai sunt cu tine și aud asemenea lucruri hidoase care se șușotesc pe seama ta nu mai știu ce să cred. Cum se face, Dorian, că un om ca ducele de Berwick părăsește încăperea de la club în momentul în care intri tu? Cum se face că atâția domni din Londra nu vor să-ți intre în casă și nici nu te invită acasă la ei? Erai prieten cu lordul Staveley. L-am întâlnit la cină săptămâna trecută. Numele tău a fost pomenit întâmplător în conversație în legătură cu miniaturile pe care le-ai împrumutat expoziției de la Dudley. Staveley și-a strâns buzele și a spus că poate că ai gusturi artistice superioare, dar că ești un om cu care nici o fată cu mintea curată nu ar trebui să vorbească și nici o femeie cinstită n-ar trebui să stea în aceeași cameră cu tine. I-am amintit că-ți sunt prieten și l-am rugat să-mi spună la ce se referă. Și mi-a spus. Mi-a spus în fața tuturor. A fost oribil! De ce prietenia cu tine este fatală pentru cei tineri? Băiatul acela nefericit din corpul de gardă s-a sinucis. Tu ai fost marele lui prieten. Sir Henry Ashton a trebuit să părăsească Anglia cu numele pătat. Tu și cu el erați de nedespărțit. Și ce zici despre Adrian Singleton și îngrozitorul lui sfârșit? Ce zici despre unicul fiu al lordului Kent și cariera lui? I-am întâlnit tatăl ieri în strada St. James. Părea sfâșiat de rușine și durere. Ce zici despre tânărul duce de Perth? Ce fel de viață are acum? Ce gentleman s-ar mai întovărăși cu el?

— Oprește-te, Basil. Vorbești despre lucruri despre care nu știi nimic, spuse Dorian Gray mușcându-și buzele și cu o notă de dispreț infinit în glas. Mă întrebi de ce Berwick părăsește camera în momentul în care intru eu. Pentru că eu știu totul despre viața lui, nu pentru că el știe ceva despre mine. Cu sângele care-i curge-n vine, cum ar putea să aibă o reputație curată? Mă întrebi despre Henry Ashton și tânărul Perth. Oare eu l-am învățat pe unul să aibă vicii și pe celălalt să fie desfrânat? Dacă fiul prostuț al lui Kent ia de nevastă o femeie de pe stradă, ce am eu de-a face cu asta? Dacă Adrian Singleton scrie numele prietenului său pe o poliță, eu sunt păzitorul lui? Știu cum pălăvrăgesc oamenii în Anglia. Burghezii își vântură prejudecățile morale la mesele lor grosolane și șușotesc despre ceea ce ei numesc libertinajul aristocrației pentru a pretinde că fac parte din lumea bună și sunt intimi cu oamenii pe care-i jignesc. În țara asta e de ajuns ca un om să fie distins și inteligent pentru ca orice gură banală să trăncănească împotriva lui. Și ce fel de viață duc acești oameni care pozează în ființe morale? Dragul meu, uiți că te afli în țara de baștină a ipocritului.

— Dorian, spuse Hallward, nu asta e problema. Știu că Anglia e rea iar societatea engleză greșește. De aceea vreau ca tu să fii bun. Nu ai fost bun. Ai dreptul să judeci un om ținând cont de efectul pe care îl are asupra prietenilor. Ai tăi se pare că au pierdut tot simțul umorului, al bunătății și purității. Tu nu le-ai inspirat decât o pasiune nebunească pentru plăceri. S-au prăvălit în adâncurile lor. Tu i-ai condus acolo. Da, tu i-ai dus acolo și încă mai poți zâmbi cum zâmbești și acum. Și ceva mai rău se află în spatele acestor lucruri. Știu că tu și Harry sunteți inseparabili. Tocmai pentru acest motiv, dacă nu pentru altul, n-ar fi trebuit să-i faci numele de râsul lumii.

— Ai grijă, Basil. Mergi prea departe.

— Acum eu vorbesc și tu trebuie să mă asculți. Mă vei asculta neapărat. Când ai întâlnit-o pe lady Gwendolen, nici un zvon de scandal nu o atinsese. Mai e vreo femeie decentă din Londra care ar merge alături de ea prin Park acum? Uite, nici copiilor nu li se dă voie să locuiască împreună cu ea. Apoi mai sunt și alte povești – povești despre tine care ai fost văzut strecurându-te în zori din cele mai oribile case ale Londrei și intrând pe furiș, deghizat, în cele mai mizere bârloguri. Sunt adevărate? Pot fi oare adevărate? Am râs când le-am auzit prima oară. Le aud acum și mă fac să mă cutremur. Ce zici despre casa ta de la țară și viața de acolo? Dorian, nu știi ce se spune despre tine. Nu-ți voi spune că nu vreau să-ți țin predici. Îmi amintesc cum Harry spunea odată că orice om care devine o clipă vicar amator începe cu astfel de cuvinte și își încalcă apoi cuvântul dat. Nu vreau într-adevăr să-ți țin predici. Vreau să duci o asemenea viață încât să-i faci pe oameni să te respecte. Vreau să ai un nume curat și o bună reputație. Vreau să te debarasezi de oamenii cu care te întovărășești. Nu mai da așa din umeri. Nu mai fi atât de indiferent. Tu exerciți o influență inimaginabilă. Fă-o să fie bună, nu diabolică. Se spune că-i corupi pe toți cei care îți devin intimi și că e suficient să intri într-o casă ca după aceea să apară acolo ceva rușinos. Nu știu dacă e sau nu e așa. De unde vrei să știu? Dar așa se vorbește despre tine. Mi se spun niște lucruri de care e imposibil să te îndoiești. Lordul Gloucester a fost cel mai bun prieten al meu la Oxford. Mi-a arătat o scrisoare pe care soția lui i-a scris-o pe când murea singură în vila ei din Mentone. Numele tău era amestecat în cea mai teribilă confesiune pe care am citit-o vreodată. I-am spus că e absurd, că te cunosc foarte bine, că ești incapabil de asemenea lucruri. Te cunosc? Mă întreb: oare te cunosc? Înainte de a răspunde ar trebui să-ți văd sufletul.

— Să-mi vezi sufletul! rosti Dorian Gray, ridicându-se brusc de pe canapea și aproape albindu-se de frică.

— Da, răspunse Hallward, cu gravitate și cu o durere profundă în glas - să-ți văd sufletul. Dar numai Dumnezeu poate face acest lucru.

Din gura celui mai tânăr dintre bărbați ieși un râs amar de batjocură.

— O să-l vezi tu însuți în seara asta! strigă el, înșfăcând lampa de pe masă. Vino, e propria ta creație. De ce să nu te uiți la el? Vei putea spune lumii tot despre ea după aceea, dacă vrei. Nimeni nu te va crede. Dacă te-ar crede, pe mine m-ar plăcea cu atât mai mult. Îmi cunosc epoca mai bine decât tine, deși flecărești despre ea într-o manieră plictisitoare. Vino, îți zic. Ai pălăvrăgit destul despre corupție. Acum te vei întâlni cu ea față în față.

În fiecare cuvânt pe care îl rostea era nebunia mândriei. Bătu cu piciorul în podea cu insolența lui băiețească. Simțea o bucurie teribilă la gândul că altcineva îi va cunoaște secretul și că omul care pictase portretul care se afla la originea întregii lui rușini va purta tot restul vieții povara amintirii hidoase a ceea ce făcuse.

— Da, continuă el, apropiindu-se mai mult de el și privind fix în ochii lui severi. Îți voi arăta sufletul. Vei vedea lucrul despre care îți imaginezi că numai Dumnezeu îl poate vedea.

Hallward se dădu înapoi.

— Dorian, asta-i o blasfemie! strigă el. Nu trebuie să spui asemenea lucruri. Sunt oribile și nu reprezintă nimic.

— Așa crezi? Și râse din nou.

— O știu Cât privește cele spuse de mine în seara asta, am făcut-o pentru binele tău. Știi că ți-am fost mereu un prieten devotat.

— Nu mă atinge. Termină ce ai de spus.

Un zvâcnet de durere trecu fulgerător peste fața pictorului. Se opri o clipă și fu cuprins de un cutremurător sentiment de milă. La urma urmelor, ce drept avea el să se amestece în viața lui Dorian Gray? Dacă ar fi făcut doar o câtime din ce se zvonea, cât de mult trebuie să fi suferit! Apoi se îndreptă și porni spre șemineu și stătu acolo, privind la buturugile care ardeau, la scrumul lor ca de gheață și la inima zvâcnindă a flăcării lor.

— Aștept, Basil, spuse tânărul, cu o voce dură, clară.

El se întoarse.

— Iată ce am de zis, spuse el. Trebuie să-mi dai un răspus în privința acestor acuzații nedrepte care ți se aduc. Dacă îmi vei spune că sunt absolut neadevărate de la început la sfârșit, pe tine te voi crede. Neagă-le, Dorian, neagă-le! Nu vezi prin ce trec? Doamne! nu-mi spune că ești rău, decăzut și mârșav.

Dorian Gray zâmbi. Pe buzele lui se citea o expresie disprețuitoare.

— Vino sus, Basil, spuse el liniștit. Țin un jurnal zilnic, un jurnal care nu părăsește camera în care e scris. Ți-l voi arăta dacă vei veni cu mine.

— Voi veni cu tine, Dorian, dacă dorești. Văd că am pierdut trenul. Asta nu contează. Pot să mă duc mâine. Dar nu-mi cere să citesc ceva în seara asta. Tot ce vreau e un răspuns drept la întrebarea mea.

— Îl vei primi sus. Nu-l pot da aici. Nu va trebui să citești mult.

Capitolul XIII

El ieși din cameră și începu să urce scara; Basil Hallward îl urma îndeaproape. Pășeau abia auzit, așa cum, instinctiv, merg oamenii noaptea. Lampa arunca umbre fantastice pe perete și scară. O pală de vânt zăngănea ferestrele.

Când ajunseră la ultimul podest, Dorian puse lampa pe podea și, scoțând cheia, o răsuci în broască.

— Încă vrei neapărat să știi, Basil? întrebă el cu o voce scăzută.

— Da.

— Sunt încântat, răspunse el zâmbind. Apoi adăugă oarecum cam aspru. Ești singurul om din lume care are dreptul să știe totul despre mine. Ai mai mult de a face cu viața mea decât crezi; și, luând lampa de jos, deschise ușa și intră. Un curent de aer rece trecu pe lângă ei, iar lumina izbucni brusc într-o flacără de un portocaliu intens. El se cutremură. Închide ușa, șopti el, în timp ce punea lampa pe masă.

Hallward aruncă o privire în jurul său cu un aer contrariat. Camera arăta de parcă n-ar fi fost locuită de ani de zile. O tapiserie flamandă fanată, un tablou acoperit cu o draperie, o veche *cassone* italienească, și o bibliotecă aproape goală – asta-i tot ce părea să conțină, în afară de un scaun și o masă. În timp ce Dorian Gray aprindea o lumânare pe jumătate consumată care se afla pe poliță, el observă că întreaga încăpere era plină de praf, iar covorul, plin de găuri. Un șoarece o zbughi furișându-se în tencuială. În aer era un miros jilav de mucegai.

— Deci tu crezi că numai Dumnezeu vede sufletul, Basil? Trage draperia aceea și-l vei vedea pe al meu.

Vocea care vorbea era rece și crudă.

— Ori ești nebun, ori joci un rol, Dorian, rosti Hallward încruntându-se.

— Deci nu vrei? Atunci o voi face eu, spuse tânărul, și smulse draperia de pe vergea și o zvârli jos.

Din gura pictorului izbucni un strigăt de oroare când, în lumina obscură, văzu cum fața hidoasă de pe pânză rânjea la el. În expresia ei era ceva care îl umplea de dezgust și repulsie. Doamne sfinte, se uita chiar la fața lui Dorian Gray! Groaza, câtă era, nu distrusese în întregime extraordinara frumusețe. Părul rărit mai era blond pe alocuri, iar gura senzuală mai păstra ceva din culoarea ei purpurie. Ochii apoși își mai păstraseră ceva din frumusețea albastrului de odinioară, iar nobilele linii curbe nu dispăruseră cu totul din jurul nărilor cizelate și ale gâtului plastic desenat. Da, era Dorian însuși. Dar cine îl făcuse? Păru că recunoaște propria trăsură de penel, iar rama era făcută după propria lui concepție. Ideea era monstruoasă – cu toate acestea îi era o teamă imensă. Apucă lumânarea și o ridică spre tablou. În partea stângă era propria lui semnătură, desenată cu litere alungite de culoare strălucitor roșiatică.

Avea în față o parodie mârșavă, o satiră infamă, ignobilă. El nu pictase niciodată așa ceva. Totuși, era propriul lui tablou. Știa asta și se simțea de parcă sângele i se preschimbase pe loc din foc în gheață inertă. Propriul lui tablou! Ce vrea să însemne asta? De ce se modificase? Se întoarse și se uită la Dorian Gray cu ochi de bolnav. Gura i se crispă și limba uscată păru incapabilă să articuleze. Își trecu mâna peste frunte. Era umedă și rece, acoperită de o sudoare lipicioasă.

Tânărul se sprijinea de poliță, urmărindu-l cu o expresie ciudată pe care o vezi pe chipul acelora care sunt absorbiți de o piesă în care joacă un mare artist. În el nu era nici tristețe autentică, nici bucurie autentică. Era pur și simplu pasiunea spectatorului și poate o lucire de triumf în ochi. Își scosese floarea de la butonieră și o mirosea sau pretindea că o miroase.

— Ce vrea să însemne asta? strigă Hallward în cele din urmă. Propria lui voce îi suna sfredelitoare și stranie în urechi.

— Cu ani în urmă, pe când eram foarte tânăr, spuse Dorian Gray strivind floarea în mână, m-ai cunoscut, m-ai flatat și m-ai învățat să mă împăunez cu fața mea arătoasă. Într-o zi m-ai prezentat unui prieten de-al tău care mi-a explicat minunea tinereții, iar tu ai terminat portretul care mi-a revelat minunea frumuseții. Într-un moment de nebunie pe care, chiar acum, nu știu dacă îl regret sau nu, mi-am pus o dorință, poate tu ai numi-o rugăciune...

— Îmi amintesc! O, cât de bine îmi amintesc! Nu! e imposibil. Camera e igrasioasă. Umezeala a pătruns în pânză. Vopselele pe care le-am folosit aveau un nenorocit de mineral otrăvit. Așa ceva e imposibil.

— Ah, ce e imposibil? murmură tânărul ducându-se spre fereastră și sprijinindu-și capul de geamul ei rece și aburit de ceață.

— Mi-ai spus că l-ai distrus.

— Am greșit. El m-a distrus.

— Nu cred că e tabloul meu.

— Nu-ți vezi idealul în el? spuse Dorian cu amărăciune.

— Idealul meu, cum îi spui tu...

— Cum tu l-ai numit...

— Nu era nimic diabolic în el, nimic josnic. Tu ai reprezentat pentru mine un asemenea ideal pe care nu-l voi mai întâlni niciodată. Asta e fața unui satir.

— E fața sufletului meu.

— Cristoase! ce am adorat! Are ochii unui diavol.

— Fiecare din noi are Raiul și Iadul în el, Basil, strigă Dorian cu un gest nebun de disperare.

Hallward se întoarse din nou spre portret și se uită lung la el.

— Dumnezeule! dacă asta-i adevărat, exclamă el, și asta ai făcut tu cu viața ta, ei bine, probabil că ești mai rău decât își imaginează cei care vorbesc împotriva ta! Ridică din nou lumânarea în fața pânzei și o examină. Suprafața părea a fi intactă, așa cum o lăsase el. Se părea că mârșăvia și oroarea apăruseră din interior. Printr-o ciudată deșteptare a vieții interioare, plăgile păcatului distrugeau lent, asemenea leprei. Putrezirea unui cadavru într-un mormânt cu apă nu era atât de groaznică.

Mâna îi tremură și lumânarea căzu pe podea și rămase acolo, sfârâind. O stinse cu piciorul. Apoi se lăsă în scaunul șubred care se afla lângă masă și își îngropă fața în mâini.

— Doamne, Dumnezeule, Dorian, ce mai lecție! ce lecție cumplită! Nu veni nici un răspuns, dar îl auzi pe tânăr suspinând la fereastră. Roagă-te, Dorian, roagă-te, murmură el. Ce am fost învățați să spunem în copilărie? „Și nu ne duce pe noi în ispită. Iartă nouă păcatele noastre. Curăță greșelile noastre." Hai să spunem asta împreună. Rugăciunii pline de orgoliu i s-a răspuns. I se va răspunde și rugăciunii căinței tale. Te-am adorat prea mult. Sunt pedepsit pentru asta. Și tu te-ai adorat prea mult. Amândoi suntem pedepsiți.

Dorian Gray se întoarse lent și-l privi cu ochii încețoșați de lacrimi.

— E prea târziu, Basil, spuse el cu glas tremurat.

— Niciodată nu-i prea târziu, Dorian. Să îngenunchem și să încercăm să vedem dacă nu ne putem aminti o rugăciune. Nu e undeva un verset în care se spune „Roșii ca sângele de-ți sunt păcatele, pleca-mă-voi asupra ta și ca zăpada te voi albi"?

— Cuvintele astea nu reprezintă nimic pentru mine acum.

— Taci! nu spune asta. Ai făcut deja mult rău în viața ta. Dumnezeule! Nu vezi cum blestemăția asta ne privește chiorâș?

Dorian Gray își aruncă privirea la tablou și brusc fu cuprins de un sentiment de ură pe care nu și-l putea stăpâni, de parcă i-ar fi fost sugerat de imaginea de pe pânză, șoptit la ureche de acele buze care rânjeau. În el se zbăteau pasiunile nebunești ale unui animal hăituit și-l urî pe omul care stătea la masă mai mult decât urâse vreodată în viață. Căută în jur cu furie. Ceva sclipea pe scrinul pictat din fața lui. Ochii îi căzură pe acel obiect. Știa ce e. Era un cuțit pe care-l adusese acolo în urmă cu câteva zile pentru a tăia o bucată de șnur și uitase să-l ia. Înaintă încet spre el, trecând de Hallward. De îndată ce ajunse în spatele lui, îl înșfăcă și se răsuci. Hallward se mișca pe scaun de parcă intenționa să se ridice. El se repezi la el și înfipse cuțitul în marea venă care se află după ureche, izbindu-i capul de masă, înjunghiindu-l iar și iar.

Se auzi un geamăt înăbușit și sunetul oribil al cuiva care se îneacă în sânge. De trei ori brațele întinse se ridicară convulsiv, mișcându-și mâinile cu degete țepene în aer. Îl mai înjunghie de două ori, dar omul nu se clintea. Ceva începu să picure pe podea. Mai așteptă o clipă, apăsându-i încă o dată capul în jos. Apoi aruncă cuțitul pe masă și ascultă.

Auzea doar picăturile picurând pe covorul rărit. Deschise ușa și ieși pe podest. Casa era absolut liniștită. Nimeni nu era prin preajmă. Câteva secunde stătu aplecat peste balustradă, scrutând puțul negru clocotitor al întunericului. Apoi scoase cheia și se întoarse în cameră, încuindu-se pe dinăuntru.

Acel ceva era încă așezat pe scaun, întinzându-se peste masă cu capul aplecat, spinarea cocoșată și brațe lungi, fantastice. Dacă n-ar fi fost sfâșietura roșie de pe gât și balta neagră îngroșată care se întindea încetul cu încetul pe masă, ai fi spus că omul pur și simplu doarme.

Cu ce repeziciune se întâmplase totul! Se simțea ciudat de calm și, ducându-se la fereastră, o deschise și ieși pe balcon. Vântul împrăștiase ceața și cerul era asemenea cozii unui păun monstruos, presărată cu miriade de ochi aurii. Privi în jos și-l văzu pe polițist făcându-și rondul, luminând cu lanterna ușile caselor tăcute. La colț apăru lumina felinarului unei trăsuri care dădea târcoale, apoi dispăru. O femeie cu un șal care flutura pe lângă ea se strecura încet pe lângă garduri, clătinându-se în timp ce mergea. Din când în când se oprea și se uita înapoi. La un moment dat începu să cânte cu o voce răgușită. Polițaiul se duse și-i spuse ceva. Ea plecă râzând, împleticindu-se. O rafală de vânt mătură Piața. Luminile felinarelor pâlpâiră și lumina lor deveni albastră iar copacii desfrunziți își scuturară ramurile negre, metalice. I se făcu frig și se întoarse, închizând fereastra în urma lui.

După ce ajunse la ușă, întoarse cheia și o deschise. Nici măcar nu-i aruncă o privire omului ucis. Simțea că totul e să nu-și dea seama de situație. Prietenul care pictase portretul fatal de la care i se trăgea întreaga nefericire ieșise din viața lui. Era suficient.

Apoi își aminti de lampă. Era una destul de ciudată, una cu lucrătură maură, făcută din argint nelustruit, cu arabescuri din metal lucios și împodobită cu turcoaze neprelucrate. Poate că servitorul nu o va găsi și atunci se vor pune întrebări. Ezită o clipă, apoi se întoarse și o luă de pe masă. Nu putu să nu vadă mortul. Ce nemișcat era! Ce groaznic de albe îi erau mâinile lungi! Era ca o imagine respingătoare de ceară.

După ce încuie ușa, se strecură în liniște la parter. Lemnăria trosnea și părea că strigă neajutorată de parcă ar fi durut-o ceva. S-a oprit de câteva ori și a așteptat. Nu, totul era nemișcat. Nu era decât sunetul propriilor lui pași.

Când ajunse în bibliotecă, văzu geanta și haina în colț. Trebuiau ascunse undeva. Descuie un dulap secret aflat într-unul dintre lambriuri, un dulap în care-și ținea obiectele curioase cu care se deghiza, și le puse acolo. Putea foarte bine să le ardă după aceea. Își scoase apoi ceasul. Era ora două fără douăzeci.

Se așeză și începu să se gândească. În Anglia, în fiecare an – în fiecare lună aproape – erau spânzurați oameni pentru ceea ce făcuse el. În aer plutise un iz nebunesc de crimă. Vreo stea roșie se apropiase prea mult de pământ... Și totuși, ce probă era împotriva lui? Basil Hallward părăsise casa la ora unsprezece. Nimeni nu-l văzuse intrând din nou. Majoritatea servitorilor erau la Selby Royal. Valetul lui se culcase... Paris! Da. La Paris plecase Basil și cu trenul de miezul nopții, cum intenționase. Cu obiceiurile lui de om retras, ar lua luni înainte ca orice fel de suspiciune să apară. Luni! Totul putea fi distrus cu mult înainte.

Brusc îi veni o idee. Își puse haina de blană și pălăria și ieși în hol. Acolo se opri, auzind pasul lent și greoi al polițistului afară, pe trotuar, și văzând fâșia de lumină din hublou reflectată pe fereastră. Așteptă și-și ținu respirația.

După câteva momente, trase zăvorul și se strecură afară, închizând ușa ușor în spatele lui. Apoi sună clopoțelul. După aproximativ cinci minute, apăru valetul lui, pe jumătate îmbrăcat, cu o față somnoroasă.

— Îmi pare rău că te-am trezit, Francis, spuse el intrând, dar mi-am uitat cheia de la intrare. Cât e ceasul?

— Două și zece, domnule, răspunse omul, uitându-se la ceas și clipind.

— Două și zece? Ce groaznic de târziu! Să mă trezești neapărat mâine la ora nouă. Am ceva de făcut.

— Prea bine, domnule.

— A trecut cineva pe aici în astă seară?

— Dl Hallward, domnule. A stat aici până la ora unsprezece și apoi a plecat să ia trenul.

— Oh! Îmi pare rău că nu l-am văzut. A lăsat vreun mesaj?

— Nu, domnule, doar că vă va scrie de la Paris dacă nu vă va găsi la club.

— Asta-i tot, Francis. Nu uita să mă trezești mâine la ora nouă.

— Nu, domnule.

Omul își târșâi papucii pe culoar.

Dorian Gray își aruncă pălăria și haina pe masă, apoi trecu în bibliotecă. Preț de un sfert de oră se plimbă prin cameră mușcându-și buzele și gândindu-se. Apoi luă de pe un raft un exemplar din Blue Book și începu să dea paginile. „Alan Campbell, Hertford Street nr. 153, Mayfair." Da, ăsta era omul de care avea nevoie.

Capitolul XIV

În ziua următoare la ora nouă, servitorul lui a intrat cu o ceașcă de ciocolată pe tavă și a tras obloanele. Dorian dormea destul de liniștit, pe partea dreaptă, cu mâna sub obraz. Arăta asemenea unui băiat obosit de joc sau învățătură.

Omul a trebuit să-l atingă de două ori pe umăr înainte ca el să se trezească și, în momentul în care deschise ochii, un zâmbet ușor îi apăru pe buze, de parcă fusese pierdut într-un vis extrem de plăcut. Totuși nu visase deloc. Noaptea nu-i fusese tulburată de imagini ale plăcerii sau durerii. Dar tinerii zâmbesc fără nici un motiv. Acesta este unul dintre farmecele lor esențiale.

Se răsuci și, sprijinindu-se în cot, începu să-și soarbă ciocolata. Soarele blând de noiembrie îi inundă camera. Cerul era luminos și în aer plutea o căldură calmă. Era aproape o dimineață de mai.

Încetul cu încetul, evenimentele din noaptea precedentă i se strecurară în creier cu picioarele lor pătate de sânge și se reconstruiră cu o claritate teribilă. Tresări de durere la amintirea celor îndurate și, o clipă, același sentiment straniu de ură față de Basil Hallward, care îl împinsese să-l omoare – când se afla așezat pe scaun –, îi reveni, și începu să gândească la rece. Omul mort era încă acolo, acum la lumina soarelui. Ce oribil! Asemenea hidoșenii erau făcute pentru noapte, nu pentru zi.

Avea sentimentul că dacă va mai medita la situația prin care trecuse se va îmbolnăvi sau va înnebuni. Sunt păcate a căror fascinație rezidă mai mult în amintire decât în făptuire, triumfuri stranii care satisfac mai mult mândria decât pasiunile, dând intelectului o vie bucurie, una mai mare decât ar aduce sau ar putea aduce vreodată simțurile. Dar starea lui nu era de acest tip. Era ceva care trebuie scos din minte, amețit cu mac, strangulat ca nu cumva să stranguleze la rându-i.

În momentul în care se bătu jumătatea de oră, își trecu mâna peste frunte și apoi se sculă în grabă, se îmbrăcă mai atent decât de obicei, dând o deosebită atenție alegerii cravatei și acului de eșarfă, schimbându-și inelele de mai multe ori. Rămase îndelung în fața micului dejun, gustând diversele feluri de mâncare, vorbind cu valetul despre niște livrele pe care plănuia să le facă pentru servitorii de la Selby și frunzărind corespondența. La unele din scrisori zâmbi. Trei dintre ele îl plictisiră. Pe una o citi de mai multe ori și apoi o rupse având pe față o expresie de iritare. „Chestie îngrozitoare, memoria unei femei!", cum spusese cândva lordul Henry.

După ce își bău cafeaua, își șterse buzele încet cu șervetul, îi făcu semn servitorului să aștepte și, ducându-se spre masă, se așeză și scrise două scrisori. Pe una o puse în buzunar, pe cealaltă o dădu valetului.

— Du-o în strada Hertford, nr. 152, Francis, iar dacă domnul Campbell nu este în oraș, fă rost de adresa lui.

Imediat ce rămase singur, își aprinse o țigară și începu să deseneze pe o foaie de hârtie; creionă la început flori și fragmente arhitecturale, apoi chipuri. Brusc remarcă faptul că fiecare figură pe care o desena părea să semene fantastic cu Basil Hallward. Se încruntă și, ridicându-se, se duse spre bibliotecă și luă la întâmplare o carte. Era hotărât să nu se gândească la ce se întâmplase până nu va deveni absolut necesar să o facă.

După ce se întinse pe sofa, se uită la pagina de titlu a cărții. Era *Émaux et Camées** a lui Gautier,

---

* Théophile Gautier (1811-1872), *Emailuri și camee*, volum de versuri publicat în 1856 (n.tr.).

ediția Charpentier pe hârtie japoneză, cu gravurile lui Jacquemart. Cartea era legată în piele verde-citron, cu un model de grătar aurit în ochiurile căruia erau presărate rodii. I-o dăruise Adrian Singleton. Cum întorcea paginile, ochii îi căzură pe un poem despre mâna lui Lacenaire, mâna galbenă și rece „*du suplice encore mal lavée*", cu părul roșu vălurit și „*doigts de faune*". Se uită la propriile degete albe, alungite, cutremurându-se fără să vrea și trecu mai departe, până ajunse la strofele acelea încântătoare despre Veneția:

Sur une gamme chromatique,
Le sein de perles ruisselant,
La Vénus de l'Adriatique
Sort de l'eau son corps rose et blanc.
Les dômes, sur l'azur des ondes
Suivant la phrase au pur contour,
S'enflent comme des gorges rondes
Que soulève un soupir d'amour.
L'esquif aborde et me dépose,
Jetant son amarre au pilier,
Devant une façade rose
Sur le marbre d'un escalier.*

Ce minunat de rafinate erau! Cum le citești, ți se pare că plutești în josul canalelor verzi ale orașului roz și perlat, așezat într-o gondolă neagră cu provă de argint și perdele bătând ușor în urmă. Versurile

* „Pe gama ce culori oferă,/Cu sânul ei de perle plin,/ A Adriaticei Veneră,/Rozalbă-n mare, crește lin.// Se-nalță domuri peste unde,/Pe-al muzicii contur ușor,/ Ca niște sânuri mari, rotunde,/Umflate de-un suspin de-amor.// Și luntrea, ajungând, mă lasă,/Zvârlind odgonul ei pe-un par,/Pe-a scării marmoră lucioasă,/ Pe care ziduri roze-apar." (Traducere de Nicolae I. Pintilie, din vol. *Emailuri și camee*, Helicon, Timișoara, 1995.) Strofele citate sunt din poemul „Pe lagune", din ciclul *Variațiuni pe tema carnavalului din Veneția* (n.tr.).

îi părură ca acele linii drepte de un albastru-turcoaz care te urmează când înaintezi spre Lido. Bruștele dâre de culoare îi aminteau de strălucirea acelor păsări cu gâtul opalin și mov care fâlfâiau în jurul înaltei Campanile, cu motivele ei geometrice, sau care pășeau cu o grație impozantă printre arcadele obscure, pătate de praf. Dându-se pe spate, cu ochii pe jumătate deschiși, continuă să repete iar și iar:

Devant une façade rose,
Sur le marbre d'un escalier.

Întreaga Veneție era în cele două versuri. Își aminti toamna pe care a petrecut-o acolo și minunata dragoste care îl mânase spre nebunii teribile, încântătoare. În orice loc te întâlneai cu iubirea romantică. Dar Veneția, la fel ca Oxfordul, își menținuse cadrul pentru poveștile de dragoste și, pentru un adevărat romantic, peisajul era tot sau aproape tot. Basil fusese cu el o perioadă și făcuse o pasiune nebună pentru Tintoretto. Sărmanul Basil! ce mod oribil de-a muri!

Oftă și luă din nou volumul și încercă să uite. Citi despre rândunelele care intră și ies în zbor din micile cafenele din Smirna, unde hagiii stau pe jos, numărându-și mătăniile de chihlimbar, și negustorii cu turbane își fumează pipele lungi cu ciucuri și-și vorbesc cu gravitate. Citi despre Obelisc și Place de la Concorde care plânge cu lacrimi de granit în exilul lui singuratic, lipsit de soare, și tânjește să se întoarcă lângă Nilul fierbinte, acoperit cu lotuși, unde sunt Sfincșii, ibișii roz și ulii albi cu gheare aurite, și crocodili cu ochi mici, de beriliu, care se târăsc în noroiul aburind. Începu să lâncezească în contemplația acelor versuri care, trăgându-și muzica din marmura pătată de săruturi, povestesc despre acea statuie pe care Gautier o compară cu o voce contralto, acel *monstre charmant* care stă ghemuit în camera de porfiriu de la Luvru. Dar cartea îi căzu din mână după o vreme. Deveni nervos și fu cuprins de un groaznic acces de teroare. Ce-ar fi dacă Alan Campbell ar fi plecat din Anglia? Ar trece zile întregi până să se întoarcă. Poate că va refuza să vină. Ce-ar putea face atunci? Fiecare clipă era de o importanță vitală. Odată fuseseră buni prieteni, acum cinci ani – aproape inseparabili. Apoi intimitatea luase brusc sfârșit. Când se întâlneau în societate, numai Dorian Gray zâmbea, Alan Campbell nu, niciodată.

Era un tânăr extrem de deștept, deși nu aprecia cu adevărat artele plastice, iar minima sensibilitate pentru poezie pe care o avea fusese dobândită în întregime prin Dorian. Pasiunea lui intelectuală dominantă era știința. La Cambridge petrecuse o mare parte din timp lucrând în Laborator și obținuse o distincție de merit în științele naturii în anul în care absolvise. Încă era preocupat de studiul chimiei și avea propriul lui laborator, unde să se închidă toată ziua, spre imensa iritare a mamei lui care își pusese speranța că va candida pentru Parlament și care avea ideea nelămurită că un chimist este o persoană ce face rețete. Totuși, era un muzician excelent și cânta la vioară și pian mai bine decât majoritatea amatorilor. De fapt muzica i-a unit la început – muzica și acea indefinibilă atracție pe care Dorian putea s-o exercite când dorea și pe care o exercita, într-adevăr, deseori fără să fie conștient. S-au întâlnit la lady Berkshire în seara în care Rubinstein a cântat acolo și după aceea au fost văzuți mereu împreună la Operă sau ori de câte ori se cânta undeva muzică bună. Intimitatea lor a durat optsprezece luni. Campbell era în permanență fie la Selby Royal, fie în Piața Grosvenor. Pentru el, ca și pentru mulți alții, Dorian Gray era etalonul a tot ce e minunat și fascinant în viață. Nimeni nu știe dacă între ei a avut loc sau nu o ceartă. Dar, brusc, lumea a remarcat faptul că abia își vorbeau când se întâlneau, iar Campbell părea că pleacă întotdeauna devreme de la o petrecere la care era prezent și Dorian Gray. Se schimbase – uneori era ciudat de melancolic, părea că nu-i mai place să asculte muzică și refuza să cânte, invocând drept scuză, atunci când era solicitat, faptul că era atât de absorbit de știință încât nu-i mai rămânea timp să exerseze. Și asta era, cu siguranță, adevărat. Pe zi ce trecea părea din ce în ce mai interesat de biologie, iar numele lui a apărut o dată sau de două ori în anumite reviste științifice legat de niște experiențe curioase.

Acesta era omul pe care îl aștepta Dorian. Se uita la ceas necontenit. În timp ce minutele treceau unul după altul, devenea teribil de agitat. În cele din urmă se ridică și începu să măsoare camera în sus și-n jos, uitându-se la acel lucru frumos din colivie. Începu să facă pași mari. Mâinile îi erau ciudat de reci.

Suspansul devenea insuportabil. I se părea că timpul se târăște cu pași de plumb, în vreme ce el era purtat de vânturi monstruoase spre marginea colțuroasă a unei crăpături de prăpastie. Știa ce-l așteaptă acolo, vedea; și, cutremurându-se, își strivi cu mâinile umezi și reci pleoapele arzând de parcă ar fi smuls însuși centrul vederii din creier și și-ar fi înfipt pupilele în cavitatea lor. Era inutil. Creierul avea propria hrană din care se alimenta, iar imaginația, devenită grotescă datorită terorii, strâmbată și deformată ca o ființă din cauza suferinței, dansa ca o păpușă năucă pe o tarabă și rânjea printre măștile care se perindau. Apoi, brusc, timpul s-a oprit. Da, acel lucru orb, care respira încet, nu se mai târa; cum Timpul murise, gânduri groaznice alergau cu iuțeală înainte și trăgeau din mormânt un viitor groaznic, punându-i-l în față. Se holbă. Simpla lui oroare îl făcu de piatră.

În cele din urmă ușa se deschise și intră servitorul. Întoarse spre el privirea de sticlă.

— Domnul Campbell, domnule, spuse omul.

Răsuflă ușurat cu buzele uscate și culoarea îi reveni în obraji.

— Roagă-l să intre imediat, Francis. Se simțea din nou în apele lui. Criza de lașitate trecuse.

Omul se înclină și se retrase. Peste câteva clipe intră Alan Campbell, cu o față imobilă și cam palidă, paloarea fiindu-i accentuată de părul negru ca pana corbului și de sprâncenele întunecate.

— Alan! ce amabil din partea ta. Îți mulțumesc că ai venit.

— Intenționam să nu-ți mai intru niciodată în casă, Gray. Dar mi-ai spus că e o problemă de viață și de moarte. Vocea îi era dură și rece. Vorbea răspicat. În privirea scormonitoare pe care o fixase asupra lui Dorian era o undă de dispreț. Își ținea mâinile în buzunarele paltonului de astrahan și părea să nu fi remarcat atitudinea cu care fusese întâmpinat.

— Da, este o problemă de viață și moarte, Alan, și nu numai pentru o singură persoană. Ia loc.

Campbell se așeză pe un scaun de lângă masă iar Dorian, în fața lui. Ochii celor doi se întâlniră. În ai lui Dorian se vedea o milă infinită. Știa că tot ce avea de gând să facă era absolut îngrozitor.

După un moment încordat de tăcere, se plecă și spuse, foarte liniștit, dar urmărind efectul fiecărui cuvânt pe fața celui pe care-l chemase.

— Alan, într-o cameră încuiată de la ultimul etaj, într-o cameră în care eu și numai eu am acces, se află un om mort la masă. E mort de zece ore. Nu te agita și nu te uita așa la mine. Cine-i omul, de ce a murit, cum a murit, acestea sunt lucruri care nu te privesc. Ce trebuie să faci tu este –

— Oprește-te, Gray. Nu mai vreau să știu nimic în plus. Dacă e sau nu adevărat, nu mă privește. Refuz totalmente să mă amestec în viața ta. Ține-ți pentru tine secretele hidoase. Nu mă mai interesează.

— Alan, te vor interesa. Acesta trebuie să te intereseze. Îmi pare enorm de rău pentru tine, Alan. Dar nu mă pot abține. Tu ești cel care mă poate salva. Sunt forțat să te implic în această problemă. N-am de ales. Alan, tu ești un om de știință. Te pricepi la chimie și la astfel de chestii. Ai făcut experiențe. Ce trebuie să faci e să distrugi ce e sus – să-l distrugi încât să nu rămână nici o rămășiță. Nimeni nu l-a văzut pe om intrând în casă. Acum ar trebui să se afle la Paris. Nu i se va simți lipsa luni de zile. Când i se va simți lipsa, aici nu trebuie să se găsească nici o urmă de-a lui. Tu, Alan, tu trebuie să-l preschimbi într-o mână de cenușă pe care o voi putea împrăștia în aer.

— Ești nebun, Dorian.

— Ah! Tot așteptam să-mi spui Dorian.

— Ești nebun, îți zic – nebun să-ți imaginezi că voi ridica un deget pentru a te ajuta, nebun că-mi faci o astfel de confesiune monstruoasă. Nu vreau să am nimic de-a face cu această problemă, oricare ar fi ea. Crezi că-mi voi pune în pericol reputația pentru tine? Ce mă interesează pe mine ce lucru diabolic vrei să faci?

— A fost o sinucidere, Alan.

— Mă bucur. Dar cine l-a împins la asta? Tu, ar trebui să-mi imaginez.

— Încă refuzi să faci asta pentru mine?

— Sigur că refuz. Nu vreau să am absolut deloc de a face cu asta. Nu-mi pasă ce rușine te așteaptă. O meriți cu prisosință. Nu mi-ar părea rău să te văd dezonorat, dezonorat public. Cum îndrăznești să mă rogi tocmai pe mine, dintre toți, să iau parte la această oroare? Credeam că te pricepi mai bine la caracterul oamenilor. Probabil că prietenul tău, lordul Henry Wotton, nu te-a învățat multă psihologie, pe lângă altele câte te-a învățat. Nimic nu mă va convinge să mă mișc să te ajut. Ți-ai ales greșit omul. Du-te la unul dintre prietenii tăi. Nu veni la mine.

— Alan, a fost o crimă. Eu l-am ucis. Nu știi cât m-a făcut să sufăr. Viața mea, cum e ea – el are mai mult de a face cu felul în care este, cu distrugerea ei, decât are sărmanul Henry. Poate că n-a intenționat acest lucru, rezultatul e același.

— Crimă! Sfinte Dumnezeule, Dorian, aici ai ajuns? Nu te voi denunța. Nu e treaba mea. În afară de asta, și fără a agita apele, sigur vei fi arestat. Nimeni nu comite o crimă fără să nu facă o prostie. Dar eu nu vreau să am de-a face cu acest lucru.

— Trebuie să ai de-a face. Așteaptă, așteaptă o clipă, ascultă-mă. Ascultă-mă doar. Tot ce-ți cer este să faci un experiment științific. Mergi în spitale și la morgi și ororile pe care le faci acolo nu te afectează. Dacă l-ai găsi pe omul ăsta pe o masă de plumb într-o sală de disecție hidoasă sau într-un laborator fetid, cu șanțuri scobite în el pentru a lăsa sângele să i se scurgă, pur și simplu l-ai privi ca pe un subiect admirabil de cercetare. Ai sta impasibil. N-ai crede că faci un lucru greșit. Dimpotrivă, ai simți probabil că o faci în beneficiul omenirii sau că vei spori cunoașterea în lume sau ți-ai satisface o curiozitate intelectuală sau ceva de acest gen. Ceea ce vreau să faci este doar ceva ce ai mai făcut înainte. Într-adevăr, faptul de a distruge un corp probabil că este mult mai puțin dezgustător decât lucrurile la care ești obișnuit să lucrezi. Și, ține minte, este singura probă împotriva mea. Dacă va fi descoperit, sunt pierdut, și va fi descoperit cu siguranță, dacă nu mă ajuți.

— N-am nici o dorință să te ajut. Uiți că sunt indiferent la toată afacerea. N-are nimic de-a face cu mine.

— Alan, te implor. Gândește-te în ce situație mă aflu. Chiar înainte de a sosi tu, era gata să leșin de groază. Poate tu însuți vei cunoaște teroarea într-o zi. Nu! nu te gândi la asta. Privește chestiunea pur și simplu din punct de vedere științific. Nu te interesezi de unde vin morții pe care faci experiențe. Nu-i nevoie să te interesezi nici acum. Deja ți-am spus suficient. Dar te rog să faci acest lucru. Odată eram prieteni, Alan.

— Nu vorbi despre zilele acelea, Dorian, sunt moarte.

— Morții mai stăruie uneori. Omul de la etaj nu va pleca. Stă la masă cu capul plecat și brațele întinse. Alan! Alan! dacă nu-mi vii în ajutor, sunt distrus. Mă vor spânzura, Alan! Nu înțelegi? Mă vor spânzura pentru ce am făcut.

— Nu mai are rost să prelungim scena asta. Refuz total să fac ceva în această chestiune. E o nebunie din partea ta să mi-o ceri.

— Refuzi?
— Da.
— Te implor, Alan.
— În zadar.

În ochii lui Dorian reveni aceeași expresie de milă. Apoi își întinse mâna, luă o foaie de hârtie și scrise ceva pe ea. O citi de două ori, o împături cu grijă și o împinse pe masă. Imediat după aceea se ridică și se duse la fereastră.

Campbell se uită la el cu surprindere și apoi luă hârtia și o desfăcu. Pe măsură ce o citea, fața deveni de o paloare cadaverică și se lăsă să cadă în scaun. Îl cuprinse o senzație de boală. Se simțea de parcă inima i-ar bătea gata să moară într-o cavitate goală.

După două-trei minute de tăcere penibilă, Dorian se întoarse și veni în spatele lui, punându-i mâna pe umăr.

— Îmi pare rău pentru tine, Alan, murmură el, dar nu-mi lași nici o alternativă. Am scris deja o scrisoare. Iat-o. Vezi adresa. Dacă nu mă ajuți, o voi trimite. Știi care va fi rezultatul. Dar mă vei ajuta. Acum îți e imposibil să mă refuzi. Am încercat să te scutesc. Vei recunoaște acest lucru. Ai fost însă de neclintit, dur și ofensiv. M-ai tratat cum nici un om nu a îndrăznit să mă trateze – nici un muritor, în orice caz. Am suportat. Acum eu dictez condițiile.

Campbell își îngropă fața în mâini și fu cuprins de un fior.

— Da, e rândul meu să dictez condițiile, Alan. Știi care sunt. E destul de simplu. Hai, nu te lăsa pradă acestei febre. Lucrul trebuie făcut. Înfruntă-l și gata.

Din gura lui Campbel se auzi un geamăt și omul tremura tot. I se părea că ticăitul ceasului de pe polița căminului împarte timpul în atomi de agonie, fiecare fiind îngrozitor de greu de suportat. Se simțea de parcă un inel de fier se strângea încet în jurul frunții, de parcă dezonoarea cu care era amenințat deja se abătuse asupra lui. Mâna de pe umărul lui cântărea cât o mână de plumb. Era de nesuportat. Părea că-l strivește.

— Hai, Alan, trebuie să te hotărăști imediat.

— Nu pot s-o fac, spuse el mecanic, de parcă niște cuvinte ar putea schimba lucrurile.

Ezită o clipă.

— Este o sobă în camera de sus?

— Da, este o sobă cu gaze, căptușită cu azbest.

— Va trebui să mă duc acasă să iau câteva lucruri din laborator.

— Nu, Alan, nu trebuie să părăsești casa. Scrie pe o foaie de hârtie ce dorești și servitorul meu va lua o trăsură și-ți va aduce aici lucrurile.

Campbell mâzgăli câteva rânduri, le uscă și scrise pe plic numele asistentului său. Dorian luă biletul și-l citi cu atenție. Apoi sună și i-l dădu valetului cu ordinul de a se întoarce imediat cu tot cu lucruri.

În momentul în care ușa holului se închise, Campbell tresări nervos și, după ce se ridică de pe scaun, se duse la șemineu. Tremura de parcă era cuprins de frigurile malariei. Aproape douăzeci de minute nici unul din ei nu scoase o vorbă. O muscă bâzâia prin cameră iar ticăitul ceasului semăna cu bătaia unui ciocan.

În momentul în care ceasul sună melodios ora unu, Campbell se întoarse și, uitându-se la Dorian Gray, văzu că ochii lui erau plini de lacrimi. Era ceva în puritatea și rafinamentul acelei fețe triste care păru că-l scoate din fire.

— Ești infam, absolut infam! rosti el.

— Taci, Alan, mi-ai salvat viața, spuse Dorian.

— Viața ta? Cerule! ce mai viață e și asta! Ai trecut din stricăciune în stricăciune și acum ai culminat cu crima. Făcând ce voi face, ce mă forțezi să fac, nu la viața ta mă gândesc.

— Ah, Alan, murmură Dorian, cu un suspin, mi-aș dori să ai față de mine a mia parte din mila pe care eu o am pentru tine. În timp ce vorbea se depărtă și stătu uitându-se în grădină. Campbell nu schiță nici un răspuns.

După aproximativ zece minute se auzi un ciocănit în ușă și servitorul intră, ducând o ladă mare de mahon cu substanțe chimice, cu o bobină pe care era înfășurată o sârmă de oțel și platină și cu două clame de metal de o formă ciudată.

— Să o pun aici, domnule? îl întrebă pe Campbell.

— Da, spuse Dorian. Și mă tem, Francis, că te voi mai ruga să mai faci un drum. Cum îl cheamă pe cel din Richmond care aprovizionează casa din Selby cu orhidee?

— Harden, domnule.

— Da, Harden. Trebuie să te duci la Richmond imediat, să vorbești cu Harden personal și să-i spui să trimită de două ori mai multe orhidee decât am comandat și printre ele să fie doar câteva albe. De fapt nu doresc nici una albă. E o zi frumoasă, Francis, iar Richmond este un loc foarte frumos, altfel nu te-aș deranja.

— Nici un deranj, domnule. La ce oră să mă întorc?

Dorian se uită la Campbell.

— Cât va dura experimentul, Alan? spuse el, cu o voce indiferentă, calmă. Prezența unei terțe persoane în cameră părea să-i dea un curaj extraordinar.

Campbell se încruntă și își mușcă buzele.

— Va lua cam cinci ore, răspunse el.

— Va fi timp suficient deci dacă te întorci la șapte și jumătate, Francis. Sau stai, pregătește-mi doar hainele. Ești liber în seara asta. Nu cinez acasă, așa că nu voi avea nevoie de tine.

— Vă mulțumesc, domnule, spuse omul, părăsind încăperea.

— Acum, Alan, nu-i timp de pierdut. Ce grea e lada asta! O voi duce eu. Tu vei aduce celelalte lucruri. Vorbea repede, pe un ton autoritar. Campbell se simțea dominat. Părăsiră camera împreună.

Când ajunseră pe podestul de la ultimul etaj, Dorian scoase cheia și o răsuci în broască. Apoi se opri și o expresie neliniștită îi apăru în ochi. Se scutură.

— Nu cred că pot intra, Alan, murmură el.

— Nu contează. N-am nevoie de tine, spuse Campbell cu răceală.

Dorian deschise ușa pe jumătate. În acel moment văzu fața portretului său privind chiorâș la lumina soarelui. Pe podea, în fața lui zăcea draperia sfâșiată. Își aminti că noaptea trecută uitase, pentru prima oară în viața lui, să ascundă pânza fatală și era pe punctul de a se repezi înainte, când se trase înapoi cu un tremur de groază.

Ce era acea rouă roșie, respingătoare, care sclipea, umedă și lucioasă, pe una dintre mâini, de parcă din pânză ieșea sânge? Ce oribilă era! – mai oribilă, i se păru o clipă, decât acel lucru tăcut despre care știa că este întins pe masă, acel ceva a cărui umbră grotescă și diformă aruncată pe covorul pătat îi arăta că nu se mișcase, că era încă acolo, așa cum îl lăsase el.

Răsuflă adânc, deschise ușa ceva mai mult și, cu ochii pe jumătate închiși și cu capul întors în altă parte, intră repede, hotărât să nu se mai uite nici măcar o singură dată la mort. Apoi, aplecându-se și ridicând draperia de purpură și aur, o aruncă peste tablou.

Se opri, fiindu-i teamă să se întoarcă, cu ochii fixați asupra complicatului model din fața lui. Îl auzi pe Campbell aducând lada grea, fiarele și celelalte lucruri care-i trebuiau pentru lucrarea îngrozitoare. Începu să se întrebe dacă el îl cunoscuse pe Basil Hallward și, dacă da, ce gândiseră unul despre celălalt.

— Lasă-mă acum, rosti vocea severă din spatele lui.

Se întoarse și se grăbi să iasă, abia conștient că mortul fusese înfipt în scaun și Campbell privea fața galbenă care lucea. Pe când cobora, auzi cheia răsucindu-se în broască.

Trecuse mult de ora șapte când Campbell intră în bibliotecă. Era palid și total calm.

— Am făcut ce m-ai rugat să fac, murmură el. Și acum la revedere. Să nu ne mai vedem niciodată.

— M-ai salvat de la distrugere, Alan. Nu pot uita asta, spuse Dorian cu simplitate.

Imediat după ce plecă Campbell, se duse sus. Era un miros groaznic de acid nitric în cameră. Dar acel ceva care stătuse la masă dispăruse.

Capitolul XV

În seara aceea la ora opt și jumătate, îmbrăcat extrem de elegant și cu un buchet de violete de Parma la butonieră, Dorian Gray a fost introdus în salonul lui lady Narborough de servitorii înclinați în plecăciune. Fruntea-i fremăta de nervii înnebuniți și se simțea cumplit de agitat, dar în clipa în care se aplecă asupra mâinii gazdei se arătă a fi la fel de în largul lui și amabil ca totdeauna. Probabil că nu te simți niciodată în largul tău atunci când trebuie să joci un rol. Cu siguranță că nimeni dintre cei care s-ar fi uitat la Dorian Gray în seara aceea n-ar fi putut crede că trecuse printr-o tragedie la fel de îngrozitoare ca orice altă tragedie din epoca noastră. Acele degete rafinat modelate n-ar fi putut strânge în mână un cuțit pentru a comite o crimă și nici acele buze zâmbitoare n-ar fi putut invoca îndurarea și pe Dumnezeu. El însuși nu se putea abține să nu se minuneze de calmul atitudinii sale și o clipă simți acut plăcerea teribilă a vieții duble.

Era o mică petrecere, pusă în grabă la cale de lady Narborough, care era o femeie foarte inteligentă, purtând pe chip ceea ce lordul Henry numea vestigiile unei urâțenii remarcabile. Se dovedise o soție excelentă a unuia dintre cei mai plictisitori ambasadori și, după ce și-a îngropat soțul cum se cuvine într-un mausoleu de marmură, proiectat de ea însăși, și și-a măritat fetele cu bărbați ceva mai bătrâiori, în prezent se dedica plăcerii romanului francez, bucătăriei franțuzești și *esprit*-ului francez – atunci când putea avea acces la el.

Dorian era unul dintre favoriții ei și obișnuia să-i spună că se bucură imens că nu l-a întâlnit în prima parte a vieții. „Știu, dragul meu, că m-aș fi îndrăgostit nebunește de tine", spunea ea, și de dragul tău mi-aș fi dat și ultimul bănuț pe pălării. E un mare noroc că la vremea aceea nimeni nu se gândea la tine. Pe vremea aceea noi eram prost îmbrăcate iar lumea era preocupată să facă bani încât n-am flirtat cu nimeni. Totuși, asta e numai din vina lui Narborough. Era îngrozitor de miop și, știi, nu-i nici o plăcere să iei un bărbat care nu vede niciodată nimic.

În seara aceea oaspeții ei erau mai curând plicticoși. De fapt, cum îi explică ea lui Dorian în spatele unui evantai ponosit, una dintre fetele ei măritate venise pe neașteptate să stea cu ea și, pentru a înrăutăți situația, își adusese și soțul.

— Cred că e foarte urât din partea ei, dragul meu, șopti ea. Bineînțeles că mă duc să stau la ei în fiecare vară după ce mă întorc de la Homburg, dar o femeie bătrână ca mine trebuie să aibă parte de aer curat din când în când și, în afară de asta, chiar îi trezesc. Nici nu știi ce fel de viață duc acolo. Este viața de țară pură și neatinsă. Se scoală devreme pentru că au atâtea de făcut și se culcă devreme pentru nu au la ce să se gândească. N-a mai fost nici un scandal în regiune din vremea reginei Elisabeta și, în consecință, adorm imediat după cină. Nu trebuie să te așezi lângă nici unul dintre ei. Trebuie să te așezi lângă mine și să mă amuzi.

Dorian murmură un compliment amabil și își roti privirea prin încăpere. Da, cu siguranță, era o petrecere plictisitoare. Pe doi dintre cei prezenți nu-i întâlnise până atunci, iar ceilalți erau Ernest Harrowden, una dintre acele mediocrități atât de des întâlnite în cluburile londoneze, care nu are dușmani, dar prietenii nu-l plac deloc; lady Ruxton, o femeie împopoțonată de patruzeci și șapte de ani, cu nasul coroiat, care se ostenea să se compromită, dar care era atât de banală că, spre marea ei dezamăgire, nimeni nu credea nimic rău despre ea; doamna

Erlynne, o doamnă plată, dar băgăcioasă, care avea un sâsâit delicios și părul roșu venețian; lady Alice Chapman, fiica gazdei lui, o fată proastă, îmbrăcată fără gust, având acea trăsătură pe care o întâlnești pe figurile britanice și, o dată ce-o vezi, nu ți-o mai amintești; și soțul ei, o creatură cu obraji roșii, favoriți albi care, ca mulți din clasa lui, trăia cu impresia că jovialitatea excesivă poate răscumpăra lipsa de idei.

Îi părea rău că venise, până când lady Narborough, uitându-se la ceasul cu ornamente bronz-aurii care se lăbărțau în curbe de prost gust pe polița căminului, drapată cu mov, exclamă:

— Ce oribil din partea lui Henry Wotton să întârzie atât! I-am trimis azi dimineață invitația, sperând că poate veni, și mi-a dat cuvântul lui că nu mă va dezamăgi.

Era o consolare că Harry urma să vină acolo și, atunci când ușa se deschise și îi auzi vocea domoală, muzicală, adăugând farmec unei scuze nesincere, încetă să se mai simtă plictisit.

Dar la cină nu putu mânca nimic. Farfurie după farfurie îi fu luată din față, fără ca el să guste ceva. Lady Narborough continua să-l mustre pentru ceea ce ea numea „o insultă la adresa sărmanului Adolphe, care a inventat *menu*-ul special pentru tine" și din când în când lordul Henry îl privea peste masă, mirându-se de tăcerea și comportamentul lui abstras. Majordomul îi umplea regulat paharul cu șampanie. Bea însetat, iar setea părea să-i sporească.

— Dorian, spuse lordul Henry, în cele din urmă, în timp ce se servea *chaud-froid*-ul, ce-i cu tine în seara asta? Nu ești deloc în apele tale.

— Cred că e îndrăgostit, strigă lady Narborough, și îi e teamă să-mi spună ca nu cumva să fiu geloasă. Are dreptate. Într-adevăr aș fi.

— Dragă lady Narborough, murmură Dorian, zâmbind, n-am fost îndrăgostit o săptămână întreagă – de fapt, de când Madame de Ferrol a părăsit orașul.

— Cum vă puteți îndrăgosti voi, bărbații, de femeia asta! exclamă bătrâna doamnă. Chiar nu pot înțelege.

— Pur și simplu pentru că își amintește de vremea când erați fetiță, lady Narborough, spuse lordul Henry. Ea este legătura dintre noi și rochițele dumneavoastră.

— Nu-și amintește deloc de rochițele mele, lord Henry. Dar eu mi-o amintesc foarte bine la Viena acum treizeci de ani și cât de *décolletée* era pe-atunci.

— Încă e *décolletée*, răspunse el, luând o măslină cu degetele lui lungi; și atunci când este într-o toaletă foarte elegantă arată ca o *édition de luxe* a unui roman franțuzesc prost. Este într-adevăr minunată și plină de surprize. Are o capacitate extraordinară de a-și manifesta afecțiunea față de familie. Când i-a murit cel de-al treilea soț, părul ei a devenit blond de tristețe.

— Harry, cum poți spune așa ceva! strigă Dorian.

— Este o explicație extrem de romantică, râse gazda. Al treilea soț, lord Henry! Nu vrei să spui că Ferrol este cel de-al patrulea.

— Desigur, lady Narborough.

— Nu cred o iotă.

— Ei, întreabă-l pe domnul Gray. El este unul dintre prietenii ei cei mai apropiați.

— E adevărat, domnule Gray?

— Așa mă asigură ea, lady Narborough, spuse Dorian. Am întrebat-o dacă, asemenea Margaretei de Navara, a îmbălsămat inimile soților și le poartă la cingătoare. Mi-a spus că n-a făcut așa ceva pentru că nici unul dintre ei nu avea inimă.

— Patru soți! Pe cuvântul meu, dar asta înseamnă *trop de zèle*.

— *Trop d'audace*, îi spun eu ei, zise Dorian.

— Oh! ea e suficient de curajoasă pentru a face orice, dragul meu. Și cum arată Ferrol? Nu-l cunosc.

— Soții femeilor foarte frumoase aparțin unor categorii dezonorante, spuse lordul Henry, sorbindu-și vinul.

Lady Narborough îl atinse cu evantaiul.

— Lord Henry, nu sunt deloc surprinsă că lumea spune că sunteți extrem de răutăcios.

— Dar ce lume spune asta? întrebă lordul Henry, ridicându-și sprâncenele. Nu poate fi vorba decât de lumea de dincolo. Cu lumea asta mă înțeleg perfect.

— Toți cei pe care îi cunosc spun că sunteți foarte răutăcios, adăugă bătrâna doamnă, scuturându-și capul.

Lordul Henry rămase serios câteva clipe.

— Felul în care oamenii din ziua de azi umblă de colo-colo spunând lucruri absolut și totalmente adevărate pe la spate e de-a dreptul monstruos, spuse el în cele din urmă.

— Nu e incorigibil? strigă Dorian, aplecându-se înainte.

— Sper, spuse gazda râzând. Dar, într-adevăr, dacă toți o adorați pe Madame de Ferrol într-o asemenea manieră ridicolă va trebui să mă mărit din nou pentru a fi la modă.

— Nu vă veți mărita din nou, lady Narborough, izbucni lordul Henry. Ați fost prea fericită. O femeie se recăsătorește pentru că și-a detestat primul soț. Un bărbat se recăsătorește pentru că și-a adorat prima nevastă. Femeile își încearcă norocul, bărbații și-l riscă.

— Narborough nu a fost perfect, strigă bătrâna doamnă.

— Dacă ar fi fost, nu l-ați fi iubit, draga mea doamnă, veni replica. Femeile ne iubesc pentru defectele noastre. Dacă vom avea suficient de multe, ne vor ierta totul, chiar și intelectul. Cred că nu măveți mai invita la cină după cele spuse, lady Narborough, dar e perfect adevărat.

— Desigur că e adevărat, lord Henry. Dacă noi, femeile, nu v-am iubi pentru defectele voastre, ce v-ați face cu toții? Nici unul dintre voi nu s-ar mai însura. Totuși, asta nu înseamnă că v-ar schimba prea mult. Azi toți bărbații însurați trăiesc ca niște celibatari și toți celibatarii ca bărbații însurați.

— *Fin de siècle*, murmură lordul Henry.

— *Fin du globe*, răspunse gazda lui.

— Aș prefera să fie *fin du globe*, spuse Dorian oftând. Viața e o mare dezamăgire.

— Ah, dragul meu, spuse lady Narborough, punându-și mănușile, nu-mi spune că ai epuizat viața. Când cineva spune asta, se știe că viața l-a epuizat. Lordul Henry este foarte răutăcios și uneori îmi doresc să fiu și eu așa; dar dumneata ești făcut să fii bun - arăți a om bun. Trebuie să-ți găsesc o nevastă drăguță. Lord Henry, nu credeți că domnul Gray ar trebui să se însoare?

— Îi spun mereu acest lucru, lady Narborough, spuse lordul Henry cu o înclinare a capului.

— Ei bine, trebuie să-i căutăm o partidă potrivită. Voi cerceta cu mare atenție Debrett*-ul în seara asta și voi face o listă cu toate tinerele eligibile.

— Cu tot cu vârsta pe care o are fiecare, lady Narborough? întrebă Dorian.

— Desigur, cu vârsta fiecăreia, ușor ajustată. Dar nimic nu trebuie făcut în grabă. Vreau să fie ceea ce *The Morning Post* numește o alianță potrivită și aș vrea ca amândoi să fiți fericiți.

— Ce absurdități spun oamenii despre căsătoriile fericite! exclamă lordul Henry. Un bărbat poate fi fericit cu orice femeie atâta timp cât nu o iubește.

— Ah! ce cinic mai sunteți! strigă bătrâna doamnă, împingând scaunul și dând din cap aprobator spre lady Ruxton. Trebuie să vă întoarceți și să cinați cu mine în curând. Sunteți un tonic admirabil, unul mai bun decât cel pe care mi-l prescrie Sir Andrew. Să-mi spuneți neapărat ce oameni ați dori să întâlniți, totuși. Vreau să fie o întâlnire încântătoare.

— Îmi plac bărbații cu viitor și femeile cu trecut, răspunse el. Sau credeți că s-ar transforma într-o întrunire de femei?

— Mă tem că da, spuse ea râzând, în timp ce se ridică. Mii de scuze, dragă lady Ruxton, adăugă ea. N-am observat că nu v-ați terminat țigara.

— Nu face nimic, lady Narborough. Fumez mult prea mult. Am de gând să fumez mai puțin în viitor.

* Carte conținând lista nobilimii din Anglia, Scoția și Irlanda, publicată pentru prima oară de John Debrett în 1802, apoi tipărită anual (n.tr.).

— Vă implor, nu, lady Ruxton, spuse lordul Henry. Moderația e fatală. Calificativul suficient e la fel de rău ca o simplă masă. Mai mult decât suficient este tot atât de bun ca un banchet.

Lady Ruxton se uită la el curioasă.

— Trebuie să veniți să-mi explicați acest lucru într-una din după-amieze, lord Henry. Mi se pare o teorie fascinantă, murmură ea în timp se ieșea din cameră pășind maiestuos.

— Aveți grijă să nu discutați prea mult politică și scandaluri, spuse lady Narborough din ușă. Dacă veți face așa, fiți siguri că noi ne vom ciorovăi sus.

Bărbații râseră și domnul Chapman se ridică solemn din locul lui de la coada mesei și se duse în capul mesei. Dorian Gray își schimbă locul și merse și se așeză lângă lordul Henry. Domnul Chapman începu să discute cu voce tare despre situația din Camera Comunelor. Râse în hohote de adversari. Cuvântul *doctrinaire* – unul încărcat de teroare pentru mintea britanică – reapăru de câteva ori între exploziile lui de râs. Un prefix aliterativ servea drept ornament oratoric. Înălță steagul britanic la înălțimile Gândirii. Prostia moștenită a rasei – pe care el o numi cu jovialitate sănătosul bun-simț britanic – era bastionul potrivit al societății.

Buzele lordului Henry se curbară într-un zâmbet, și se întoarse spre Dorian.

— Te simți mai bine, dragă prietene? întrebă el. Nu păreai în apele tale la cină.

— Sunt bine, Harry. Sunt obosit. Asta-i tot.

— Aseară ai fost încântător. Mica ducesă îți e devotată. Spune că are de gând să meargă la Selby.

— A promis că va veni pe douăzeci.

— Va fi și Monmouth acolo?

— O, da, Harry.

— El mă plictisește de moarte, în aceeași măsură în care o plictisește și pe ea. E foarte deșteaptă, prea deșteaptă pentru o femeie. Îi lipsește șarmul indefinibil al slăbiciunii. Tocmai picioarele din lut dau valoare neprețuită unui idol. Picioarele ei sunt foarte frumoase, dar nu sunt picioare din lut. Picioare din porțelan alb, dacă vrei. Au trecut prin foc și, ceea ce focul nu distruge, întărește. A avut multe experiențe.

— De când e căsătorită? întrebă Dorian.

— De-o eternitate, spune ea. Cred că, după anuarul aristocrației, de vreo zece ani, dar zece ani cu Monmouth trebuie să fie o eternitate, cu timp cu tot. Cine mai vine?

— Oh, cei doi Willoughby, lordul Rugby și soția lui, gazda noastră, Geoffrey Clouston, echipa obișnuită. L-am invitat pe lordul Grotrian.

— Îmi place, spuse lordul Henry. Mulți nu-l plac, dar eu îl găsesc încântător. Își răscumpără păcatul de a fi din când în când prea împopoțonat prin acela de a fi ultra-educat. E un tip foarte modern.

— Nu știu dacă va putea să vină, Harry. S-ar putea să fie nevoit să meargă la Monte Carlo cu tatăl lui.

— Ah! ce pacoste sunt părinții! Încearcă să-l convingi să vină. À propos, Dorian, ai șters-o foarte devreme aseară. Ai plecat înainte de ora unsprezece. Ce ai făcut după aceea? Te-ai dus direct acasă?

Dorian se uită la el grăbit și se încruntă.

— Nu, Harry, spuse el în cele din urmă, n-am ajuns acasă decât în jur de ora trei.

— Te-ai dus la club?

— Da, răspunse el. Apoi își mușcă limba. Nu, n-am vrut să spun asta. Nu m-am dus la club. M-am plimbat. Nu mai știu ce-am făcut... Dar ce curios ești, Harry! Mereu vrei să știi ce fac alții. Eu vreau să uit mereu ceea ce fac. M-am întors la două și jumătate, dacă vrei să știi ora precisă. Îmi uitasem cheia de la ușa principală acasă și servitorul a trebuit să-mi deschidă. Dacă vrei o probă care să confirme această chestiune poți să-l întrebi.

Lordul Henry dădu din umeri.

— Dragă prietene, nici că-mi pasă! Hai să mergem în salon. Nu vreau sherry, mulțumesc, domnule Chapman. Ți s-a întâmplat ceva, Dorian. Spune-mi despre ce-i vorba. Nu ești în apele tale în seara asta.

— Nu mă lua în seamă, Harry. Sunt iritabil și enervat. Voi trece să te văd mâine sau poimâine. Scuză-mă față de lady Narborough. Nu mă voi duce sus. Mă voi duce direct acasă. Trebuie să mă duc acasă.

— E-n regulă, Dorian. Cred că ne vom vedea mâine la ceai. Vine și ducesa.

— Voi încerca să fiu acolo, Harry, spuse el, părăsind camera. În timp ce se îndrepta spre casă era conștient că acel simțământ al terorii pe care credea că-l sugrumase îi revenise. Întrebările întâmplătoare ale lordului Henry îl făcuseră să-și piardă siguranța o clipă și el dorea să-și mențină siguranța de sine. Lucrurile periculoase trebuiau distruse. Se crispă. Detesta chiar ideea de a le atinge.

Cu toate astea, acest lucru trebuia făcut. Își dădu seama că atunci când încuiase ușa bibliotecii, deschisese dulapul secret în care vârâse paltonul și geanta lui Basil Hallward. Un foc imens ardea. Mai puse o buturugă. Mirosul de haine arzând și piele în flăcări era oribil. Îi luă trei sferturi de oră să ardă tot. La sfârșit se simți slăbit și bolnav și, după ce aprinse niște pastile algeriene într-un vas de alamă pentru jăratic, își înmuie mâinile și fruntea în oțet răcoros, cu miros de mosc.

Brusc tresări. Ochii îi deveniră neobișnuit de strălucitori și își mușcă nervos buza de jos. Între cele două ferestre se afla un scrin mare, florentin, din abanos, cu intarsi de fildeș și lapis albastru. Îl privi de parcă era un obiect care ar putea fascina și speria, de parcă ar conține ceva râvnit nespus și, totuși, pe care aproape îl ura. Respirația i se acceleră. Îl cuprinse o dorință cumplită. Își aprinse o țigară apoi o aruncă. Pleoapele i se lăsară până când genele lungi îi atinseră aproape obrazul. Dar încă privea scrinul. În cele din urmă se ridică de pe sofaua pe care stătuse întins, se duse spre el și, după ce-l descuie, atinse un resort ascuns. Un sertar triunghiular ieși încet înafară. Degetele i se mișcară instinctiv spre el, se afundară și se apropiară de ceva. Era o cutiuță chinezească din lac negru stropit cu pulbere de aur, cu o decorație complicată, având pe laturi un model vălurit, cu șnururi de mătase de care atârnau cristale rotunde și ciucuri din fire metalice împletite. O deschise. Înăuntru era o pastă verde, cu lustru de ceară și cu un miros greu, persistent.

Ezită câteva clipe, cu un zâmbet ciudat de imobil pe față. Apoi, tremurând, deși aerul din cameră era încins, se opri și aruncă o privire la ceas. Era ora douăsprezece fără douăzeci. Puse cutia la loc, închizând ușile scrinului, și se duse în dormitor.

În timp ce miezul nopții bătea cu lovituri de bronz în aerul sumbru, Dorian Gray, îmbrăcat în haine de rând și cu un fular în jurul gâtului, se strecură încet din casă. În Bond Street găsi o trăsură cu un cal bun. O chemă și cu voce joasă îi dădu birjarului o adresă.

Omul dădu din cap.

— E prea departe pentru mine, rosti el.

— Ia o monedă de aur, spuse Dorian. Vei mai primi una dacă vei conduce repede.

— Prea bine, domnule, răspunse omul, veți fi acolo într-o oră și, după ce pasagerul urcă, birjarul întoarse trăsura și o luă iute spre fluviu.

Capitolul XVI

Începu o ploaie rece și felinarele aburite apăreau fantomatice în pânza de ceață. Cârciumile tocmai se închideau iar bărbați și femei cu contururi imprecise se înghesuiau în grupuri mici pe lângă ușile lor. Dintr-unul din baruri veni sunetul unui râs dezgustător. În altele, bețivii țipau și făceau tărăboi.

Așezat pe bancheta din spate a trăsurii, cu pălăria trasă pe ochi, Dorian Gray privea indiferent mizeria sordidă a marelui oraș și din când în când repeta ca pentru sine cuvintele pe care lordul Henry i le spusese în prima zi când se întâlniseră: „Să-ți vindeci sufletul prin simțuri și simțurile prin suflet". Da, acesta era secretul. Încercase adesea și va încerca și de data asta. Erau bârloguri în care se fuma opium, unde puteai să-ți cumperi uitarea, bârloguri ale ororii, unde amintirea vechilor păcate putea fi distrusă prin nebunia unora noi.

Luna atârna ca un craniu galben. Din când în când, câte un nor diform își întindea brațul lung peste ea și o ascundea. Felinarele se răreau iar străzile erau înguste și întunecoase. La un moment dat birjarul se rătăci și trebui să se întoarcă o jumătate de milă. Calul scotea aburi când călca în băltoace. Ferestrele laterale ale trăsurii erau astupate de vata cenușie a ceții.

„Să-ți vindeci sufletul prin simțuri și simțurile prin suflet!" Cum îi mai sunau cuvintele acestea în urechi! Sufletul lui, desigur, era bolnav de moarte. Să fie adevărat că simțurile pot fi vindecate? Fusese vărsat sânge nevinovat. Ce-l mai putea răscumpăra? Ah! pentru așa ceva nu exista răscumpărare; deși iertarea nu era posibilă, uitarea era încă posibilă și el era hotărât să uite, să elimine acel lucru, să zdrobească vipera care-l mușcase. Într-adevăr, cu ce drept i-a vorbit Basil așa cum o făcuse? Cine-l pusese judecător peste alții? Spusese lucruri îngrozitoare, oribile, de neîndurat.

Trăsura se opintea să înainteze, iar lui i se părea că merge tot mai încet. Scutură hamul și strigă la birjar să conducă mai repede. Foamea groaznică de opium începu să-l tortureze. Gâtul îi ardea și mâinile lui delicate se crispau nervos una în alta. Lovi calul nebunește cu bastonul. Birjarul râse și îi dădu bice. Îi răspunse cu un râs iar omul tăcu.

Drumul părea că nu se mai sfârșește iar străzile – ca pânza neagră a unui păianjen ce se tot întinde. Monotonia deveni insuportabilă și, pe măsură ce ceața se îndesea, începu să i se facă frică.

Apoi trecură pe lângă niște cărămidării singuratice. Ceața era mai ușoară aici și putu să vadă cuptoarele în formă de sticlă, cu limbile lor de foc asemenea evantaielor. Un câine lătră când trecură și, în depărtare, undeva în întuneric, țipă un pescăruș. Calul se împiedică într-un șanț, apoi sări în lături și o luă brusc la galop.

După o vreme ieșiră de pe drumul lutos și tropăiră din nou pe străzi prost pavate. Mai toate ferestrele erau întunecate, dar din când în când umbre fantastice apăreau pe obloanele luminate de lămpi. Le urmări curios. Se mișcau asemeni unor marionete monstruoase și gesticulau ca ființele vii. Le ura. În inima lui era o furie surdă. Pe când dădeau colțul, o femeie le strigă ceva din prag și doi bărbați alergară după trăsură cam o sută de metri. Birjarul pocni biciul spre ei.

Se spune că pasiunea te face să gândești în cerc. Desigur, printr-o reiterare hidoasă, buzele mușcate ale lui Dorian Gray au modelat și remodelat cuvintele despre suflet și simțuri, până când el a descoperit în ele deplina expresie, cum ar veni, a stării lui și au justificat, prin acordul intelectului, pasiuni care, și fără o asemenea justificare, tot i-ar fi dominat temperamentul. Unicul gând i se strecură din celulă în celulă și dorința nebună de a trăi, una dintre poftele cele mai teribile ale omului, dădu un imbold puternic fiecărei fibre, fiecărui nerv. Urâtul pe care îl detestase pentru că dădea realitate lucrurilor îi deveni drag din același motiv. Urâtul era singura realitate. Scandalul vulgar, bârlogul infect, violența brută a vieții dezordonate, chiar ticăloșia hoțului și omului paria erau mai vii sub imperiul intens al impresiei, decât formele grațioase ale artei, decât umbrele visătoare ale Cântecului. De ele avea nevoie pentru uitare. În trei zile va fi liber.

Brusc omul trase trăsura cu o smucitură la capătul unei alei. Deasupra acoperișurilor joase și coșurilor neregulate ale caselor se ridicau catargele negre ale vapoarelor. Înspre șantier se agățau rotocoale de ceață albă ca niște pânze fantomatice de corabie.

— Pe undeva pe-aici, domnule, așa-i? întrebă el cu asprime prin trapă.

Dorian tresări și scrută împrejurimile.

— E-n regulă, răspunse el, și, după ce coborî în grabă și-i dădu birjarului plata promisă, o luă repede în direcția cheiului. Ici și colo câte un felinar sclipea la pupa unui imens vas comercial. Lumina tremura și se descompunea în băltoace. O lumină roșie, orbitoare venea de la un vapor cu aburi îndreptat spre larg, care tocmai era alimentat cu cărbuni. Pavajul lipicios semăna cu un mackintosh ud.

O luă grăbit spre stânga, uitându-se din când în când îndărăt să vadă dacă nu este cumva urmărit. În șapte-opt minute ajunse la o casă mizeră, înghesuită între două fabrici pipernicite. La una dintre ferestrele de sus era o lampă. Se opri și bătu într-un anumit fel.

La scurtă vreme auzi pași în hol și lanțul care era dat la o parte. Ușa se deschise încet și el intră fără să spună o vorbă figurii bondoace și diforme care se lipi în umbră când el trecu mai departe. La capătul holului era atârnată o perdea verde, zdrențuită care se legăna și tremura în pala de vânt care intrase o dată cu el din stradă. El o trase la o parte și intră într-o încăpere lungă și joasă care părea a fi fost sală de dans de mâna a treia. Pe pereți se aflau becuri de gaz cu lumina tremurătoare, ascuțită care apărea plăpândă și deformată în oglinzile pătate de muște. În jurul becurilor erau apărători unsuroase din tablă arcuită, formând discuri tremurătoare de lumină. Podeaua era acoperită cu rumeguș ocru, pe alocuri înnoroiat și pătat de băuturile vărsate pe el. Câțiva malaiezieni se ghemuiau lângă o sobă de cărbune jucându-se cu fise de os, dezvelindu-și dinții albi în timp ce pălăvrăgeau. Într-un colț stătea un marinar întins peste masă, cu capul îngropat în mâini, iar lângă barul pictat vulgar, care se întindea pe o latură a încăperii, stăteau două femei cu fața descompusă care își băteau joc de un bătrân care își peria mânecile hainei cu o expresie dezgustată. „Crede că are furnici roșii pe el", râse una în momentul în care Dorian trecu pe lângă ele. Omul o privi terorizat și începu să scâncească.

La capătul încăperii era o mică scară care ducea spre o cameră întunecată. În timp ce Dorian se grăbi să urce cele trei trepte șubrede, îl întâmpină mireasma grea de opium. Inspiră adânc și nările îi tremurară de plăcere. Când intră, un tânăr cu părul blond, moale, care sta aplecat asupra unei lămpi, aprinzându-și o pipă subțire, se uită la el și dădu din cap ezitant.

— Tu aici, Adrian? rosti Dorian.

— Unde altundeva să fiu? răspunse el apatic. Niciunul din băieți nu mai vrea să vorbească acum cu mine.

— Credeam că ai părăsit Anglia.

— Darlington nu va mai face nimic. Fratele meu a plătit în cele din urmă polița. Nici George nu-mi vorbește... Nu-mi pasă, adăugă el oftând. Cât ai chestia asta, n-ai nevoie de prieteni. Cred că am avut prea mulți prieteni.

Dorian se crispă și se uită în jur la creaturile grotești care zăceau în poziții fantastice pe saltele zdrențuite. Membrele răsucite, gurile căscate și ochii holbați, fără strălucire îl fascinau. Știa în ce stranii ceruri sufereau și ce iaduri mohorâte îi învățau secretul unei bucurii noi. Stăteau mai bine decât el. El era încătușat în gânduri. Amintirea, asemenea unei maladii oribile, îi rodea sufletul. Când și când i se păru că vede ochii lui Basil Hallward privindu-l. Și totuși simți că nu poate rămâne acolo. Prezența lui Adrian Singleton îl tulbura. Dorea să fie într-un loc în care nimeni să nu știe cine e. Dorea să fugă de el însuși.

— Mă duc în altă parte, spuse el, după o pauză.

— La debarcader?

— Da.

— Pisica nebună e acolo mai mult ca sigur. Acum nu o mai primesc aici.

Dorian dădu din umeri.

— Sunt sătul de femeile care iubesc. Femeile care urăsc sunt mai interesante. Pe lângă asta, marfa e mai bună.

— Nu-i mare diferență.

— Mie îmi place mai mult. Hai să bem ceva. Trebuie să beau neapărat ceva.

— Eu nu vreau nimic, murmură tânărul.

— N-are importanță.

Adrian Singleton se ridică istovit și-l urmă pe Dorian la bar. Un metis cu turban trențăros și palton ponosit îi salută cu un rânjet în timp ce propti o sticlă de brandy și două pahare în fața lor. Femeile se furișară și începură să trăncănească. Dorian le întoarse spatele și-i spuse ceva cu voce scăzută lui Adrian Singleton.

Un zâmbet strâmb, ca un pumnal malaiezian, zvâcni crispat pe fața uneia dintre femei.

— Ne ținem mândru în seara asta, spuse ea sarcastic.

— Pentru Dumnezeu, nu-mi vorbi, strigă Dorian bătând cu piciorul în podea. Ce vrei? Bani? Poftim. Să nu mai vorbești niciodată cu mine.

În ochii abrutizați ai femeii luciră două scântei roșii care apoi se stinseră lăsându-i opaci și sticloși.

Smuci capul și mătură monedele de pe tăblia barului cu mâinile nesățioase. Tovarășa ei o urmărea cu invidie.

— N-are rost, oftă Adrian Singleton. Nu mă gândesc să mă întorc și nu-mi pasă. Ce contează? Sunt destul de fericit aici.

— O să-mi scrii dacă dorești ceva, nu-i așa? îi spuse Dorian după o pauză.

— Probabil.

— Noapte bună, atunci.

— Noapte bună, răspunse tânărul, urcând treptele și ștergându-și gura uscată cu o batistă.

Dorian se îndreptă spre ușă cu o expresie de durere pe față. Când dădu perdeaua la o parte un râs hidos izbucni din gura cu buzele vopsite a femeii care îi luase banii.

— Iote că pleacă, tocmitul dracului! sughiță ea cu o voce răgușită.

— Fir-ar tu să fii! răspunse el, nu-mi mai spune așa.

Ea își pocni degetele.

— Făt-Frumos, așa îți place să ți se spună, nu-i așa? țipă ea după el.

Marinarul somnoros sări în picioare când ea rosti aceste cuvinte și se uită furios în jur. Auzi sunetul ușii care se închidea. Se repezi afară de parcă ar fi pornit în urmărire.

Dorian Gray pășea grăbit de-a lungul cheiului prin ploaia măruntă. Întâlnirea cu Adrian Singleton îl mișcase într-un mod straniu și se întreba dacă distrugerea acelei vieți tinere trebuie pusă într-adevăr în cârca lui, cum îi reproșase Basil Hallward atât de infam. Își mușcă buzele și o clipă ochii i se întristară. Totuși, la urma urmelor, ce importanță avea pentru el? Viața era prea scurtă pentru a lua povara greșelii altora pe umerii lui. Fiecare își trăia propria viață și plătea singur prețul. Era păcat însă că trebuie să plătești atât de des pentru o singură greșeală. Trebuie să plătești iar și iar. Destinul nu-și încheie niciodată socotelile cu omul.

Psihologii ne spun că există momente în care pasiunea față de păcat sau după ceea ce lumea numește păcat domină în asemenea măsură o natură umană încât fiecare fibră a trupului, cum și fiecare celulă a creierului, pare a fi pătrunsă de porniri înfricoșătoare. În asemenea momente, bărbații și femeile își pierd liberul arbitru și se îndreaptă spre deznodământul teribil asemenea unor mecanisme. Li se lua posibilitatea alegerii, iar conștiința e fie ucisă, fie, dacă mai trăiește, trăiește doar pentru a da fascinație revoltei și farmec nesupunerii. Când din ceruri a căzut acel spirit înalt, acel luceafăr al răului, a căzut de fapt un rebel.

Insensibil, concentrat asupra răului, cu mintea întinată și sufletul flămând de revoltă, Dorian Gray mergea mai departe în grabă, mărindu-și pașii, dar, cum intră repede alături, într-un gang întunecat care adesea îi servise drept scurtătură spre locul rău-famat către care se îndrepta, simți brusc că e prins zdravăn de spate și, înainte de a avea timp să se apere, fu azvârlit la zid de o mână brutală care îl prinsese de gât.

Se luptă nebunește să supraviețuiască și cu un efort teribil se smulse din strânsoarea degetelor. Peste o secundă auzi țăcănitul unui revolver și văzu sclipirea unei țevi lucioase îndreptându-i-se spre cap și conturul întunecat al unui om scund, bine legat.

— Ce vrei? spuse el convulsiv.

— Stai blând, spuse omul. Dacă te miști, te împușc.

— Ești nebun. Ce ți-am făcut?

— Ai nenorocit viața lui Sibyl Vane, veni răspunsul, și Sibyl Vane a fost sora mea. S-a omorât. Tu ești de vină. Am jurat că o să te omor. Ani de zile te-am căutat. N-aveam nici un indiciu, nici o urmă. Cei doi oameni care te puteau descrie erau morți. Nu știam nimic despre tine în afară de numele cu care te alinta. L-am auzit din întâmplare în seara asta. Împacă-te cu Dumnezeu pentru că în seara asta vei muri.

Lui Dorian Gray i se făcu rău de frică.

— N-am cunoscut-o niciodată, se bâlbâi el. N-am auzit niciodată de ea. Ești nebun.

— Mai bine ți-ai mărturisi păcatul, căci pe cât de sigur sunt că mă cheamă James Vane pe atât de sigur sunt că vei muri. A urmat un moment penibil. Dorian Gray nu știa ce să spună sau ce să facă. În genunchi! mârâi omul. Îți dau un minut să te reculegi - nu mai mult. În seara asta mă îmbarc spre India și trebuie să-mi fac datoria mai întâi. Un minut, atât.

Brațele lui Dorian căzură în lături. Paralizat de teroare, nu știa ce să facă. Brusc o speranță nebună îi traversă creierul.

— Oprește-te, strigă el. De când a murit sora ta? Hai, repede, spune-mi!

— De optsprezece ani, spuse omul. De ce mă întrebi? Ce contează anii?

— De optsprezece ani, râse Dorian Gray, cu o undă de triumf în voce. Optsprezece ani! Du-mă sub felinar și uită-te la fața mea!

James Vane ezită o clipă, neînțelegând ce vrea să însemne totul. Apoi îl înșfăcă pe Dorian Gray și îl târî afară, dincolo de gang.

Difuză și pâlpâitoare cum era lumina în bătaia vântului, tot îl ajută să-i arate teribila greșeală în care căzuse, după toate aparențele, căci fața omului pe care încercase să-l omoare avea întipărită pe ea floarea adolescenței, puritatea neîntinată a tinereții. Părea a fi un flăcău de douăzeci de primăveri, nu mai în vârstă, nici măcar atât, decât fusese sora lui atunci când se despărțiseră cu atâția ani în urmă. Era evident că nu acesta era omul care îi distrusese viața.

Își slăbi strânsoarea și se dădu înapoi clătinându-se.

— Dumnezeule, Dumnezeule! strigă el, și te-aș fi ucis pe dumneata!

Dorian Gray respiră adânc.

— Ai fost pe punctul de a comite o crimă teribilă, omule, spuse el, privindu-l fix. Să fie asta un avertisment ca de acum înainte să nu iei în mâinile tale răzbunarea.

— Iertați-mă, domnule, rosti James Vane. M-am lăsat înșelat. O vorbă întâmplătoare pe care am auzit-o în bârlogul ăla blestemat m-a pus pe un drum greșit.

— Mai bine te-ai duce acasă și ai arunca pistolul acela, că s-ar putea să dai de necaz, spuse Dorian răsucindu-se pe călcâie și luând-o încet în josul străzii.

James Vane rămase pe trotuar îngrozit. Tremura din creștet până-n tălpi. După o vreme o umbră neagră, care se târâse de-a lungul zidului ud de ploaie, ieși la lumină și se apropie de el cu pași furișați. Simți o mână pe braț și se întoarse cu o tresărire. Era una dintre femeile care beau la bar.

— De ce nu l-ai omorât? șuieră ea, apropiindu-și fața descompusă de a lui. Știam că-l urmărești când ai zbughit-o din Daly. Prostule! Ar fi trebuit să-l omori. Are o mulțime de bani și e rău de tot.

— Nu-i omul pe care-l caut, răspunse el, și eu nu vreau banii nimănui. Vreau viața unui om. Omul pe care-l caut trebuie să aibă acum aproape patruzeci de ani. Ăsta n-are mai mult de douăzeci de ani. Mulțumescu-ți, Doamne, că nu mi-am pătat mâinile cu sângele lui.

Femeia râse amar.

— N-are mai mult de douăzeci de ani! rânji ea. Cum, omule, sunt aproape optsprezece ani de când Făt-Frumos a făcut din mine ce sunt.

— Minți! strigă James Vane.

Ea ridică mâna spre cer.

— Îți spun adevărul în fața lui Dumnezeu, strigă ea.

— Înaintea lui Dumnezeu?

— Să-mi tai limba dacă nu-i așa. E cel mai rău din cei care vin pe-aici. Se spune că s-a vândut diavolului pentru un chip frumos. Sunt aproape optsprezece ani de când l-am întâlnit. Nu s-a schimbat mai deloc de atunci. Eu, da, adăugă ea, trăgându-i o ocheadă grețoasă.

— Juri?

— Jur, veni ecoul hodorogit din gura ei făcută pungă. Dar nu mă spune, se văicări ea. Mi-e frică de el. Dă-mi niște bani să-mi găsesc un adăpost în noaptea asta.

El se smulse de lângă ea cu o înjurătură și alergă spre colțul străzii, dar Dorian Gray dispăruse. Când se uită în urmă, și femeia se topise.

Capitolul XVII

O săptămână mai târziu Dorian Gray stătea în sera de la Selby Royal, discutând cu frumoasa ducesă de Monmouth care, împreună cu soțul ei, un bărbat palid de șaizeci de ani, cu figura istovită, se număra printre oaspeții lui. Era ora ceaiului și lumina blândă a imensei lămpi cu abajur de dantelă care stătea pe masă lumina porțelanul delicat și argintul bătut al serviciului mânuit de ducesă. Mâinile ei se mișcau delicat printre cești și buzele ei roșii zâmbeau la ceva ce îi șoptise Dorian. Lordul Henry stătea în scaunul de răchită acoperit cu mătase și-i privea. Pe un divan de culoarea piersicii stătea lady Narborough prefăcându-se că ascultă cum ducele îi descrie ultimul gândac brazilian pe care îl adăugase colecției lui. Trei tineri în costume de interior cu o tăietură complicată întindeau prăjituri de ceai doamnelor. Erau cu toții doisprezece și mai așteptau să vină câțiva în ziua următoare.

— Despre ce vorbiți voi doi? spuse lordul Henry mergând fără grabă spre masă și punându-și ceașca jos. Gladys, sper că Dorian ți-a povestit despre planul meu de a reboteza totul. E o idee încântătoare.

— Harry, dar eu nu vreau să fiu rebotezată, replică ducesa, privind spre el cu ochii ei minunați. Sunt destul de satisfăcută de propriul meu nume și sunt sigură că domnul Gray probabil că e satisfăcut cu al lui.

— Draga mea Gladys, n-aș schimba nici unul dintre nume pentru nimic în lume. Ambele sunt perfecte. Mă gândeam în primul rând la flori. Ieri am tăiat o orhidee pentru butonieră. Era un obiect pătat, minunat, la fel de impresionant precum cele șapte păcate capitale. Într-un moment de uitare l-am întrebat pe unul dintre grădinari cum se numește. El mi-a spus că e un exemplar frumos de *Robinsoniana* sau ceva oribil de genul ăsta. E un adevăr trist, dar am pierdut acea facultate de a da nume frumoase lucrurilor. Numele reprezintă totul. Nu intru în dispută cu acțiunile. Singura mea dispută se leagă de cuvinte. Din acest motiv urăsc realismul vulgar din literatură. Omul care spune sapei sapă* ar trebui să fie obligat să o folosească. E singurul lucru pentru care e potrivit.

— Atunci cum ar trebui să-ți spunem, Harry? întrebă ea.

— Numele lui este Prințul Paradox, spuse Dorian.

— Îl recunosc dintr-o clipire, exclamă ducesa.

— Nici nu vreau să aud așa ceva, râse lordul Henry, cufundându-se într-un scaun. Nu poți scăpa de o etichetă! Refuz titlul.

— Figurile princiare nu au voie să abdice, veni răspunsul ca un avertisment de pe buzele frumoase.

— Vreți să-mi apăr tronul deci?

— Da.

— Ofer în schimb adevărurile de mâine.

— Prefer greșelile de azi, răspunse ea.

— Mă dezarmezi, Gladys, strigă el, sesizându-i încăpățânarea.

— Îți iau scutul, Harry, nu lancea.

— Nu port lupte imaginare cu Frumusețea, spuse el, cu o mișcare a mâinii.

— Asta-i greșeala ta, Harry, crede-mă. Apreciezi mult prea mult frumusețea.

— Cum poți spune așa ceva? Cred că e mai bine să fii frumos decât bun. Dar, pe de altă parte, nimeni nu-i mai pregătit decât mine să accepte că e mai bine să fii bun decât urât.

---

* În română, expresia „to call a spade a spade" e tradusă prin „a spune lucrurilor pe nume" care, în acest context, nu poate fi folosită profitabil pentru că nu reține jocul de cuvinte intenționat de O. Wilde (n.tr.).

— Atunci urâţenia e unul dintre cele şapte păcate capitale, strigă ducesa. Ce se alege din zâmbetul tău în faţa orhideei?

— Urâţenia e una dintre cele şapte virtuţi capitale, Gladys. Tu, ca o vrednică Tory, nu trebuie să le subestimezi. Berea, Biblia şi cele şapte virtuţi capitale au făcut Anglia să fie ce este azi.

— Nu-ţi place ţara noastră deci? întrebă ea.

— Trăiesc în ea.

— Pentru a o cenzura cu atât mai bine.

— Vrei să adopt verdictul Europei despre Anglia?

— Ce spun ei despre noi?

— Că Tartuffe a emigrat în Anglia şi şi-a deschis un magazin.

— Îţi aparţine, Harry?

— Ţi-l fac cadou.

— N-aş putea să-l folosesc, e prea adevărat.

— Nu-i cazul să te temi. Concetăţenii noştri nu recunosc niciodată o descriere.

— Sunt practici.

— Sunt mai mult şireţi decât practici. Când îşi fac socotelile, pun în balanţă prostia cu bogăţia şi viciul cu ipocrizia.

— Totuşi, am realizat lucruri mărețe.

— Am fost forţaţi să acceptăm aceste lucruri mărețe.

— Le-am dus în spate.

— Nu mai departe de Bursă.

Îşi scutură capul.

— Eu cred în rasă, strigă ea.

— Reprezintă supravieţuirea celor care dau din coate.

— Se dezvoltă.

— Decăderea mă fascinează mai mult.

— Ce crezi despre Artă? întrebă ea.

— E o boală.

— Dragostea?

— O iluzie.

— Religia?

— Surogatul la modă al Credinţei.

— Ești sceptic.
— Niciodată! Scepticismul e începutul Încrederii.
— Cum ești tu?
— A defini înseamnă a limita.
— Dă-mi un indiciu.
— Ațele se rup. Te-ai rătăci în labirint.
— Mă zăpăcești. Hai să vorbim despre altcineva.
— Gazda noastră e un subiect încântător. Cu ani în urmă a fost botezat Făt-Frumos.
— Ah! nu-mi aminti despre asta, strigă Dorian Gray.
— Gazda noastră e cam urâcioasă în seara asta, răspunse ducesa prinzând culoare în obraji. Cred că e convins că Monmouth s-a însurat cu mine din motive pur științifice, fiind cel mai bun specimen din categoria fluturilor moderni pe care l-a putut găsi.
— Ei bine, sper că nu te va prinde în ace, ducesă, râse Dorian.
— Oh! servitoarea deja face acest lucru, domnule Gray, când o enervez.
— Și ce o enervează la dumneavoastră, ducesă?
— Lucrurile cele mai nesemnificative, domnule Gray, te asigur. De obicei pentru că vin la nouă fără zece și îi spun că trebuie să fiu îmbrăcată până la ora opt și jumătate.
— Ce neînțelegătoare e! Ar trebui să-i dai un avertisment.
— N-aș îndrăzni, domnule Gray. Îmi inventează pălării. Ți-o amintești pe aceea pe care am purtat-o la garden-party-ul dat de lady Hilstone? Nu, dar e drăguț din partea dumneata să pretinzi că-ți amintești. Ei bine, a făcut-o din nimic. Toate pălăriile bune se fac din nimic.
— Ca toate bunele reputații, Gladys, o întrerupse lordul Henry. Orice efect produs îți creează un dușman. Pentru a fi popular trebuie să fii o mediocritate.
— Nu și în cazul femeilor, spuse ducesa clătinând capul, și femeile conduc lumea. Te asigur că noi nu putem suporta mediocritățile. Noi, femeile, cum

spune cineva, iubim cu urechile, după cum voi, bărbații, iubiți cu ochii, dacă sunteți în stare să iubiți.

— Mie mi se pare că nu facem niciodată altceva, murmură Dorian.

— Ah! atunci nu iubiți cu adevărat, domnule Gray, răspunse ducesa cu o notă de falsă tristețe.

— Draga mea Gladys! strigă lordul Henry. Cum poți spune așa ceva? Povestea de dragoste trăiește prin repetiție, iar repetiția convertește apetitul în artă. În afară de asta, ori de câte ori iubim, iubim pentru prima oară. Diferența existentă între obiectele pasiunii nu modifică unicitatea pasiunii. Nu face decât s-o accentueze. În viață nu avem decât cel mult o mare experiență și secretul vieții e de a reproduce acea experiență pe cât de des posibil.

— Chiar atunci când te-a rănit, Harry? întrebă ducesa după o scurtă pauză.

— Mai cu seamă atunci când ai fost rănit, răspunse lordul Henry.

Ducesa se întoarse și se uită la Dorian Gray cu o expresie stranie în ochi.

— Ce ziceți despre toate astea, domnule Gray? întrebă ea.

Dorian ezită o clipă. Apoi își dădu capul pe spate și râse.

— Sunt de acord cu Harry, ducesă.

— Chiar atunci când nu are dreptate?

— Harry nu se înșală niciodată, ducesă.

— Și filosofia lui vă face fericit?

— N-am căutat niciodată fericirea. Cine are nevoie de fericire? Am căutat plăcerea.

— Și ați găsit-o, domnule Gray?

— Adesea. Mult prea des.

Ducesa oftă.

— Eu sunt în căutarea liniștii, spuse ea, și dacă nu mă voi duce să mă îmbrac, nu voi avea parte de ea în seara asta.

— Dați-mi voie să vă aduc o orhidee, ducesă, strigă Dorian, ridicându-se în picioare și ducându-se spre seră.

— Flirtezi într-un mod absolut dizgrațios cu el, îi spuse lordul Henry verișoarei lui. Ar trebui să fii mai prudentă. E foarte fascinant.

— Dacă n-ar fi, n-ar exista nici o bătălie.

— Grecul îl înfruntă pe grec?

— Eu sunt de partea troienilor. Ei au luptat pentru o femeie.

— Au fost înfrânți.

— Sunt lucruri mai rele decât capturile, răspunse ea.

— Ai pornit în galop fără să ții frâiele bine strânse.

— Ritmul dă viață, veni *riposta*.

— Voi scrie asta în jurnalul meu diseară.

— Ce?

— Că unui copil care s-a fript îi place focul.

— Nici măcar nu m-am pârlit. Aripile îmi sunt neatinse.

— Atunci le folosești pentru orice în afara zborului.

— Curajul a trecut de la bărbați la femei. E o nouă experiență pe care o trăim.

— Ai o rivală.

— Cine?

El râse.

— Lady Narborough, șopti el. Îl adoră fără reținere.

— Mă faci să am temeri. Apelul la Antichitate este fatal pentru noi, romanticele.

— Romantice! Aveți la-ndemână toate metodele științei.

— Bărbații ne-au educat.

— Dar nu v-au explicat.

— Ne-au descris ca sex, îl provocă ea.

— Sfincși fără secrete.

Se uită la el zâmbind.

— Ce mult întârzie domnul Gray! spuse ea. Să mergem să-l ajutăm. Nu i-am spus ce culoare are rochia mea.

— Ah! neapărat trebuie să-ți asortezi rochia la florile lui, Gladys.

— Ar însemna o capitulare prematură.

— Arta romantică începe cu punctul ei culminant.

— Trebuie să păstrez o marjă de retragere.

— În maniera parților.

— Ei s-au pus la adăpost în deșert. Eu nu aș putea.

— Nu întotdeauna li se permite femeilor să aleagă, răspunse el, dar nici nu-și termină bine propoziția, că din capătul serei se auzi un geamăt înăbușit, urmat de sunetul surd al căderii unui corp greu. Toți tresăriră. Ducesa rămase nemișcată și îngrozită. Și, cu teamă în ochi, lordul Henry se repezi printre palmierii care se legănau și-l găsi pe Dorian zăcând cu fața în jos pe pardoseala de ceramică într-un leșin vecin cu moartea.

A fost dus de îndată în salonul albastru și întins pe o sofa. La scurt timp își reveni și se uită în jur cu o expresie de stupefacție.

— Ce s-a întâmplat? întrebă el. Oh! îmi amintesc. Sunt în siguranță aici, Harry? Începu să tremure.

— Dragul meu Dorian, răspunse lordul Henry, ai leșinat, atâta tot. Probabil că te-ai obosit prea mult. Ai face mai bine să nu cobori la cină. Îți voi ține eu locul.

Dorian se duse în camera lui și se îmbrăcă. Când se așeză la masă, în felul lui de comportare era o veselie de o nesăbuință nebună, dar din când în când un fior de teroare îl traversa când își amintea că văzuse fața lui James Vane lipită de fereastra serei, ca o batistă albă.

Capitolul XVIII

Ziua următoare nu părăsi casa; petrecu mare parte a timpului în camera lui, pradă unei spaime cumplite de moarte și, totuși, indiferent față de viață. Conștiința faptului de a fi vânat, prins în cursă, depistat, începuse să-l domine. Dacă tapiseria abia tremura în bătaia vântului, el dintr-o dată era străbătut de un tremur puternic. Frunzele moarte care se lipeau de ochiurile de geam îi păreau a fi propriile hotărâri irosite și regretele lui imense. Când închidea ochii vedea din nou fața marinarului privind iscoditor prin geamul încețoșat și groaza părea a-i cuprinde din nou inima.

Poate că doar fantezia lui chemase răzbunarea din noapte și-i pusese în față formele hidoase ale pedepsei. Viața reală era haos, imaginația avea în ea ceva teribil de logic. Numai imaginația punea remușcarea pe urmele păcatului. Numai imaginația făcea astfel ca fiecare crimă să-și poarte melancolia ei diformă. În lumea obișnuită, factuală, cei răi nu sunt pedepsiți și nici cei buni răsplătiți. Cei puternici se bucură de succes, iar cei slabi duc povara eșecului. Asta-i tot. În afară de asta, dacă un străin ar fi dat târcoale casei, ar fi fost văzut de servitori sau paznici. Dacă s-ar fi găsit urme de pași pe straturile de flori, grădinarii i-ar fi raportat. Da, nu fusese decât o simplă închipuire. Fratele lui Sibyl Vane nu se întorsese să-l omoare. Plecase cu vaporul să se scufunde în vreo mare înghețată. În orice caz, din partea lui era în siguranță. Omul nu știa cine e el, nu putea ști cine e. Masca tinereții îl salvase.

Și totuși, dacă nu fusese decât o iluzie, cât de groaznic era să se tot gândească la faptul că doar conștiința produce fantome atât de înfricoșătoare, le dă formă vizibilă și le face să se miște în fața ta! Ce fel de viață ar mai duce, dacă zi și noapte, fantomele crimelor lui s-ar uita la el iscoditor din colțuri tăcute, dacă și-ar râde de el din lucruri ascunse, dacă i-ar șopti în ureche în timp ce el se află la vreun banchet, dacă l-ar trezi cu degete reci în timp ce doarme! Fața lui pălea de teroare pe măsură ce gândul acesta i se strecura în creier și i se păru că aerul s-a răcit brusc. Oh! în ce ceas de nebunie își ucisese prietenul! Ce înspăimântătoare era până și amintirea acelei scene! Revăzu iarăși totul. Fiecare detaliu odios îi reveni cu oroare sporită. Din peștera neagră a Timpului, teribilă și învăluită în culori stacoji, îi apărea imaginea păcatului. Când lordul Henry intră în cameră la ora șase, îl găsi plângând ca unul a cărui inimă se va topi de durere.

De abia a treia zi se aventură afară. Ceva din aerul acela curat, cu miros de brad, al dimineții îi readucea buna-dispoziție și dorința de viață. Dar nu doar datele fizice ale mediului produseseră acea schimbare. Însăși firea lui se revoltase împotriva excesului de tortură care încercase să-l mutileze și să-i distrugă calmul perfect. Mereu se întâmplă astfel cu temperamentele subtile sau delicat alcătuite. Pasiunile puternice trebuie că fie macină, fie subjugă. Fie ucid omul, fie mor ele însele. Durerile superficiale și iubirile superficiale continuă să trăiască. Iubirile și durerile cu adevărat mari sunt distruse de propria lor plenitudine. În afară de asta, se autoconvinsese că fusese victima imaginației cuprinse de teroare, iar acum privea înapoi la propriile temeri cu o oarecare milă și cu nu mai puțin dispreț.

După micul dejun se plimbă cam o oră cu ducesa prin grădină și apoi merse cu șareta prin parc pentru a se alătura partidei de vânătoare. Gheața sfărâmicioasă stătea pe iarbă asemenea cristalelor de sare. Cerul era o cupă din metal albastru răsturnată. O pojghiță subțire de gheață mărginea lacul neted încărcat de trestii.

În colțul pădurii de pini îl zări pe sir Geoffrey Clouston, fratele ducesei, azvârlind două cartușe folosite din pușcă. Sări din șaretă și, după ce-i spuse grăjdarului să ducă iapa acasă, își croi drum spre oaspetele lui prin ferigile uscate și tufele aspre.

— Ai avut parte de ceva vânat, Geoffrey? întrebă el.

— Nu prea, Dorian. Cred că mare parte a păsărilor s-au dus spre câmp. Aș zice că va fi mai bine după prânz, când vom ajunge în alte locuri.

Dorian merse alături de el. Aerul tare, aromat, luminile cafenii și roșii care sclipeau prin pădure, țipetele răgușite ale hăitașilor, răsunând când și când, și pocniturile ascuțite ale puștilor care le urmau îl fascinau și-l umpleau cu un simțământ încântător de libertate. Se afla sub imperiul stării de nepăsare, proprie fericirii, al indiferenței superioare, proprie bucuriei.

Brusc, dintr-o moviliță acoperită de iarbă, la vreo douăzeci de metri în fața lor apăru un iepure cu vârfurile negre ale urechilor lungi și membrele din spate împingând înainte. O luă la fugă pentru a ajunge la un desiș de anini. Sir Geoffrey își puse pușca pe umăr, dar ceva din grația mișcărilor animalului îl vrăji în mod straniu pe Dorian Gray, care strigă imediat: „Nu-l împușca, Geoffrey. Lasă-l să trăiască”.

— Ce prostie, Dorian! râse tovarășul lui și, în timp ce iepurele sărea în desiș, el trase. Se auziră două strigăte, strigătul unui iepure în chinuri, care e groaznic, și strigătul unui om în agonie, care e și mai groaznic.

— Cerule! Am lovit un hăitaș! exclamă sir Geoffrey. Ce prostovan a mai fost și omul ăsta că s-a pus tocmai în bătaia puștii! Ei, opriți împușcăturile! strigă el cât putu de tare. E un om rănit aici.

Paznicul șef veni alergând, având în mână un băț.

— Unde domnule? Unde-i? țipă el. În același timp împușcăturile încetară.

— Aici, răspunse sir Geoffrey furios, grăbindu-se spre desiș. De ce naiba nu-ți ții oamenii în spate? Mi-ai stricat vânătoarea pe ziua de azi.

Dorian îi urmări cum se afundau în desișul de anini, frecându-se de mlădițe, dând ramurile la o parte. Apărură din nou peste câteva momente, târând după ei la lumină un trup. Se întoarse oripilat. Ghinionul părea că-l urmează pretutindeni. Auzi cum sir Geoffrey întreabă dacă omul e cu adevărat mort și apoi răspunsul afirmativ al paznicului. I se păru că brusc pădurea se umple de fețe. Se auzea sunetul pașilor a miriade de picioare care călcau în jur și zumzetul jos al vocilor. Un fazan cu pieptul de aramă veni bătându-și aripile prin ramurile de sus.

După câteva momente, care pentru el, în starea de neliniște în care se afla, părură ore nesfârșite, simți o mână pe umăr. Tresări și privi în jur.

— Dorian, spuse lordul Henry, aș zice să le spun că vânătoarea încetează pe ziua de azi. N-ar fi bine dacă ar continua.

— Aș prefera să înceteze pentru totdeauna, Harry, răspunse el cu amărăciune. Totul e hidos și crud. E omul...?

Nu putu să-și sfârșească propoziția.

— Așa mă tem, replică lordul Henry. A fost împușcat în piept. Probabil că a murit pe loc. Vino, hai să mergem acasă.

Merseră împreună spre aleea principală cam cincizeci de metri fără să vorbească. Apoi Dorian se uită la lordul Henry și spuse, cu un suspin adânc:

— E de rău augur, Harry, e un semn foarte rău.

— Ce? întrebă lordul Henry. Oh, accidentul acesta, bănuiesc. Dragă prietene, n-ai ce-i face. A fost vina omului. De ce se pune în fața puștilor? În afară de asta, pentru noi nu reprezintă absolut nimic. Desigur, e neplăcut pentru Geoffrey. Nu-i bine pentru hăitașii împroșcați cu gloanțe. Oamenii vor crede că e vorba de vreun mare țintaș. Și Geoffrey nu-i; trage foarte drept, asta-i tot. Dar n-are rost să discutăm această problemă.

Dorian clătină capul.

— E un semn rău, Harry. Simt de parcă un lucru oribil ar urma să ni se întâmple unuia dintre noi. Mie, poate, adăugă el, trecându-și mâna peste ochi cu o expresie de durere.

Bărbatul mai vârstnic râse.

— Singurul lucru oribil din lume este starea de *ennui*, Dorian. Acesta este păcatul pentru care nu există iertare. Dar nu vom trece prin această stare dacă acești tipi nu vor continua să discute despre afacerea asta la cină. Trebuie să le spun că subiectul e tabu. În privința semnelor rele – nu există așa ceva. Destinul nu ne trimite heralzi. E prea inteligent sau prea crud pentru asta. Mai mult, ce naiba ți se poate întâmpla, Dorian? Ai tot ce-și poate dori cineva pe lume. Nu există cineva care să nu dorească să-ți ia locul.

— Nu e cineva cu care eu să nu doresc să-mi schimb locul, Harry. Nu râde așa. Îți spun adevărul. Nenorocitul de țăran care a murit e mai fericit decât mine. Nu mi-e teamă de Moarte. Venirea Morții mă înspăimântă. Aripile ei monstruoase par să se rotească în aerul de plumb din jurul meu. Cerule! nu vezi un om care se mișcă în spatele copacilor, urmărindu-mă, așteptându-mă?

Lordul Henry se uită în direcția arătată de mâna înmănușată, tremurătoare.

— Da, spuse el zâmbind, îl văd pe grădinar așteptându-te. Presupun că vrea să te întrebe ce flori dorești să ai pe masă în seara asta. Ești absurd de nervos, dragă prietene! Când ne vom întoarce în oraș trebuie să te duci la doctorul meu pentru un consult.

Dorian respiră ușurat când îl văzu pe grădinar apropiindu-se. Omul duse mâna la pălărie, se uită o clipă, ezitând, spre lordul Henry, apoi scoase o scrisoare pe care i-o dădu stăpânului său.

— Înălțimea Sa mi-a spus să aștept răspunsul, murmură el.

Dorian puse scrisoarea în buzunar.

— Spune-i Înălțimii Sale că vin înăuntru acum, rosti el cu răceală. Omul se întoarse și o porni repede spre casă.

— Cât de mult le place femeilor să facă lucruri periculoase! râse lordul Henry. Este una dintre calitățile pe care le admir cel mai mult la ele. O femeie va flirta cu te miri cine atâta timp cât există cineva pe margine care să privească.

— Ce mult îți place să spui lucruri periculoase, Harry! În cazul de față te înșeli. Îmi place ducesa foarte mult, dar nu o iubesc.

— Iar ducesa te iubește foarte mult, dar te place mai puțin, așa că vă potriviți de minune.

— Acum bârfești, Harry, și aici n-ai nici un temei solid de bârfă.

— Temeiul solid al oricărei bârfe este o certitudine imorală, spuse lordul Henry, aprinzându-și o țigară.

— Ai sacrifica pe oricine, Harry, de dragul unui paradox.

— Lumea merge la altar de bunăvoie, veni răspunsul.

— Mi-aș dori să iubesc, strigă Dorian Gray, cu o adâncă notă de patos în voce. Dar se pare că am pierdut pasiunea și am uitat dorința. Mă concentrez prea mult asupra mea. Propria mea personalitate mi-a devenit o povară. Vreau să scap, să plec, să uit. A fost o prostie din partea mea să vin aici. Cred că-i voi trimite o telegramă lui Harvey să pregătească iahtul. Pe iaht ești în siguranță.

— În siguranță față de ce, Dorian? Ai o problemă. De ce nu-mi spui despre ce-i vorba? Știi că te-aș ajuta.

— Nu-ți pot spune, Harry, răspunse el trist. Și cred că-i doar o închipuire de-a mea. Acest accident nefericit m-a dat peste cap. Am un presentiment oribil că un lucru de acest gen mi s-ar putea întâmpla mie.

— Ce absurditate!

— Sper să fie așa, dar nu mă pot reține să nu simt acest lucru. Ah! iat-o pe ducesă arătând ca

Artemisa într-un veșmânt făcut la croitor. Vedeți că ne-am întors, ducesă.

— Am auzit tot ce s-a întâmplat, domnule Gray, răspunse ea. Sărmanul Geoffrey este teribil de întors pe dos. Și se pare că l-ați rugat să nu împuște iepurele. Ce curios!

— Da, a fost foarte curios. Nu știu ce m-a făcut să spun asta. Vreun capriciu, presupun. Părea cea mai frumoasă dintre creaturile mărunte. Dar îmi pare rău că v-au spus despre om. E un subiect respingător.

— Este un subiect supărător, întrerupse lordul Henry. Nu are pic de valoare psihologică. Ce interesant ar fi dacă Geoffrey ar fi făcut acest lucru înadins! Mi-ar plăcea să cunosc pe cineva care a comis o crimă adevărată.

— Ce înfiorător ești, Harry! exclamă ducesa. Nu-i așa, domnule Gray? Harry, domnul Gray se simte din nou rău. O să leșine.

Dorian își menținu poziția țeapănă cu un efort vizibil și zâmbi.

— Nu-i nimic, ducesă, murmură el, am nervii groaznic de zdruncinați. Asta-i tot. Mă tem că am mers prea departe în dimineața asta. N-am auzit ce-a spus Harry. A fost ceva foarte rău? Trebuie să-mi spuneți altă dată. Cred că trebuie să mă duc să mă întind. Vă rog să mă scuzați.

Ajunseseră la baza scării principale care lega sera de terasă. În momentul în care ușa de sticlă se închise în spatele lui Dorian, lordul Henry se întoarse și se uită la ducesă cu ochii lui somnoroși.

— Îl iubești mult? întrebă el.

Ea nu răspunse o vreme, ci stătu uitându-se lung la peisaj.

— Aș vrea să știu asta, spuse ea în cele din urmă.

El dădu din cap.

— Cunoașterea ar fi fatală. Nesiguranța te încântă. Ceața face lucrurile să fie minunate.

— Te poți rătăci.

— Toate drumurile se termină în același punct, draga mea Gladys.

— Și care este acela?
— Deziluzia.
— Aceasta a fost *début*-ul meu în viață, oftă ea.
— Ți-a venit purtând coroană.
— Sunt sătulă de frunze de fragi.
— Îți vin bine.
— Doar în public.
— Le-ai duce dorul, spuse lordul Henry.
— Nu mă voi despărți de o petală.
— Monmouth are urechi.
— Bătrânețea aude prost.
— N-a fost niciodată gelos?

El se uită în jur de parcă ar fi căutat ceva.

— Ce cauți? se interesă ea.
— Apărătoarea floretei, răspunse el. Ți-a căzut.

Ea râse.

— Am încă masca.
— Îți face ochii și mai frumoși, fu răspunsul lui.

Ea râse din nou. Dinții îi apărură ca niște semințe albe înfipte într-un fruct roșu.

Sus, în camera lui, Dorian zăcea pe sofa, cu teroarea instalată în fiecare fibră a trupului său. Brusc viața devenise o povară mult prea oribilă pentru el. Moartea cumplită a hăitașului fără noroc, ucis în desiș ca un animal sălbatic, îi părea că îi anticipează propria moarte. Aproape că leșinase la vorbele lordului Henry spuse ca o glumă cinică, întâmplătoare.

La cinci își sună servitorul și-i dădu ordine să-i facă bagajul pentru expresul de seară spre oraș și să aducă brougham*-ul în fața ușii la ora opt și jumătate. Era hotărât să nu mai doarmă încă o noapte la Selby Royal. Era un loc de rău augur. Moartea se plimba acolo la lumina soarelui. Iarba pădurii fusese stropită cu sânge.

Apoi îi scrise un bilet lordului Henry, spunându-i că merge la oraș să consulte doctorul, rugându-l să-i distreze pe oaspeți în lipsa lui. În momentul în

* Brougham – trăsură trasă de un singur cal (n.tr.).

care punea biletul în plic, cineva bătu în ușă și valetul îl informă că paznicul șef dorea să-l vadă. Se încruntă și-și mușcă buzele.

— Trimite-l înăuntru, murmură el după câteva clipe de ezitare.

— Bănuiesc că ai venit în legătură cu acel accident nefericit de azi de dimineață, Thornton? spuse el luând o pană de scris.

— Da, domnule, răspunse paznicul.

— Era însurat sărmanul acela? Avea pe cineva de întreținut? întrebă Dorian, cu un aer plictisit. Dacă-i așa, n-aș vrea să-i las pradă sărăciei și le voi trimite orice sumă de bani pe care o vei crede de cuviință.

— Nu știm cine este, domnule. De aceea mi-am luat permisiunea să vin la dumneavoastră.

— Nu știți cine e? spuse Dorian apatic. Ce vrei să spui? Nu era unul din oamenii tăi?

— Nu, domnule. Nu l-am văzut niciodată. Pare a fi marinar, domnule.

Pana îi căzu din mână și simți ca și când inima și-ar fi oprit brusc bătăile.

— Un marinar? strigă el. Ai spus un marinar?

— Da, domnule. Pare să fi fost un fel de marinar sau așa ceva; tatuat pe ambele brațe, mă rog, ca marinarii.

— S-a găsit ceva asupra lui? spuse Dorian, aplecându-se și uitându-se la om cu privirea consternată. Vreun indiciu despre nume?

— Niște bani, domnule - nu mulți, și o armă de foc. Nici un nume. Un om decent, domnule, dar cam necioplit. Un marinar, așa credem.

Dorian se ridică în picioare. Pe lângă el trecu în zbor o speranță teribilă. Se agăță de ea nebunește.

— Unde-i cadavrul? exclamă el. Repede! Trebuie să-l văd imediat.

— Este într-un grajd gol de la Home Farm, domnule. Oamenii nu primesc așa ceva în casă. Spun că un cadavru aduce ghinion.

— Home Farm! Du-te imediat acolo și așteaptă-mă! Spune unuia din grăjdari să-mi aducă imediat calul. Nu. Lasă. O să mă duc singur la grajd. Vom economisi timp.

În mai puțin de un sfert de oră, Dorian Gray galopa cât de repede putea. Copacii păreau că se dau la o parte din calea lui într-o procesiune spectrală și că fantome cumplite i se aștern în drum. Într-un rând iapa se răsuci în fața unei bariere și aproape că era să-l răstoarne. Îi biciui gâtul cu cravașa. Ea despică aerul întunecat ca o săgeată. Pietre zburau din potcoavele ei.

În cele din urmă ajunse la Home Farm. Doi oameni pierdeau vremea prin curte. El sări din șa și aruncă frâiele unuia dintre ei. La grajdul cel mai depărtat lucea o lumină. Ceva părea a-i spune că acolo era cadavrul și se grăbi spre ușă și puse mâna pe zăvor.

Apoi se opri o clipă, simțind că se află în preajma unei descoperiri care fie că-i va distruge, fie că-i va reda viața. Apoi împinse ușa și intră.

Pe o grămadă de saci, în colțul cel mai îndepărtat, zăcea cadavrul unui om îmbrăcat într-o cămașă de proastă calitate și cu o pereche de pantaloni albaștri. Pe fața lui fusese așezată o batistă pătată. O lumânare grosolană, înfiptă într-o sticlă, sfârâia alături.

Dorian Gray se cutremură. Simți că mâna lui nu putea da la o parte batista și-l chemă pe unul dintre servitorii de la fermă.

— Ia-i chestia aceea de pe față. Vreau s-o văd, spuse el, ținându-se de ușor ca să nu cadă.

După ce servitorul o luă, el păși înainte. Un strigăt de bucurie îi ieși din gură. Omul care fusese împușcat în desiș era James Vane.

Stătu acolo câteva clipe, uitându-se la cadavru. În drumul de întoarcere ochii îi erau plini de lacrimi, pentru că știa că se află în siguranță.

Capitolul XIX

— N-are rost să-mi spui că vei fi bun, spuse lordul Henry, înmuindu-și degetele albe într-un bol de aramă plin cu apă de roze. Ești desăvârșit. Te rog, nu te schimba.

Dorian Gray clătină capul.

— Nu, Harry, am făcut mult prea multe lucruri oribile în viață. Am de gând să nu mai fac. Mi-am început faptele bune ieri.

— Unde ai fost ieri?

— La țară, Harry. Am stat la un mic han de unul singur.

— Dragă băiete, spuse lordul Henry zâmbind, oricine poate fi bun la țară. Acolo nu sunt tentații. De aceea oamenii care trăiesc în afara orașului sunt total necivilizați. Civilizația nu-i un lucru ușor de atins. Există numai două căi prin care omul poate ajunge la civilizație. Unul trece prin cultură, altul prin corupție. Oamenii de la țară nu au șansa de a aparține nici uneia dintre aceste categorii, așa că stagnează.

— Cultură și corupție, rosti ca un ecou Dorian. Am cunoscut câte ceva din amândouă. Mi se pare groaznic faptul că trebuie să fie puse laolaltă. Pentru că am un nou ideal, Harry. Mă voi schimba. Cred că m-am schimbat.

— Nu mi-ai spus despre ce faptă bună e vorba. Sau ai spus că ai făcut mai mult decât una? întrebă tovarășul lui, în vreme ce împărțea în farfurie o mică piramidă roșie de căpșune și presăra peste ea zahăr alb printr-o linguriță cu găuri.

— Îți pot spune, Harry. E o poveste pe care n-aș putea să o spun altcuiva. Am cruțat pe cineva. Sună a îngâmfare, dar tu înțelegi ce vreau să spun. Era frumoasă și semăna extrem de mult cu Sibyl Vane. Cred că asta m-a atras în primul rând la ea. Ți-o amintești pe Sibyl, nu-i așa? Îmi pare a fi trecut atât de mult de-atunci! Ei, Hetty nu e din clasa noastră, desigur. E o fată de țară. Dar am iubit-o într-adevăr. Tot timpul frumoasei luni mai de care am avut parte, am coborât și m-am întâlnit cu ea de trei ori pe săptămână. Ieri m-a întâmpinat într-o mică livadă. Flori de măr cădeau rostogolindu-se prin părul ei și râdea. Urma să plecăm în dimineața asta în zori. Brusc m-am decis să o las așa cum am găsit-o - ca o floare.

— Ar trebui să cred că noutatea emoției ți-a dat probabil un fior de plăcere reală, Dorian, îl întrerupse lordul Henry. Dar pot continua și încheia această idilă în locul tău. I-ai dat sfaturi bune și i-ai distrus inima. Acesta a fost începutul reformării tale.

— Harry, ești îngrozitor! N-ar trebui să spui lucruri atât de groaznice. Inima lui Hetty nu este distrusă. Desigur că a plâns. Dar asupra ei nu planează dezonoarea. Poate trăi, asemenea Perditei, în grădina ei de gălbenele și mentă.

— Și să-l plângă pe Florizel cel infidel, spuse lordul Henry râzând și rezemându-se pe speteaza scaunului. Dragul meu Dorian, ești într-una din cele mai copilărești dispoziții. Chiar crezi că fata se va mulțumi de-acum înainte cu cineva de rangul ei? Bănuiesc că într-o zi se va mărita cu vreun căruțaș necioplit sau cu vreun plugar ursuz. Ei bine, simplul fapt de a te fi întâlnit și iubit o va învăța să-și disprețuiască soțul și va fi nefericită. Din punct de vedere moral, n-aș putea spune mare lucru despre marea ta renunțare. Chiar ca început este unul slab. În afară de asta, cum știi că Hetty nu plutește în această clipă în vreun iaz luminat de stele, înconjurată de nuferi, asemenea Ofeliei?

— Harry, asta n-o mai pot suporta! Îți bați joc de tot și apoi îmi sugerezi că s-ar putea întâmpla una din cele mai grave tragedii. Acum îmi pare rău că ți-am spus. Nu-mi pasă ce-mi spui. Știu că am avut dreptate procedând astfel. Biata Hetty! Azi dimineață, trecând călare pe lângă fermă, i-am văzut fața albă ca de iasomie la fereastră. Să nu mai vorbim despre asta, și nu încerca să mă convingi că prima faptă bună pe care am făcut-o în ani de zile, această fărâmă de sacrificiu de sine, este în realitate un fel de păcat. Vreau să fiu mai bun. Voi fi mai bun. Spune-mi ceva despre tine. Ce se mai petrece prin oraș? N-am mai trecut pe la club de zile întregi.

— Oamenii încă mai discută dispariția lui Basil.

— Aș fi zis că s-au plictisit deja să discute despre asta, spuse Dorian, turnându-și vin și încruntându-se puțin.

— Dragă băiete, nu vorbesc despre asta decât de șase săptămâni, iar publicul britanic are doar capacitatea mentală de a suporta un subiect la trei luni. Totuși, în ultima vreme a fost norocos. Au avut divorțul meu și sinuciderea lui Alan Campbell. Acum au dispariția misterioasă a unui artist. Scotland Yard-ul încă insistă că omul în palton cenușiu, care a plecat spre Paris cu trenul de miezul nopții la nouă noiembrie a fost sărmanul Basil, dar poliția franceză declară că n-a ajuns deloc la Paris. Presupun că peste o săptămână ni se va spune că a fost văzut la San Francisco. Ciudat, dar cum dispare cineva se spune că a fost văzut la San Francisco. Probabil că e un oraș încântător și posedă toate atracțiile lumii de dincolo.

— Tu ce crezi că i s-a întâmplat lui Basil? întrebă Dorian, ridicând în lumină un pahar de vin de Burgundia și minunându-se de faptul că poate discuta problema atât de calm.

— Nu am nici cea mai vagă bănuială. Dacă Basil vrea să se ascundă, nu e treaba mea. Dacă e mort, nu vreau să mă gândesc la el. Moartea e singurul lucru care mă înspăimântă. O urăsc.

— De ce? spuse istovit bărbatul mai tânăr.

— Pentru că, spuse lordul Henry, trecând pe sub nări capacul aurit și găurit al unei vinegrete, poți supraviețui oricărui lucru cu excepția morții. Moartea și vulgaritatea sunt singurele fapte ale secolului nouăsprezece pe care nu le poți explica îndeajuns de convingător. Să ne bem cafeaua în sala de muzică, Dorian. Trebuie să-mi cânți Chopin. Bărbatul cu care a fugit nevastă-mea cânta Chopin impecabil. Sărmana Victoria! Am ținut mult la ea. Casa e cam pustie fără ea. Desigur, viața conjugală este doar o obișnuință, o obișnuință proastă. Dar apoi regreți chiar pierderea celei mai rele dintre obișnuințe. Poate pe acestea le regreți cel mai mult. Sunt o parte esențială a personalității.

Dorian nu spuse nimic, dar se ridică de la masă și, trecând în camera alăturată, se așeză la pian și-și lăsă degetele să alunece în voie pe clapele albe și negre din fildeș. După ce cafeaua a fost adusă înăuntru, se opri și, uitându-se spre lordul Henry, spuse:

— Harry, te-ai gândit o clipă că Basil a fost ucis?

Lordul Henry căscă.

— Basil a fost foarte popular și mereu purta un ceas Waterbury. De ce să fi fost ucis? Nu era suficient de deștept pentru a avea inamici. Desigur, era un pictor foarte talentat. Dar poți picta ca Velázquez și să fii cât se poate de nătâng. Basil era într-adevăr cam nătâng. Nu m-a interesat decât o singură dată, cu ani în urmă, când mi-a spus că te adoră enorm și că tu ești motivul dominant al artei lui.

— L-am îndrăgit pe Basil, spuse Dorian cu o notă de tristețe în voce. Dar nu se spune că ar fi fost ucis?

— Oh, unele ziare spun asta. Mie nu mi se pare deloc probabil. Știu că există locuri mizerabile la Paris, dar Basil nu era genul de om care să fi mers acolo. Nu avea curiozități. Era defectul lui principal.

— Ce-ai zice, Harry, dacă ți-aș spune că eu l-am omorât pe Basil? spuse bărbatul mai tânăr. După ce rosti aceste cuvinte îl urmări cu mare atenție.

— Aș zice, dragă prietene, că pozezi într-un personaj care nu ți se potrivește. Crima e un lucru vulgar, cum vulgaritatea e o crimă. Nu-ți stă în fire, Dorian, să comiți o crimă. Îmi pare rău că ți-am rănit vanitatea spunând acest lucru, dar te asigur că este adevărat. Crima nu este decât apanajul claselor de jos. Nu le blamez în nici un chip. Aș zice chiar că pentru ei crima reprezintă ceea ce arta e pentru noi, adică, pur și simplu, o metodă de a dobândi senzații extraordinare.

— O metodă de a dobândi senzații extraordinare? Crezi deci că un om care a comis o crimă mai poate face încă o dată aceeași crimă? Să nu-mi spui asta.

— Oh! orice lucru devine o plăcere dacă îl faci mult prea des, strigă lordul Henry râzând. Acesta e unul dintre cele mai importante secrete ale vieții. Totuși, aș zice că întotdeauna crima e o greșeală. Nu trebuie să faci nimic care să nu poată fi discutat după o cină. Dar să nu mai vorbim despre sărmanul Basil. Aș vrea să cred că a avut parte de un sfârșit atât de romantic precum sugerezi tu, dar nu pot. Aș zice că a căzut în Sena dintr-un omnibuz și conductorul a mușamalizat scandalul. Da, mi-aș putea imagina un asemenea sfârșit. Îl văd chiar zăcând sub apa verde-întunecată cu barjele grele plutind deasupra și ierburile lungi încolăcindu-i-se în păr. Știi, nu cred că ar mai fi făcut opere mai bune. În ultimii zece ani pictura lui s-a degradat foarte mult.

Dorian respiră adânc, iar lordul Henry începu să se plimbe prin cameră și apoi să mângâie capul unui ciudat papagal de Java, o pasăre cu pene mari, cenușii, cu creastă și coadă roz, care se balansa pe o stinghie de bambus. În timp ce degetele lui ascuțite îl atingeau, își coborî solzii albi ai pleoapelor încrețite peste ochii negri, ca de sticlă, și începu să se legene.

— Da, continuă el, întorcându-se și luându-și batista din buzunar, pictura lui s-a degradat foarte mult. Mi s-a părut că a pierdut ceva. Un ideal. Când tu și el ați încetat să mai fiți prieteni, el a încetat să mai fie un mare artist. Ce v-a despărțit? Bănui că te plictisea. Dacă-i așa, nu te-a iertat. E un obicei al oamenilor plictisitori. À propos, ce s-a întâmplat cu portretul acela minunat pe care ți l-a făcut? Nu cred să-l fi văzut vreodată terminat. Oh! Îmi amintesc că mi-ai spus cu ani în urmă că l-ai trimis la Selby și că s-a rătăcit sau a fost furat pe drum. Nu l-ai mai primit înapoi? Ce păcat! Era într-adevăr o capodoperă. Îmi amintesc că doream să-l cumpăr. Regret că n-am făcut-o. Aparținea celei mai bune perioade a lui Basil. De atunci opera lui a fost un amestec straniu de pictură prost făcută și intenții bune care întotdeauna îi dă dreptul cuiva să fie numit un artist britanic reprezentativ. Ai dat anunțuri pentru tablou? Ar trebui s-o faci.

— Nu mai știu, spuse Dorian. Bănuiesc că am făcut-o atunci. Dar mie nu mi-a plăcut cu adevărat. Îmi pare rău că i-am pozat. Amintirea acestui lucru mi-e odioasă. De ce vorbești despre el? Pe vremuri îmi amintea de unul din acele versuri stranii dintr-o piesă - *Hamlet*, cred - cum erau?

Sau ești doar o icoană a durerii,
Un chip lipsit de suflet.*

Da, cam așa sunau.

Lordul Henry râse.

— Dacă cineva tratează viața din punct de vedere artistic, atunci inima lui e în creier, răspunse el cufundându-se într-un fotoliu.

Dorian Gray clătină capul și scoase un acord melodios. „Doar o icoană a durerii", repetă el, „Un chip lipsit de suflet".

Bărbatul mai în vârstă se rezemă și se uită la el cu ochii pe jumătate închiși.

— À propos, Dorian, spuse el după o pauză, „ce i-ar folosi omului dacă ar câștiga jumătate de lume și și-ar pierde – cum sunt cuvintele? – propriul suflet"?

---

* William Shakespeare, *Hamlet, Prinț al Danemarcei*, actul IV, scena VII, traducere de Petru Dumitriu, Editura de Stat pentru Literatură și Artă, București, 1959 (n.tr.).

Muzica sună distonant și Dorian tresări și se uită fix la prietenul lui.

— De ce mă întrebi asta, Harry?

— Dragul meu, spuse lordul Henry, ridicându-și sprâncenele surprins, te-am întrebat pentru că am crezut că ești capabil să-mi dai un răspuns. Atât. Duminica trecută mă plimbam prin Park și aproape de Marble Arch era un grup de oameni prost îmbrăcați care ascultau un predicator vulgar. În timp ce treceam l-am auzit urlând întrebarea asta publicului său. M-a izbit ca fiind cam teatrală. Londra are cu prisosință parte de efecte stranii de acest gen. O duminică umedă, un creștin necioplit îmbrăcat într-un mackintosh, un cerc de fețe albe bolnăvicioase sub un acoperiș frânt de umbrele care picurau și o frază minunată azvârlită în aer de niște buze isterice, țuguiate – totul era foarte bine în felul lui, chiar o sugestie. M-am gândit să-i spun profetului că Arta are suflet, dar el nu are. Mi-e teamă, totuși, că nu m-ar fi înțeles.

— Nu, Harry. Sufletul e o realitate teribilă. Poate fi vândut și cumpărat și pus la vânzare. Poate fi otrăvit sau adus la perfecțiune. Toți avem un suflet. Știu.

— Ești foarte sigur de asta, Dorian.

— Foarte.

— Ah! atunci trebuie să fie o iluzie. Lucrurile de care ești foarte sigur nu sunt niciodată adevărate. Asta e fatalitatea Credinței și lecția Iubirii. Ce serios ești! Nu mai fi atât de serios. Ce avem noi doi de a face cu superstițiile epocii noastre? Nu, noi am renunțat la credința noastră în suflet. Cântă-mi ceva, Dorian și, în timp ce cânți, spune-mi cum ți-ai menținut tinerețea. Mai mult ca sigur că ai un secret. Nu sunt decât cu zece ani mai bătrân decât tine și sunt ridat, consumat și gălbejit. Tu arăți minunat, Dorian. Niciodată n-ai arătat mai fermecător ca-n seara asta. Îmi amintești de ziua în care te-am văzut pentru prima oară. Erai cam obraznic, foarte timid și absolut extraordinar. Te-ai schimbat, desigur, dar nu în aparență. Aș vrea să-mi spui secretul. Pentru a-mi recâștiga tinerețea aș face absolut orice în afară de gimnastică, de a mă scula devreme sau de a fi respectabil. Tinerețea! Nimic nu se compară cu ea. E absurd să discutăm despre ignoranța tinereții. Singurii oameni ale căror opinii le ascult cu oarecare respect sunt oamenii mult mai tineri decât mine. Îmi pare că sunt înaintea mea. Viața le-a dezvăluit minunea ei proaspătă. În ce-i privește pe cei în vârstă, eu îi contrazic întotdeauna. O fac din principiu. Dacă le ceri opinia despre ceva care s-a întâmplat ieri, îți spun opiniile curente la 1820, când oamenii purtau eșarfe late, credeau în orice și nu știau absolut nimic. Ce frumoasă e piesa pe care o cânți! Mă întreb dacă Chopin a scris-o la Majorca, cu marea plângând în jurul vilei și cu ploaia măruntă și sărată izbindu-se de geamuri? E încântător de romantică. Ce binecuvântare e că ne-a mai rămas o artă care nu este imitativă! Nu te opri. Vreau muzică în seara asta. Îmi imaginez că tu ești tânărul Apollo iar eu Marsias care te ascultă. Am propriile mele dureri, Dorian, dureri despre care nici măcar tu nu știi nimic. Tragedia bătrâneții nu e că ești bătrân, ci tânăr. Uneori mă uimește propria mea sinceritate. Ah, Dorian, ce fericit ești! Ce viață splendidă ai! Ai gustat profund din toate. Ai strivit strugurii de cerul gurii. Nimic nu ți-a rămas ascuns. Și pentru tine totul nu a fost mai mult decât sunetul muzicii. Nu te-a ruinat. Ești același.

— Nu sunt același, Harry.

— Ba da, ești același. Mă întreb cum va fi viața ta de acum încolo. Nu o distruge prin renunțări. Acum ești un tip perfect. Nu face din tine un ins incomplet. Acum ești fără cusur. Nu-i cazul să dai din cap, știi bine că-i așa. În afară de asta, Dorian, nu te autoînșela. Viața nu e guvernată de voință sau intenție. Viața e o chestiune de nervi, fibre și celule lent construite în care gândul se ascunde și pasiunea își visează visele. Poate că-ți închipui că ești în siguranță și crezi că ești puternic. Dar o tentă întâmplătoare de culoare într-o încăpere sau un cer de dimineață, un anume parfum pe care l-ai iubit cândva și care îți trezește o amintire subtilă, un vers dintr-un poem uitat peste care ai dat încă o dată, o cadență dintr-o piesă muzicală pe care ai încetat s-o mai cânți – de lucruri ca acestea depind viețile noastre, Dorian. Browning scrie despre asta undeva, dar propriile noastre simțuri au capacitatea de a le imagina. Sunt clipe în care mireasma de *lilas blanc* mă traversează brusc și trebuie să trăiesc cea mai ciudată din lunile vieții mele încă o dată. Aș vrea să putem schimba rolurile, Dorian. Lumea a vociferat împotriva amândurora, dar pe tine te-a adorat. Mereu te va adora. Tu ești tipul pe care epoca îl caută și de care se teme că l-a găsit. Sunt atât de bucuros că n-ai făcut niciodată nimic, că n-ai sculptat nici o statuie, n-ai pictat un tablou, că n-ai produs nimic în afară de propria persoană! Pentru tine viața e artă. Te-ai pus pe muzică. Ai făcut din propriile zile sonete.

Dorian se ridică de la pian și-și trecu mâna prin păr.

— Da, viața a fost desăvârșită, murmură el, dar nu am de gând să duc aceeași viață, Harry. Iar tu nu ar trebui să spui asemenea lucruri extravagante despre mine. Cred că, dacă le-ai spune, tu însuți te-ai depărta de mine. Râzi. Nu râde.

— De ce te-ai oprit din cântat, Dorian? Du-te înapoi și mai cântă-mi încă o dată nocturna. Uită-te la luna de culoarea mierii care atârnă în aerul întunecat. Ea așteaptă să o farmeci, iar dacă vei cânta, se va apropia mai mult de pământ. Nu vrei? Atunci, hai să mergem la club. A fost o seară fermecătoare și trebuie să o încheiem pe măsură. E cineva la White care dorește imens să te cunoască – tânărul lord Poole, fiul cel mare al lui Bournemouth. Deja ți-a copiat cravatele și m-a implorat să i te prezint. E încântător și îmi amintește de tine, când ne-am cunoscut.

— Sper că nu, spuse Dorian cu o privire tristă în ochi. Dar sunt obosit în seara asta, Harry. Nu voi merge la club. E aproape ora unsprezece și vreau să mă duc devreme la culcare.

— Hai mai stai. N-ai cântat niciodată atât de bine ca în seara asta. Ceva în tușeul tău a fost absolut încântător. A avut mai mare expresivitate decât altădată.

— Asta pentru că am de gând să fiu bun, răspunse el zâmbind. Deja m-am schimbat puțin.

— Pentru mine nu te poți schimba, Dorian, spuse lordul Henry. Noi doi vom fi prieteni întotdeauna.

— Totuși, cândva m-ai otrăvit cu o carte. Asta nu ți-o voi ierta. Harry, promite-mi că nu vei mai împrumuta nimănui cartea aceea. Face rău.

— Dragă băiete, dar chiar începi să faci morală. Curând vei umbla precum convertiții și cei din mișcarea renașterii gotice*, avertizând lumea împotriva păcatelor de care tu te-ai plictisit. Ești mult prea reușit pentru a face așa ceva. În afară de asta, nu are nici un rost. Tu și cu mine suntem ceea ce suntem, și fie ce-o fi. În ceea ce privește faptul de a fi otrăvit de o carte - așa ceva nu există. Arta nu influențează făptuirea. Ea anihilează dorința de a făptui. E superb de sterilă. Cărțile pe care lumea le numește imorale sunt cărțile care arată lumii propria ei mizerie. Asta-i tot. Dar nu vom discuta literatură. Treci pe la mine mâine. Am de gând să călăresc în jurul orei unsprezece. Am putea merge împreună și te voi lua apoi cu mine la prânz la lady Branksome. E o femeie încântătoare și dorește să te consulte în legătură cu niște tapiserii pe care intenționează să le cumpere. Vezi să vii. Sau să luăm prânzul cu micuța noastră ducesă? Spune că nu te mai vede. Poate că te-ai plictisit de Gladys? M-am gândit eu că așa se va întâmpla. Limba ei isteață are darul de

---

* Oscar Wilde atacă ironic mișcarea cunoscută sub numele de „Gothic Revival" (Renașterea gotică), cu un program care susținea întoarcerea la principiile artei gotice. După cum se știe, Wilde era mai curând atras de arta renascentistă (n.tr.).

a te călca pe nervi. Ei bine, în orice caz, vino aici la unsprezece.

— Chiar trebuie să vin, Harry?

— Desigur. Acum în Park e superb. Nu cred să fi văzut un liliac mai frumos din anul în care te-am cunoscut.

— Foarte bine. Voi fi aici la ora unsprezece, spuse Dorian. Noapte bună, Harry. În momentul în care ajunse la ușă, ezită o clipă de parcă ar mai fi avut ceva de adăugat. Apoi oftă și ieși.

Capitolul XX

Era o noapte frumoasă, atât de caldă încât își aruncă haina pe braț și nici nu-și mai înfășură eșarfa în jurul gâtului. Cum mergea agale spre casă, fumându-și țigara, doi tineri în haine de seară trecură pe lângă el. Îl auzi pe unul șoptindu-i celuilalt:

— Acesta-i Dorian Gray.

Își aminti cât de mulțumit era când lumea arăta spre el sau îl privea sau vorbea despre el. Acum obosise să-și audă rostit propriul nume. Jumătate din farmecul satului în care fusese adesea în ultima vreme era că nimeni nu știa cine e. Deseori îi spusese fetei pe care o făcuse să se îndrăgostească de el că e sărac, iar ea îl crezuse. O dată i-a spus că e rău, iar ea râsese de el și răspunsese că oamenii răi sunt întotdeauna foarte urâți și bătrâni. Ce râs mai avea!– ca un sturz cântător. Și ce frumoasă era în rochiile ei de bumbac și pălăriile cu boruri largi! Nu știa nimic, dar avea tot ceea ce el pierduse.

Când ajunse acasă, îl găsi pe servitor așteptându-l. Îl trimise la culcare și se aruncă pe sofaua din bibliotecă unde începu să se gândească la unele dintre lucrurile pe care i le spusese lordul Henry.

Era adevărat oare că oamenii nu se pot schimba? Simți un dor nebun după puritatea intactă a adolescenței – adolescența lui alb-roză, cum o numise odată lordul Henry. Știa că se murdărise singur, că mintea îi era coruptă și-și alimentase fantezia cu orori, că avusese o influență nefastă asupra altora și că gustase acest lucru cu o bucurie teribilă. Mai știa că de la cei a căror viață se intersectase cu a sa primise promisiuni minunate și încurajatoare pe care le târâse în noroi. Dar nu era cu putință să recupereze măcar ceva? Nu era nici o speranță pentru el?

Ah! în ce moment mostruos și pătimaș se rugase ca portretul să poarte povara zilelor lui iar el să-și mențină splendoarea nepătată a tinereții eterne! Întregul lui eșec se datora acestui lucru. Ar fi fost mai bine pentru el dacă fiecare păcat al vieții ar fi adus o dată cu el și pedepsa neîntârziată. În pedeapsă există purificare. Nu „Iartă greșelile noastre", ci „Pedepsește-ne pentru fărădelegile noastre" ar trebui să fie rugăciunea unui om față de un Dumnezeu cu adevărat drept.

Oglinda cu rama ciudat sculptată pe care lordul Henry i-o dăduse cu atâția ani în urmă stătea pe masă, iar Cupidonii cu membrele lor albe râdeau în jurul ei ca în vechime. O ridică, așa cum făcuse în noaptea aceea a ororii, când remarcase pentru prima oară schimbarea din tabloul fatal, și privi în luciul ei poleit cu ochi sălbatici, împăienjeniți de lacrimi. Odată, cineva care îl iubise teribil, îi scrisese o scrisoare nebunească, sfârșind cu aceste cuvinte idolatre: „Lumea s-a schimbat pentru că tu ești făcut din fildeș și aur. Curbura buzelor tale rescrie istoria". Frazele îi reveniră în memorie și le repetă iar și iar ca pentru sine. Apoi își detestă propria frumusețe și, aruncând oglinda pe podea, o strivi cu călcâiul. Propria frumusețe îl ruinase, frumusețea și tinerețea pentru care se rugase. Dacă n-ar fi existat aceste două lucruri, viața lui ar fi nepătată. Frumusețea nu-i fusese decât o mască, tinerețea, ceva batjocoritor. Ce e, de fapt, tinerețea? Un anotimp verde și necopt, un anotimp al stărilor superficiale și gândurilor bolnăvicioase. De ce-i purtase livreaua? Tinerețea îl stricase.

Era mai bine să nu se gândească la trecut. Nimic nu-l mai putea schimba. La el și la viitorul lui trebuia să se gândească. James Vane era ascuns într-un mormânt fără nume în curtea bisericii din Selby. Alan Campbell se împușcase într-o noapte în laborator, dar nu dezvăluise secretul pe care fusese forțat să-l afle. Senzația creată în jurul dispariției lui Basil Hallward va trece curând. Chiar pălea deja. În această privință era în siguranță. Și nici moartea lui Basil Hallward nu mai avea aceeași greutate în mintea lui. Moartea vie a sufletului său îl tulbura mai mult. Basil pictase portretul care-i ruinase viața. Asta nu i-o putea ierta. Portretul făcuse totul. Basil îi spusese niște lucruri insuportabile, lucruri pe care el, totuși, le suportase cu răbdare. Crima fusese doar nebunia unei clipe. În ce-l privește pe Alan Campbell, decizia sinuciderii îi aparținea. El o alesese. El nu avea nici un amestec.

O viață nouă! Asta dorea acum. Asta aștepta. Desigur că o începuse deja. Crutase o ființă inocentă, în orice caz. Nu va mai provoca inocența de acum înainte. Va fi bun.

În timp ce se gândea la Hetty Merton, începu să se întrebe dacă portretul din camera încuiată se schimbase. Sigur nu mai era atât de oribil cum fusese? Poate că dacă viața lui se purifica, va fi capabil să alunge orice semn de patimă diabolică de pe față. Poate că semnele răului deja dispăruseră. Se va duce să vadă.

Luă lampa de pe masă și se strecură sus. În timp ce deschidea ușa, un zâmbet îi traversă fața ciudat de tânără și îi zăbovi o clipă pe buze. Da, va fi bun, iar obiectul acela hidos pe care-l ascunsese nu va mai reprezenta o teroare pentru el. Se simțea de parcă i se luase deja acea greutate.

Intră liniștit, încuind ușa în urma lui, cum îi era obiceiul, și trase la o parte draperia care atârna de portret. Scoase un strigăt de durere și indignare. Nu vedea nici o schimbare, cu excepția faptului că în privire apăruse o expresie de viclenie, iar în jurul gurii cuta rotunjită a ipocritului. Obiectul acela era tot detestabil – mai detestabil, dacă se poate spune, decât înainte –, iar broboana aceea stacojie care îi pâta mâna părea mai strălucitoare și mai aproape de culoarea sângelui proaspăt vărsat. Atunci începu să tremure. Doar vanitatea îl făcuse să facă singura lui faptă bună? Sau dorința de a cunoaște o nouă senzație, la care făcuse aluzie lordul Henry cu râsul lui batjocoritor? Sau acea pasiune de a juca un rol care ne obligă să facem lucruri mai bune decât noi înșine? Sau poate toate laolaltă? Și de ce era pata roșie mai mare decât fusese? Părea că se întinsese ca o boală oribilă printre degetele ridate. Era sânge pe picioarele pictate, de parcă picurase de pe mână – chiar sânge pe mâna care nu ținuse cuțitul. Să mărturisească? Însemna oare că trebuia să mărturisească? Să se predea și să fie executat? Râse. Simțea că ideea e monstruoasă. În afară de asta, chiar dacă ar mărturisi, cine l-ar crede? Nu era nici o urmă de om ucis nicăieri. Tot ce-i aparținuse fusese distrus. El însuși arsese ceea ce fusese la parter. Lumea ar spune pur și simplu că e nebun. L-ar închide dacă ar continua cu povestea... Totuși era datoria lui să mărturisească, să îndure rușinea în public și să ispășească tot în public. Era un Dumnezeu care le cerea oamenilor să-și spună păcatele celor din cer și celor de pe pământ. Nimic nu-l putea purifica până nu-și mărturisea propriul păcat. Propriul păcat. Dădu din umeri. Moartea lui Basil Hallward i se păru un lucru minor. Se gândi la Hetty Merton. Pentru că oglinda în care se uita, oglinda sufletului său, era una nedreaptă. Vanitate? Curiozitate? Ipocrizie? Era ceva mai mult. Cel puțin așa se gândi el. Dar cine putea ști?... Nu. Nu era nimic mai mult. Vanitatea lui o cruțase. Purtase masca bunătății într-un mod ipocrit. De dragul curiozității încercase negarea sinelui. Recunoștea asta acum.

Dar această crimă – îl va urmări oare toată viața? Va fi veșnic ars de trecutul lui? Va trebui într-adevăr să mărturisească? Niciodată. Nu mai era decât o mică dovadă împotriva lui. Tabloul însuși – aceasta era dovada. Îl va distruge. De ce îl ținuse atâta vreme? Cândva îi plăcuse să observe cum se schimbă și îmbătrânește. În ultima vreme nu mai simțise o astfel de plăcere. Îl ținuse treaz toată noaptea. Când era plecat, era terorizat ca nu cumva alți ochi să-l privească. El adăugase nota de melancolie în pasiunile lui. Simpla lui amintire îi ruinase multe clipe de bucurie. Pentru el fusese ca o conștiință. Da, fusese conștiința. O va distruge.

Se uită împrejur și văzu cuțitul cu care-l înjunghiase pe Basil Hallward. Îl curățase de multe ori, până nu mai rămăsese nici o pată pe el. Era strălucitor și sclipea. Cum l-a ucis pe pictor, așa îi va ucide și opera și tot ce însemna aceasta. Va ucide trecutul și, când acesta va muri, el va fi liber. Va ucide această monstruoasă viață-suflet și, fără avertismentele lui hidoase, va fi liniștit. Înșfăcă obiectul și-l împlântă în tablou.

Se auzi un strigăt și zgomotul căderii. În agonia lui strigătul era atât de oribil încât servitorii speriați se treziră și se strecurară afară din camerele lor. Doi domni care treceau prin Piață se opriră și se uitară la casa impunătoare. Merseră până întâlniră un polițist și-l luară cu ei. Omul scutură clopoțelul de la intrare de mai multe ori, dar nu răspunse nimeni. Cu excepția unei lumini dintr-o cameră de la etajul superior, casa era cufundată în întuneric. După un timp, plecă și se postă în porticul alăturat așteptând să vadă ce se întâmplă.

— A cui e casa, domnule polițist? întrebă domnul mai vârsnic.

— A domnului Dorian Gray, domnule, răspunse polițistul.

Se uitară unul la altul, depărtându-se, și priviră batjocoritor. Unul dintre ei era unchiul lui sir Henry Ashton.

Înăuntru, în perimetrul camerelor servitorilor, servitorii pe jumătate îmbrăcați vorbeau pe șoptite. Bătrâna doamnă Leaf plângea și-și sfărâma mâinile. Francis era palid ca un mort.

Peste un sfert de oră luă vizitiul și pe unul dintre valeți și se strecură la etaj. Bătură în ușă, dar nu veni nici un răspuns. Strigară. Totul era nemișcat. În cele din urmă, după ce se opintiră zadarnic să forțeze ușa, se suiră pe acoperiș și coborâră pe balcon. Ferestrele cedară ușor – aveau încuietori vechi.

Când intrară găsiră, atârnat pe perete, un splendid portret al stăpânului lor, așa cum îl văzuseră ultima oară, în floarea tinereții și a frumuseții lui extraordinare. Pe podea zăcea un om mort în haine de seară, cu un cuțit în inimă. Era veștejit, ridat și cu o față dezgustătoare. Numai după ce-i examinară inelele îl recunoscură.

Cuprins

În colecția TOP 10+

au apărut:

01. Vladimir Nabokov, *Lolita*
02. Jorge Luis Borges, *Aleph*
03. Bernhard Schlink, *Cititorul*
04. Norman Manea, *Întoarcerea huliganului*
05. Amos Oz, *Să cunoști o femeie*
06. Philip Roth, *Complexul lui Portnoy*
07. Dan Lungu, *Cum să uiți o femeie*
08. F.M. Dostoievski, *Jucătorul*
09. Dino Buzzati, *Deșertul tătarilor*
10. Aldous Huxley, *Minunata lume nouă*
11. Haruki Murakami, *Pădurea norvegiană*
12. Florina Ilis, *Cruciada copiilor*
13. Ian McEwan, *Inocentul*
14. José Saramago, *Toate numele*
15. Ioan Petru Culianu, *Jocul de smarald*
16. Saul Bellow, *Iarna decanului*
17. Tracy Chevalier, *Albastru pur*
18. Filip Florian, *Degete mici*
19. F. Scott Fitzgerald, *Marele Gatsby*
20. Kazuo Ishiguro, *Să nu mă părăsești*
21. Mihail Bulgakov, *Ouăle fatale • Diavoliada*
22. Gabriela Adameșteanu, *Dimineață pierdută*
23. Umberto Eco, *Numele trandafirului*
24. D.H. Lawrence, *Fii și îndrăgostiți*
25. F.M. Dostoievski, *Idiotul*
26. Mircea Nedelciu, Adriana Babeți, Mircea Mihăieș, *Femeia în roșu*
27. Michael Cunningham, *Orele*
28. Michel Houellebecq, *Platforma*
29. W. Somerset Maugham, *Vălul pictat*
30. Jorge Luis Borges, *Cartea de nisip*
31. Simona Popescu, *Exuvii*
32. Julio Cortázar, *Șotron*
33. Haruki Murakami, *În căutarea oii fantastice*
34. Mika Waltari, *Amanții din Bizanț*

35. Dan Lungu, *Sunt o babă comunistă!*
36. Mihail Bulgakov, *Inimă de câine. Însemnări pe manșete*
37. John Fowles, *Colecționarul*
38. Dai Sijie, *Balzac și Micuța Croitoreasă chineză*
39. Cecilia Ștefănescu, *Legături bolnăvicioase*
40. Giovanni Papini, *Un om sfârșit*
41. Edgar Allan Poe, *Cărăbușul de aur și alte povestiri*
42. Ismail Kadare, *Generalul armatei moarte*
43. Daniela Zeca, *Istoria romanțată a unui safari*
44. John Fowles, *Iubita locotenentului francez*
45. F.M. Dostoievski, *Frații Karamazov*
46. Ian McEwan, *Amsterdam*
47. Petru Cimpoeșu, *Simion liftnicul*
48. George Orwell, *Ferma Animalelor*
49. Ilf și Petrov, *America fără etaje*
50. Haruki Murakami, *La capătul lumii și în țara aspră a minunilor*
51. Cătălin Dorian Florescu, *Zaira*
52. Charles Bukowski, *Femei*
53. Jack Kerouac, *Pe drum*
54. N.V. Gogol, *Mantaua • Nasul • Însemnările unui nebun*
55. Nora Iuga, *Sexagenara și tânărul*
56. José Saramago, *Evanghelia după Isus Cristos*
57. Marguerite Yourcenar, *Ca o apă care curge*
58. John Kennedy Toole, *Conjurația imbecililor*
59. Filip Florian, Matei Florian, *Băiuțeii*
60. Michel Houellebecq, *Particulele elementare*
61. P.G. Wodehouse, *Greșeala lordului Emsworth*
62. Cezar Paul-Bădescu, *Tinerețile lui Daniel Abagiu*
63. F.M. Dostoievski, *Însemnări din subterană*
64. Iris Murdoch, *Marea, marea*
65. Günter Grass, *Toba de tinichea*
66. Oscar Wilde, *Portretul lui Dorian Gray*

în pregătire:

Horia Ursu, *Asediul Vienei*

www.polirom.ro

Coperta: Radu Răileanu
Tehnoredactor: Gabriela Ghețău

Bun de tipar: aprilie 2012. Apărut: 2012
Editura Polirom, B-dul Carol I nr. 4 • P.O. Box 266
700506, Iași, Tel. & Fax: (0232) 21.41.00; (0232) 21.41.11;
(0232) 21.74.40 (difuzare); E-mail: office@polirom.ro
București, Splaiul Unirii nr. 6, bl. B3A, sc. 1, et. 1,
sector 4, 040031, O.P. 53 • C.P. 15-728
Tel.: (021) 313.89.78; E-mail: office.bucuresti@polirom.ro

Tiparul executat la S.C. LUMINA TIPO s.r.l.
str. Luigi Galvani nr. 20 bis, sect. 2, București
Tel./Fax: 211.32.60, 212.29.27, E-mail: office@luminatipo.com

---

Contravaloarea timbrului literar se depune în contul
Uniunii Scriitorilor din România
Nr. RO44RNCB5101000001710001 BCR UNIREA